Svenja Lassen

Kein Konfetti im Herzen ist auch keine Lösung

Impressum
Deutsche Erstausgabe September 2024

Lektorat: Anne Paulsen | www.annepaulsen.de
Korrektorat: Sybille Weingrill | swkorrekturen.eu
Cover-/Umschlaggestaltung:
Buchgewand Coverdesign | www.buch-gewand.de
unter Verwendung von Motiven von shutterstock.com: yugoro, CK2 Connect Studio, Improviser, Miceking, Darren Whittingham, Polina Tomtosova, tinta, merrymuuu depositphotos.com: mj0007, iftikharalam

Svenja Lassen
c/o ihleo Verlagsbüro
Schlossgang 10, 25813 Husum
E-Mail: svenja.lassen@outlook.de
www.svenjalassen.de
ISBN: 9798338180846

Kein Konfetti im Herzen ist auch keine Lösung

KAPITEL 1

»Das ist ja rot!« Linda Meier alias Lilly Cee, wie sie sich auf Instagram und TikTok nannte, kreischte panisch auf. Im Salon wurde es sofort still. Stimmen und Föhne verstummten jäh. Ich stand hinter ihr, mit dem Handtuch in der Hand, das ich ihr eben vom nassen Haar genommen hatte. Zum ersten Mal seit zwei Stunden hatte sie den Blick vom Handy gelöst. Selbst beim Auswaschen der Farbe hatte sie es – trotz Liegeposition – geschafft, mit ihren zahlreichen Followern und Followerinnen zu kommunizieren.

»So wie beim letzten Mal«, flötete ich, darum bemüht, mir keine Verunsicherung anmerken zu lassen. Obwohl mein Mund sich trocken anfühlte und mein Versuch zu schlucken erfolglos endete.

»Nein? Braun, Maurice färbt sie mir *braun*. Haselnussbraun.«

Rückblickend war dies der Moment, ab dem alles den Bach runterging. Doch in dieser Sekunde war ich fest davon überzeugt, dass sie sich irrte, nicht ich. Schließlich hatte Maurice in der Kundenkartei im Computer genauestens notiert, welche Farbe die Kundin beim letzten Mal erhalten hatte, und das Ergebnis war genau so ausgefallen, wie ich es erwartet hatte.

»In deiner Kundendatei ist aber dieser Ton notiert.

Eventuell hast du ihn falsch in Erinnerung? Es ist ja schon eine Weile her, dass du hier warst.« Mir war klar, dass dieser wunderschöne kupferne Farbton nichts mit Haselnussbraun gemein hatte. Aber seit ich mit achtzehn meine Ausbildung zur Friseurin im Salon meiner Tante Elke begonnen hatte, hatte ich schon alles erlebt. Na ja, fast alles. Lilly Cee hatte mir, kaum hatte ich sie begrüßt, ihr Leid geklagt, wie stressig der Job als Influencerin sei und dass sie deshalb seit einer gefühlten Ewigkeit nicht mehr beim Friseur gewesen sei. Daher hatte ich auch kaum noch Farbpigmente vom letzten Färben auf ihrem vormals blondierten Haar gesehen.

»Hältst du mich für blöd?«, zischte sie ungehalten. »Maurice!«, rief sie durch den Salon. Was gar nicht nötig gewesen wäre, denn mein Kollege eilte bereits auf uns zu. Offenbar hatte er gerade seine Kundin an der Kasse verabschiedet. In seiner Föhnfrisur bewegte sich kein einziges Härchen. Jedes seiner schwarz gefärbten Haare war mit einer Unmenge an Haarspray eingesprüht worden und hatte die Standfestigkeit von trockenem Beton. Wie immer, wenn er durch den Laden schwebte, als sei es sein eigener, überkam mich das Bedürfnis, die Augen zu verdrehen. Doch wenn ich ihn sonst auch nicht besonders mochte, nun war ich fast erleichtert, dass er mir zu Hilfe kam, um die Situation zu klären. Warum hatte ich mich nur darauf eingelassen, eine Kundin von ihm zu übernehmen? Meine Kollegin Aurelia schaute von ihrem Platz zu mir, fragte lautlos, was los sei. Ich zuckte hilflos mit den Schultern und wandte mich dann wieder Linda Meier zu.

»Was ist denn, Lilly Cee? Ach du meine Güte, ich dachte, du wolltest dieselbe Farbe wie letztes Mal?«, fragte Maurice und riss in einer dramatischen Geste die Augenbrauen hoch, wobei sich vor allem das äußere Drittel anhob. Beim Rest verhinderte das Botox jegliche Regung. Nun sah er aus wie Commander Spock. Und der funkelte mich vorwurfsvoll an. *Was hast du getan, Telse?*, las ich in seinem Blick.

Wütend starrte ich zurück, zwang mich dann aber zu einem Lächeln. »Ich habe die Farbe genommen, die *du* in die Kartei eingetragen hast.« Mit einem Mal fühlte ich mich nicht mehr wie die erfolgreiche Friseurmeisterin, die seit fast sieben Jahren beim Starfriseur Winz arbeitete, den Posten der Salonleiterin fest im Blick. Nein, gerade fühlte ich mich in die Zeit zurückversetzt, in der ich noch zur Berufsschule ging und es das Hobby meiner Lehrerin gewesen war, mir klarzumachen, dass ich noch gar nichts konnte – nur weil ich im Salon meiner Tante bereits vor Ausbildungsbeginn ausgeholfen hatte. Okay, ich war vielleicht etwas übereifrig gewesen … Aber schließlich hatte ich auch schon eine Menge im Salon gemacht, bevor ich überhaupt mit der Ausbildung anfing. Ich schüttelte das alte Gefühl ab und nahm meine Schultern zurück. Ich war mir sicher, keinen Fehler begangen zu haben. Es musste eine andere Erklärung geben.

»Hast du sie selbst angemischt?«, fragte Maurice prompt.

»Nein, Leni hat sie angerührt, aber sie verwechselt doch keine Farbnummern«, verteidigte ich unsere Auszubildende. Typisch Maurice, dass er als Erstes versuchte, nach unten zu treten, statt erst mal zu schauen, ob er nicht eventuell etwas Falsches in die Kundendatei eingetragen hatte.

»Leni, kommst du mal bitte!«, zitierte er die junge Auszubildende her, die sofort nervös ihre Lippen aufeinanderpresste.

»Du hast die Farbe falsch angemischt.«

»W-w-as?«, stotterte sie und ich warf Maurice einen bösen Blick zu. Immer Mister Dramaqueen höchstpersönlich.

»Linda hat nicht die Farbe bekommen, die sie wollte, und wir versuchen gerade festzustellen, wie das passieren konnte. Weißt du noch, welche Farbtuben du genommen hast?«, ergriff ich das Wort. Schließlich war hier noch gar nichts klar.

Zögerlich nickte sie und nannte mir die Farbnummern.

»Die standen auch in der Kundendatei«, sagte ich und seufzte erleichtert auf.

»Äh, hallo? Mir ist scheißegal, wer von euch es verbockt hat. Könnt ihr euch jetzt mal um mich kümmern?«

»Natürlich, entschuldige«, wendete ich mich der Kundin zu, während Maurice hektisch auf dem iPad herumtippte.

Dann entwich ihm ein ungläubiger Laut. »Das ist nicht die Farbe, die ich eingetragen habe! O mein Gott, du hast sie mit Linda *Maier* aus Köln verwechselt.«

»Was?«, fragte ich und blinzelte.

»Es gibt zwei Kundinnen, die Linda Meier heißen, einmal Meier mit ei und einmal mit ai und du hast die falsche Kundendatei genommen.«

Ich atmete tief durch. »Wieso hast du mir das nicht gesagt?«, raunte ich leise.

»Wieso hast du nicht genau geschaut?«, entgegnete er und seine Lippen kräuselten sich, das Kinn war kampfeslustig vorgereckt. Wir starrten uns an.

Maurice und ich warteten beide darauf, dass Herr Winz – der berühmteste Starfriseur Deutschlands und unser Chef – sich entschied, wer von uns beiden die Salonleitung übernehmen sollte, wenn er Ende des Jahres nach Mallorca zog, um dort eine weitere Filiale zu eröffnen und das mediterrane Wetter zu genießen. Die Leitung war mein Traum, dafür hatte ich die letzten Jahre hart geschuftet und plötzlich kam mir ein Verdacht. Es war mir komisch vorgekommen, dass Maurice eine Doppelbuchung in seinem Kalender hatte und bei mir zufällig eine Lücke klaffte. So etwas kam eigentlich nicht vor. Weder das eine noch das andere. Die Leute rissen sich um einen Termin bei mir. Und wenn jemand absagte, gab es eine Warteliste mit Kundinnen, die kurzfristig benachrichtigt werden wollten, wenn ein Termin frei wurde. Ich musterte ihn. Hatte er womöglich absichtlich seinen Termin doppelt vergeben und darauf gehofft, dass ich die erste Linda Maier nehmen würde, die mir im Computer angezeigt wurde? Nein, das war selbst für Maurice zu hinterhältig. Oder? Aber er hatte mehrmals betont, dass sie es genau wie beim letzten Mal wollte.

»Leute, ihr glaubt nicht, was mir passiert ist, die totale Horrorstory!«, drang Lindas Stimme zu mir durch. Automatisch drehte ich meinen Kopf zu ihr. Sie hielt ihr Smartphone vors Gesicht und nahm offenbar gerade ein Video auf – oder war das live? Ich sah im Spiegelbild, wie mir sämtliche Farbe aus dem Gesicht wich, nur einzelne rote Stressflecken blieben zurück. Sie hatte zwei Millionen Follower, das hatte Leni mir vorhin gesteckt und hatte dabei regelrecht ehrfürchtig gewirkt. Ich wusste nicht mal, womit sie diese Follower unterhielt. Was ich aber wusste, war, dass es einer Katastrophe gleichkam, wenn sie unseren Salon in den sozialen Medien zerriss. Hektisch schaute ich auf ihr Handy, doch sie schien sich lediglich im Kameramodus zu befinden und nicht in einer der Social-Media-Apps – also keine Live-Aufnahme. »Schaut euch meine Haare an. Ich meine, nichts gegen Rot. Aber mein perfect Fit zu meinem Teint ist das nicht. Seht nur, wie fahl mein Gesicht wirkt. Und statt sich bei mir zu entschuldigen, hat die unfähige Friseurin auch noch behauptet, ich wäre zu blöd, zu wissen, wie meine Haarfarbe aussieht, und nun ist herausgekommen, dass sie mich verwechselt hat. Wie unfähig kann man sein?«

»Linda«, sagte ich lächelnd. »Es tut mir wahnsinnig leid, dass es zu dieser Verwechslung gekommen ist, aber wir werden alles tun, damit du heute glücklich unseren Salon verlässt.« Mein Lächeln wackelte, während ich hoffte, dass sie diese Aufzeichnung nicht posten würde.

»Leute, ich melde mich gleich wieder, ciao, ciao!« Sie ließ ihr Handy sinken und jeder freundliche Zug verschwand aus ihrem Gesicht. »Glaube ja nicht, dass ich *dich* noch mal an mein Haar lasse.«

»Ich kann gar nicht sagen, wie leid es mir tut.«

»Und ich kann gar nicht sagen, wie scheißegal mir das ist!«, fauchte sie. »Außerdem sollst du mich nicht mit Linda ansprechen, wenn ich ein Video aufnehme!«

Ich starrte sie schockiert an, nicht fähig, etwas Sinnvolles zu erwidern. »Ich ... ich ...« Plötzlich war mein Kopf leer. Weil mir so etwas tatsächlich noch nie passiert war und ich mich selbst fragte, ob ich nicht hätte genauer hinschauen müssen. Oder noch mal mit ihr die Farbe durchsprechen und es nicht beim »wie letztes Mal« zu belassen. Eine einmalige Benennung der Farbe hätte dieses Fiasko verhindert. Aber wenn ich ehrlich war, war sie mir auf Anhieb unsympathisch gewesen. Sie hatte wie ein kleines Kind geschmollt, als Maurice ihr gestand, dass er keine Zeit für sie hätte. Außerdem hatte sie nur auf ihr Handy geschaut und kaum reagiert, wenn ich sie ansprach. Doch das war keine Entschuldigung.

»Ich glaube, es ist besser, wenn du jetzt gehst«, sagte Maurice scharf, nur um in der nächsten Sekunde zu flöten: »Ich werde dein Haar retten, Lilly.«

Empört schnappte ich nach Luft. Ich konnte ihm an der Nasenspitze ansehen, dass er die Situation genoss. Doch das war nicht der Moment, ihm meine Meinung zu sagen. Zumal, egal, ob von ihm provoziert oder nicht, ich hatte einen Fehler begangen, und das bei einer Kundin mit so einer Reichweite. Das war ... Tränen stiegen mir in die Augen. Wir hatten zudem schon viel zu lange vor der Kundin diskutiert, das war nicht sonderlich professionell. Ich blickte auf die Uhr. In einer Dreiviertelstunde hatte ich Feierabend. Womöglich war es das Beste, wenn ich ging und Maurice das Glätten der Wogen überließ. Ich konnte nur hoffen, dass Linda später den Salon zufrieden verließ und das eben aufgenommene Video löschte, anstatt es zu veröffentlichen. Mit Maurice würde ich morgen noch mal ein Wörtchen reden.

»Es tut mir ausgesprochen leid«, entschuldigte ich mich ein weiteres Mal bei Linda.

Sie schaute mich nicht mal an, also wendete ich mich ab und lief in den Aufenthaltsraum, wo ich eine verängstigte Leni vorfand.

»Dich trifft keine Schuld«, versicherte ich ihr.

»Mir ist aber aufgefallen, dass es eine andere Farbe war als üblich, ich kenne sie ja von Instagram. Aber ich dachte, sie wollte mal was Neues probieren. Das Braun hatte sie ja auch noch nicht besonders lang, vorher war sie blond. Ich habe euer Vorgespräch ja nicht mitbekommen und ich finde, der Ton steht ihr hervorragend.«

Ich zwang meine Mundwinkel nach oben. »Finde ich auch, aber wie auch immer, es ist einzig mein Fehler. Ich habe die Kundendaten verwechselt.«

»Das … Also ich finde, Maurice hätte dich darauf hinweisen können.«

»Hätte er«, sagte ich und nickte. »Hör zu, ich fahr jetzt erst mal nach Hause. Wenn sie mich nicht mehr sieht, beruhigt sie sich bestimmt und wer weiß, in ein paar Tagen lachen wir darüber.«

Das klang weitaus zuversichtlicher, als ich mich fühlte, dennoch hoffte ich tatsächlich darauf, dass Maurice es schaffte, die Farbe zu retten.

Leni nickte und verließ den Aufenthaltsraum. Kurz darauf steckte Aurelia ihren Kopf durch die Tür. Sie hatte eineinhalb Jahre nach mir im Salon angefangen und wir verstanden uns auf Anhieb. Seitdem war sie zu einer Vertrauten hier in Düsseldorf geworden. Neben Fabi und Sarah. Doch schon bald würde sie mit Herrn Winz nach Mallorca gehen, um dort die neue Filiale aufzuziehen.

Sie schloss die Tür hinter sich. »Ich sag dir, das hat er mit Absicht gemacht, er ist so eine Bitch.« Plötzlich erfasste mich ganz unerwartet eine Welle der Wehmut, wenn ich daran dachte, dass sie bald nicht mehr in der Stadt sein würde.

»Das wissen wir nicht«, sagte ich und versuchte weiter, an ein Missverständnis zu glauben.

Mitfühlend schaute Aurelia mich an. »Willst du wirklich gehen?«

»Sie war eh meine letzte Kundin und wenn es dazu beiträgt, dass sie sich weniger aufregt ... So ungern ich Maurice das Feld überlasse, ist es in diesem Fall scheinbar das Beste.«

»Ach Mann, so ein Mist! Und ausgerechnet, wenn Herr Winz nicht da ist.«

Ich nickte. Herr Winz wusste immer, wie er die zum Teil speziellen Kunden und Kundinnen händeln musste. Dafür hatte er ein Händchen wie kein anderer. Der Timer in Aurelias Hand piepte. Sie hielt ihn hoch. »Ich muss …«

»Geh nur, wir sehen uns morgen.« Ich versuchte, eine Extraportion Zuversicht in meine Worte zu legen. Aurelia trat noch einmal zwei Schritte auf mich zu, drückte mich kurz an sich, dann verschwand sie durch die Tür in den vorderen Bereich des Salons.

Nachdem ich meine Wasserflasche in meine Tasche gestopft hatte, verließ ich das Gebäude durch den Hinterausgang. Mit meinem cremefarbenen VW Beetle Cabrio, das ich über alles liebte, fuhr ich mit offenem Verdeck nach Hause. Der Wind, der hier Anfang Oktober noch so viel wärmer war als in meiner Heimat Nordfriesland, fuhr durch mein Haar und blonde Strähnen peitschten mir in die Augen. Bald würde die Cabriosaison aber auch hier vorbei sein. Ich angelte nach meiner Sonnenbrille und setzte sie auf. Eine Träne entwich meinem Augenwinkel, und ich wusste nicht genau, ob der Wind sie herausgetrieben hatte oder ob der Schreck der Ereignisse langsam nachließ und das Geschehene nun völlig in mein Bewusstsein sickerte. Mit jedem Kilometer wurde mir flauer im Magen, und die Fragen schossen in meinem Kopf hin und her wie Patronenkugeln. Würde Maurice es hinbekommen? Vermutlich würde nur ein minimaler Rotstich zurückbleiben, wenn er mit der richtigen Farbe drüberfärbte. Würde Lilly Cee es ihren Followern erzählen? Was würde Herr Winz dazu sagen? In all den Jahren war mir nichts dergleichen passiert. Ich liebte meinen Job, und ich war gut darin! Wieso hatte ich nicht gesehen, dass es zwei Lindas mit fast identischen Nachnamen gab? War ich nicht bei der Sache gewesen? Hoffentlich kam Fabi bald aus dem Büro nach Hause. Er fand immer motivierende Worte und würde sicherlich vorschlagen, dass wir in die Altstadt gingen, um dort etwas mit seinen Freunden zu trinken. Fabi war unwahrscheinlich gut vernetzt in Düsseldorf, und ich genoss es, dass ich mir nur selten Gedanken über unsere Freizeitplanung machen musste. Und heute konnte ich etwas Ablenkung besonders gut gebrauchen, sonst würde ich nur pausenlos an Lilly Cee denken. Ich steuerte den Wagen auf den Parkplatz vor dem Gebäude, in dem sich unsere Wohnung befand. Als Immobilienmakler hatte Fabi Zugriff auf die schönsten Wohnungen, noch ehe sie überhaupt auf den Markt kamen. Unsere Dreizimmerwohnung besaß einen großen Südwest-Balkon, Echtholzdielen und eine Wohnküche mit großer Kücheninsel, die wir allerdings nur selten nutzten. Meistens aßen wir auswärts. Das moderne, weiß verputzte Gebäude mit den anthrazitfarbenen Fenstern machte auch von außen einen eleganten Eindruck. Ich schloss das Verdeck meines Beetles und drückte anschließend auf die Funkfernbedienung. Im Gehen wählte ich Sarahs Nummer, aber die Mailbox ging sofort an. Seit einigen Monaten arbeitete meine Freundin Sarah für Fabi. Ein Wink des Schicksals. Sarah war unzufrieden in ihrem Bürojob gewesen und Fabi hatte dringend eine neue Assistentin gebraucht, nachdem seine alte von der Konkurrenz abgeworben worden war. Da hatte ich nur zu gern die Vermittlerin gespielt.

Am Ende des Parkplatzes bemerkte ich Fabis Wagen und stutzte. Der Audi parkte am Ende der Reihe. Eigentlich kam er nie vor neunzehn Uhr aus dem Büro. Aber ich freute mich, jetzt nicht allein sein zu müssen. Sofort fiel ein Teil des bedrückenden Gefühls von mir ab. Ich steckte mein Handy zurück in meine Tasche, Sarah konnte ich auch später noch davon erzählen. Und morgen wollten wir uns eh auf einen Cappuccino treffen.

Als ich die Wohnung betrat, erklangen leise Klassiktöne aus den Lautsprechern im Küchen- und Wohnbereich. Fabi hatte ein Faible für klassische Musik. Aber als ich die Schuhe abstreifte und meine Tasche an die Garderobe hängte, nahm ich noch andere Geräusche wahr, die ich nicht deuten konnte. Lief zusätzlich zur Musikanlage der Fernseher?

In der Sekunde, in der ich in die Küche bog, hörte ich Sarahs Stimme – nein, ihr Stöhnen. Doch ehe das vollends in mein Bewusstsein drang, wischte der Anblick, der sich mir bot, alle Gedanken fort. Fabi. Und Sarah. Ich schluckte. Sarah, sie lag auf dem Sofa – meinem heiß geliebten Sofa, das ich erst Anfang des Jahres gekauft hatte, weil mir Fabis Ledercouch zu unbequem war. Ihre Beine waren gespreizt und zwischen ihren Schenkeln ruhte Fabis Kopf. Sarah hatte ihren in den Nacken geworfen und ihre Finger verkrallten sich in Fabis Haaren. Ich stand dort im Übergang zum Wohnzimmer und konnte mich nicht rühren. Ich musste einen Schock erlitten haben. Mehrmals setzte ich an, etwas zu sagen, doch ich hatte genug damit zu tun, weiterzuatmen. Nach jedem Atemzug fühlte es sich an, als boxte mir jemand in den Bauch und trieb sämtliche Luft aus meinen Lungen. Sarah wimmerte und stöhnte erneut. Erst als ihr Höhepunkt abflachte, öffnete sie die Augen und hob ihre Lider, während ich die aufsteigende Galle hinunterschluckte. Ihr sinnliches Lächeln rutschte ihr genauso schnell vom Gesicht, wie die Farbe aus ihren geröteten Wangen wich. Sie sprang auf und zerrte ihren Rock runter.

»Was hast du denn?«, fragte Fabi sichtlich verwirrt. Doch in der nächsten Sekunde folgte er Sarahs Blick und erstarrte. Kniend auf dem teuren Teppich, mit noch feucht glänzenden Lippen. Mir wurde speiübel. Ich kämpfte gegen den Würgereiz an. Gleichzeitig wummerte mein Herz so laut, dass ich nicht sofort verstand, was die beiden sagten. Erst nach und nach drangen ihre Worte zu mir durch.

»Es tut mir so leid«, flüsterte Sarah.

Fabi raufte sich die Haare. »Es ist nicht so, wie es aussieht.«

O Gott, dieser Satz – ernsthaft? Endlich löste sich meine Starre, und ich schnaubte auf. »Es sah aus, als würde mein Freund meine beste Freundin mit seiner Zunge zum Orgasmus bringen. Auf *meinem* geliebten Sofa. Aber vielleicht haben mir meine Augen einen Streich gespielt, wie war es denn *wirklich*?« Ich hielt mich an der Ecke der Kücheninsel fest, weil meine Beine so weich wurden, dass sie drohten, nachzugeben. Meine Stimme klang erstaunlich gefasst.

»Wir …«, begann Sarah und sah dann hilflos Fabi an.

»Wir wollten das nicht. Es ist einfach so passiert.«

In diesem Moment wusste ich nicht, was schwerer wog: Fabis Betrug oder Sarahs Verrat unserer Freundschaft. Zusammen war es kaum stemmbar, und ich verstand, woher das Sprichwort »das riss einem den Boden unter den Füßen weg« stammte – aus Momenten wie diesen.

»Ach so«, brachte ich hervor und sank auf einen der Barhocker an der Kücheninsel. Nicht sicher, ob mich meine Beine noch eine Sekunde länger tragen würden.

»Telse, bitte glaub mir, es tut mir so leid«, jammerte Sarah und besaß tatsächlich die Frechheit, in Tränen auszubrechen. Obwohl das ja wohl eher mein Part in dieser Tragödie, in die sich mein Leben binnen eines Tages verwandelt hatte, gewesen wäre. Doch meine Augen blieben trocken. Es schien, als seien alle meine Körperfunktionen eingefroren.

»Ich … Wir lieben uns. Aber du solltest es nicht so erfahren. Wir wollten dir nicht wehtun«, redete sie weiter.

»Dann hättest du deinen nackten Hintern vielleicht besser von meinem Sofa fernhalten sollen«, raunte ich. Mir fehlte die Luft, um es ihr ins Gesicht zu brüllen. ›Wir lieben uns.‹ Die Worte hallten stechend in meinem Kopf nach.

»Verschwinde!«, zischte ich mit der letzten Luft in meinen Lungen.

»Sarah, ich denke, es ist besser, wenn du jetzt gehst«, murmelte Fabi und Sarahs verletzter Gesichtsausdruck verschaffte mir eine kurzzeitige Genugtuung. Die Frau, die ich bis vor fünf Minuten noch als eine meiner besten Freundinnen betitelt hätte, griff sich ihre Schuhe. Einer lag auf dem Teppich vor dem Sofa und der zweite einen Meter vor mir. Mit zitternder Unterlippe lief sie an mir vorbei. Ich wollte sie an ihren Haaren zu Boden reißen und ihr das Rouge von den Wangen kratzen. Doch ich schaffte es nicht einmal, sie anzusehen. Ihre Schritte klangen dumpf im Flur, dann schlug die Tür ins Schloss. Stille senkte sich über Fabi und mich. Er beäugte mich, als wägte er ab, ob ich ihm gleich eine Szene machen würde. Und ja, verdammt, das wollte ich! Doch ich war innerlich so versteinert, dass ich nichts fühlte. Ich hörte meinen eigenen Atem, wie er schwer ging, versuchte, hinter meinem galoppierenden Herzen hinterherzukommen. Ich wusste nicht, wie lange ich es noch in seiner Gegenwart aushalten würde. In mir schwoll ein Bedürfnis an, dieses Gespräch schnell hinter mich zu bringen, weil ich fürchtete, wenn ein Gefühl es erst mal an die Oberfläche schaffte, würde es mich entzweireißen. Dann würde ich heulen und kreischen und auf dem Teppich zusammensinken. Ihn weinend fragen, warum er das getan hatte. Ich schüttelte leicht den Kopf, um dieses Szenario zu vertreiben. *Stark sein, Telse*, sprach ich mir still zu.

»Und?«, brachte ich schließlich spöttisch hervor. »Wie ist es denn nun *wirklich*, Fabian? Ich kann deine Erklärung kaum erwarten.« Zum Ende hin bebte meine Stimme.

»Mann, Telse, mach es mir nicht so schwer.«

»Wie bitte?«, keuchte ich.

»Es läuft doch schon länger nicht mehr so richtig zwischen uns.«

Autsch, das tat weh. Zugegeben, wir hatten schon seit einer Weile keinen Sex mehr gehabt, dafür häufiger Streit. Aber solche Phasen gab es eben, oder? Wir hatten beide stressige Jobs, waren viel unterwegs, hatten nur wenig Zeit für uns.

»Seit wann – bitte schön – empfindest du das so? Und da bist du nicht auf die Idee gekommen, mit mir zu reden? Da war für dich die erste Wahl, es meiner Freundin zu besorgen?« Allmählich bröckelte die Starre, und Wut und Fassungslosigkeit drängten durch die Ritzen nach außen.

»Du stellst mich wie ein Arschloch hin.«

»Zu Recht, würde ich sagen!« Hysterisch lachte ich auf und streifte mir meine langen blonden Haare hinter die Schulter, wie immer, wenn ich nervös war.

»Siehst du, das meine ich, mit dir zu reden ist … Für dich zählt nur deine Meinung und du musst immer das letzte Wort haben. Und seit du die Salonleitung in Aussicht hast, dreht sich für dich eh alles nur noch um *deinen* Job.«

»Das ist schließlich mein Traum.«

»Dem du alles unterordnest.«

»Sagt der, der siebzig Stunden die Woche im Büro ist.«

Fabian wich meinem Blick aus.

»O nein! Du bist wegen ihr immer so lange im Büro? Das geht schon länger mit euch! Seit wann?«

»Ich weiß nicht genau …«

»Sag mir, seit wann!«

»Nachdem sie bei mir anfing, haben wir zusammen die Mittagspause verbracht und uns gut verstanden. Sie hört mir zu und hat Interesse an meiner Arbeit …«

»Seit wann vögelt ihr miteinander?«

Er fixierte die Obstschale auf der Kücheninsel. »Seitdem du diese Schauspielerin für ihr Shooting in Mailand frisiert hast.«

»Das war Ende Juli! Ihr hintergeht mich seit zwei Monaten? Und wann wolltet ihr mir das sagen?«

»Sarah wollte schon früher mit dir reden. Aber es war einfach noch nicht der richtige Moment. Mir war klar, dass du ausflippen wirst.«

»Sehe ich etwa aus, als würde ich ausflippen?«, schrie ich und überlegte, ob ich ihm alle Äpfel aus der Obstschale einzeln an den Kopf werfen sollte.

»Jetzt gerade sieht es danach aus«, erwiderte er und setzte einen selbstgefälligen Blick auf.

»Du mieses Stück Scheiße!«

Der würde weder eine Träne von mir bekommen noch erleben, dass ich seinetwegen ausrastete. War das derselbe Mensch, in den ich mich vor vier Jahren verliebt hatte? Hatte er diese hässliche Seite schon immer an sich gehabt? Oder hatte er einfach aufgehört, mich zu lieben, und ich war ihm deswegen egal? Ich spürte unbändige Wut, doch mir war klar, dass ich nur so empfand, weil ich ihn eigentlich liebte. Ein fieser Kopfschmerz kündigte sich pochend hinter meinen Schläfen an.

»Wer zieht aus?«, stellte ich die Frage, auf die das

alles hier hinauslaufen würde. Um mein gebrochenes Herz konnte ich mich später noch kümmern.

»Ich habe uns die Wohnung besorgt, und ich glaube, alleine ist sie eh zu teuer für dich.«

»Du ... du! Weißt du was? Das habe ich schon immer an dir gehasst, dass du ständig darauf herumreiten musst, dass du mehr verdienst. Irgendwie hat mein Job doch nie richtig für dich gezählt. Da passt dir eine kleine Assistentin, die *›Ja, bitte, Chef‹* sagt, wohl besser!«

Ohne eine Antwort abzuwarten, fuhr ich herum und ließ ihn stehen.

»Du kannst aber so lange in der Wohnung bleiben, bis du was Neues gefunden hast.«

»Nein, danke, ich ziehe aus, noch heute! Und das Sofa schenke ich euch!« Hastig lief ich ins Bad und knallte die Tür zu. »Scheiße, scheiße, scheiße«, murmelte ich und sank auf den Toilettendeckel, unterdrückte das aufsteigende Schluchzen. »Ruhig, Telse, durchatmen, du musst jetzt einen kühlen Kopf bewahren.«

Wohin sollte ich? Zu Aurelia? Die war noch im Salon, außerdem war gerade ihr Freund aus Spanien da – der ja überhaupt der Grund war, warum sie sich so dermaßen darauf freute, nach Mallorca zu gehen. Nein, die beiden konnte ich nicht stören. Für heute würde ich in ein Hotel ziehen. Morgen könnte ich dann nach einer Ferienwohnung für den Übergang schauen. Kurz erwog ich noch, mich an andere Freunde zu wenden. Aber außer Aurelia und Sarah kannte ich die meisten über Fabi und ich war mir nicht sicher, inwieweit es tatsächlich auch *meine* Freunde waren. Vielleicht wussten die es sogar schon alle? Das war so demütigend! Fabis Pokerfreunde bestimmt!

Entschlossen stand ich auf, band meine Haare mit einem Zopfgummi zusammen und fing an, meine Badutensilien in eine Kosmetiktasche zu packen. Zwischendurch warf ich eine Kopfschmerztablette ein in der Hoffnung, den lauernden Schmerz gleich im Keim zu ersticken.

Als ich noch überlegte, ob ich das Parfüm einpacken sollte, das Fabian mir zu Weihnachten geschenkt hatte, hörte ich, wie die Haustür geöffnet und geschlossen wurde. Er war gegangen. Einfach so. Wahrscheinlich zu ihr. Die erste Träne rann über meine Wange und tropfte auf meinen Handrücken. Fahrig wischte ich sie weg und knallte anschließend den Flakon auf die Fliesen. Das Glas zersprang – den Geruch nach Chloé würde er so schnell nicht wieder aus dem Bad bekommen. Ich hoffte, mein Duft würde noch Wochen in den Wänden hängen.

KAPITEL 2

Knapp zwei Stunden nachdem ich Sarah und Fabian auf dem Sofa erwischt hatte, stopfte ich meine Handtasche in den letzten freien Leerraum meines kleinen Autos. Ich hatte so viel wie möglich – außer den Möbeln, von denen die meisten eh Fabi gehörten – eingepackt. Zum ersten Mal wünschte ich mir einen SUV oder einen Kombi, als ich mich auf den Sitz schob.

Vorerst würde ich in einem kleinen Boutiquehotel in der Nähe des Salons übernachten, das erst vor wenigen Monaten eröffnet hatte. Noch schien ich in eine Art Überlebensmodus zu sein, doch ich ahnte, dass gleich im Hotelzimmer alles auf mich einprasseln würde. Ich startete den Wagen, hielt vorsorglich an einer Tankstelle und besorgte mir eine Tafel Schokolade und einen großen Eisbecher. Zehn Minuten später erreichte ich das Hotel. Ein letztes Mal atmete ich tief durch und legte meine Finger um den Türgriff, als mein Handy klingelte. Sofort hoffte ich auf Fabi, der sich entschuldigte und mich anflehen würde, nach Hause zu kommen. Doch das war irrational, weil es schließlich das, was er und Sarah getan hatten, nicht ungeschehen machen würde. Ich spürte, wie ein Tränenkloß in meinem Hals heranwuchs. Endlich gelang es mir, mit zittrigen Fingern das Handy aus der Tasche zu fischen. Maurice. An die Misere bei der Arbeit hatte ich gar nicht mehr gedacht. Hoffentlich hatte er Linda besänftigt. Kurz überlegte ich, den Anruf zu ignorieren, nahm ihn dann aber doch entgegen.

»Maurice, wie ist es mit Lilly Cee ausgegangen?«, fragte ich erschöpft.

»Sie hat den Salon einigermaßen zufrieden verlassen.«

»Super.« Erleichtert atmete ich auf.

»Ich habe getan, was ich konnte.«

Er war so selbstgefällig. Ich verdrehte die Augen. Für den üblichen Machtkampf zwischen uns fehlte mir in diesem Augenblick die Kraft.

»Dann … danke«, würgte ich daher hervor. Auf der einen Seite war ich ihm tatsächlich dankbar, denn ich hatte es verbockt. Dennoch blieb das Gefühl, dass er mir mit Absicht nichts von den Namensvetterinnen gesagt hatte. »Gut, dann bis …«

»Das war noch nicht alles«, unterbrach er mich. »Sie hat sich tierisch über dich aufgeregt, und ich musste ihr versichern, dass es ein Nachspiel für dich haben wird, sonst hätte sie noch heute dieses Video gepostet. Ich habe wirklich mit Engelszungen auf sie eingeredet, um das zu verhindern.«

»Ein Nachspiel für mich?«, fragte ich verständnislos. Was sollte das bedeuten?

»Es steht mir nicht zu, solche Entscheidungen zu treffen, daher habe ich Rücksprache mit Herrn Winz gehalten. Gemeinsam sind wir zu der Entscheidung gekommen, dass es besser ist, wenn du erst mal freigestellt wirst.«

»Wie bitte?« Mein Herz rutschte durch meinen Magen und meine Kniekehlen bis in den Fußraum meines Beetles. Maurice, diese hinterhältige Schlange …

»Nur so lange, bis Gras über die Sache gewachsen ist. Wir verkaufen es Lilly gegenüber wie eine Art Suspendierung.«

»Suspendierung? Ich glaube, du hast zu viele Highschool-Romanzen geschaut.« Mein Puls beschleunigte sich, und die Wut verdrängte kurzzeitig alle anderen Gefühle. Doch Maurice ging nicht auf meine Provokation ein und sagte von oben herab: »Ich verstehe, dass das nicht leicht für dich ist, und es tut uns sehr leid. Das wirft hier im Salon schließlich auch alles durcheinander. Aber du hast ja noch mehr als die Hälfte deiner Urlaubstage. Ich denke, es ist letztlich nur fair, wenn du sie für eine Auszeit opferst. Schließlich war das wirklich ein schwerwiegender Fehler, und du weißt, wie anspruchsvoll unsere Kundschaft ist. Herr Winz …«

»Was denn nun? Bin ich suspendiert, freigestellt oder werde ich in den Urlaub geschickt?«, blaffte ich.

»Nenne es, wie du willst, aber abgerechnet werden dir dafür Urlaubstage. Herr Winz und ich empfanden das als die beste Lösung.«

Wenn er noch einmal *Herr Winz und ich* sagte, würde ich mein Telefon aus dem Fenster werfen und einen Schreikrampf bekommen.

»Wie lange?«, knurrte ich.

»Zwei Wochen.«

»Okay, schön, dann danke ich dir herzlich für deinen

unermüdlichen Einsatz für mich«, säuselte ich mit zusammengebissenen Zähnen.

»Du brauchst jetzt nicht sarkastisch zu werden. Ich habe mich bei Herrn Winz …«

»Ciao, Maurice«, sagte ich und hämmerte auf den roten Hörer, bis mein Finger wehtat und die Tränen flossen. Das war alles ein Albtraum. Es musste ein schrecklicher Albtraum sein, aus dem ich jede Sekunde erwachen würde. Ich kniff mich fest in den Arm, doch der Schmerz änderte die Situation nicht. Der Impuls, Sarah anzurufen, flammte in mir auf, bis mir einfiel, dass ich sie nie wieder anrufen würde, weil sie meinen Freund vögelte. Ich schluchzte auf und kämpfte einige Minuten darum, genügend Luft zu bekommen. Es schien mir unmöglich, genügend Sauerstoff in meine Lungen einzuatmen. Erst nach einer ganzen Weile wurden die Schluchzer flacher und die Atemzüge wieder tiefer.

Ich wühlte im Fußraum nach der Tüte von der Tanke und holte den Eisbecher heraus. Zum Glück hatte der Kassierer einen kleinen Holzlöffel dazugelegt. Es gab sie also noch, die guten Menschen. Nur nicht in meinem Leben. Ich schniefte erneut, als ich den Löffel in das bereits angeschmolzene Schoko-Vanille-Eis trieb. Eine halbe Stunde weinte ich weiter und löffelte den Eisbecher leer. Zwischendurch überlegte ich, Aurelia anzurufen, aber dann müsste ich ihr auch von Fabi und Sarah erzählen. Und dafür fehlte mir die Kraft. Meine Gedanken wanderten zu Marte, sie war meine Sandkastenfreundin, mit der ich immer noch regelmäßig in Kontakt stand. Doch es war schon einige Wochen her, dass wir das letzte Mal voneinander gehört hatten. Außerdem musste ich mir zunächst überlegen, ob ich immer noch in das Hotel wollte. Schließlich konnte ich nicht ewig heulend hier im Auto hocken. Ich blickte zum Eingang. Die Aussicht, die nächsten zwei Wochen im Hotelzimmer zu verbringen ohne die Arbeit als Ablenkung, war nicht verlockend. Ich dachte an zu Hause. Nicht an die Wohnung von Fabi und mir, sondern an das kleine nordfriesische Dorf Süderdiek an der Nordseeküste, mit dem Salon WunderHaar von Tante Elke, meinen alten Freunden, dem Haus, in dem ich aufgewachsen war, und an meine Eltern. Das letzte Mal hatte ich sie im Juni gesehen, als sie mich für ein Wochenende in Düsseldorf besucht hatten. Plötzlich erschien mir Süderdiek der perfekte Ort, um mich zwei Wochen zu verkriechen. Eine kleine heile Welt, in der niemand Lilly Cee kannte oder wusste, dass mein Freund mich mit meiner Freundin betrogen hatte. Ich quetschte den leeren Eisbecher in die Ablage der Tür und startete den Wagen. Dazu drehte ich das Radio laut auf in der Hoffnung, die Musik würde meine Gedanken übertönen.

Um kurz nach drei Uhr in der Nacht verließ ich nach gut sechs Stunden die Autobahn. Andere Fahrzeuge begegneten mir ab da keine mehr und als die Fahrbahn weder Mittel- noch Seitenstreifen hatte, wusste ich, gleich war ich zu Hause. In der Ferne blinkten am Himmel die Lichter an den Windmühlen in einem gleichmäßigen

Takt auf und wirkten wie eine Armee aus Ufos. Von mir aus konnten sie die Invasion der Erde starten – ich hatte nichts mehr zu verlieren. Als ich das Ortsschild von Süderdiek passierte und kurz darauf auf die Auffahrt meiner Eltern abbog, lag das Haus genauso verlassen und dunkel da wie das ganze Dorf. Es war Viertel vor vier. Eine Weile blieb ich noch im Auto sitzen, bis meine Blase zu stark drückte. Ich war durchgefahren, mit hohem Tempo und ohne eine Pause. Ich ließ alles im Auto und stieg aus, die Wagentür schloss ich so leise wie möglich, damit ich meine Eltern nicht weckte. Kaum hatte ich mich zum Haus gewandt, sprang der Bewegungsmelder an und ich fühlte mich wie ein Eindringling. Doch im Haus blieb alles ruhig, der Bewegungsmelder wurde schließlich auch ständig von dem dicken Nachbarskater Bruno ausgelöst, der regelmäßig in die Beete meines Vaters kackte.

An der Hintertür hob ich den Blumenkübel an und wie erwartet lag dort der Ersatzschlüssel. Innerlich verdrehte ich die Augen. Warum machten sie sich überhaupt die Mühe, das Haus abzuschließen? Sollte es mein Vater als ehemaliger Polizist nicht besser wissen?

Leise schloss ich auf und tapste barfuß ins Wohnzimmer. Mein altes Zimmer existierte nicht mehr, es war jetzt das Yoga- und Bügelzimmer meiner Mutter. Wenn ich zu Besuch war, schlief ich auf einer aufblasbaren Luftmatratze. Fabi hatte das bei unserem ersten gemeinsamen Besuch furchtbar gefunden, und wir mussten in ein Hotel umziehen. Das war über drei Jahre her, danach hatte er meistens Ausflüchte gefunden, warum er nicht mit hochfahren konnte. Das war okay für mich, schließlich war ich auch nicht scharf darauf, ihn zu seinen snobistischen Eltern zu begleiten. Die Mutter hatte entsetzt ihr gerichtetes Näschen gerümpft, als ich erzählte, dass ich Friseurin sei. Erst als der Salonname Winz fiel, hatte es sich wieder etwas geglättet.

Ich mochte es, in meinem alten Zimmer zu campieren, ich fand es heimelig. Der Duft und die Geräusche des Hauses, die mir auch nach den Jahren in Düsseldorf vertraut waren. Heute musste aber erst mal das Sofa im Wohnzimmer herhalten. Wie erwartet lag eine Wolldecke zusammengefaltet über der Armlehne, die meine Mutter zu jeder Jahreszeit beim Fernsehen die Füße wärmte. Ich knautschte das Kissen zurecht und kuschelte mich ein. Die Anstrengung der Fahrt ließ mich nur wenige Minuten später in den Schlaf driften.

KAPITEL 3

Der Duft von frisch aufgebrühtem Kaffee schaffte es als Erstes in mein Bewusstsein. Kurz freute ich mich, dass Fabi noch da war und uns Kaffee machte. Dann spürte ich die Sofalehne an meinem Nacken und das Muster des gehäkelten Kissens an meiner Wange. Sofort war das flaue Gefühl in meinem Magen zurück. Blinzelnd öffnete ich die Augen. Mein Vater lehnte mit einem Kaffeebecher in der Tür zum Wohnzimmer.

»Morgen«, brummte ich und bereute bei dem Geschmack auf meiner Zunge, meine Zahnbürste gestern Abend im Auto gelassen zu haben.

»Mahlzeit – es ist schon fast Mittag, wann bist du gekommen?« Sorge stand in seinen braungrünen Augen, die meinen so ähnelten. Äußerlich gab er sich dennoch gelassen – ganz der routinierte Polizist.

Er trat näher und reichte mir den Kaffeebecher.

»Danke.« Ich setzte mich auf, winkelte die Knie an und umschlang den Becher mit beiden Händen. Mein Vater setzte sich derweil auf den Sessel. »Irgendwann kurz vor vier, ich wollte euch nicht wecken.« Und dann kullerte schon die erste Träne.

»Du kannst uns immer wecken, Telli«, erwiderte er. *Telli*, so nannte mich niemand in Düsseldorf. Weitere Tränen strömten über meine Wangen. Mein Vater erhob sich von seinem Platz und setzte sich neben mich, legte mir seinen Arm um die Schulter, rieb beruhigend über meinen Rücken. »Was ist passiert?«, fragte er in diesem väterlichen Ton, der mir als Kind stets das Gefühl gegeben hatte, er könnte alle Probleme aus der Welt schaffen. Nun war er schon seit zwei Jahren in Rente, seine Haare licht und grau und plötzlich machte mich der Umstand, dass er älter geworden war, traurig. Noch trauriger.

»Fabi – er ... er hat mich betrogen, mit Sarah«, schniefte ich. Die von meiner Mutter getrimmten Augenbrauen meines Vaters hoben sich überrascht in Richtung des lichter werdenden Haaransatzes.

»Mit deiner Freundin Sarah?«

Ich nickte und kräuselte die Nase, ein letzter Versuch, die Tränen zurückzudrängen. Doch es war aussichtslos. Wie alles, seit Linda Meier gestern den Salon betreten hatte.

»Au Backe!«, sagte mein Vater und wirkte genauso schockiert, wie ich mich fühlte. Beim Anblick seiner Miene musste ich kurz auflachen.

»Unglaublich, oder? Und ich habe nichts gemerkt, bis ich dann gestern früher von der Arbeit heimkam. Ich fühle mich so ... blöd.«

»Telli, wenn sich einer blöd fühlen muss, dann die beiden. Ich weiß gar nicht, was ich dazu sagen soll. Ich bin richtig schockiert. Es tut mir so leid für dich. Ich könnte hinfahren und ihm die Leviten lesen«, überlegte er und meine Mundwinkel hoben sich angesichts dieses Angebots. Es war die richtige Entscheidung gewesen, heimzufahren.

»Spar dir das Benzin, er ist es nicht wert. Aber danke für das Angebot.«

»Also ehrlich gesagt fand ich ihn schon immer etwas … zu sehr von sich eingenommen.«

»Ich weiß, Papa. Das nächste Mal höre ich auf dich.«

Er lächelte milde, weil wir wohl beide wussten, dass ich meinen eigenen Kopf hatte und nur selten auf ihn gehört hatte. Dennoch hatten meine Eltern mich immer unterstützt, nie versucht, mir etwas auszureden. Auch nicht, als ich mit vierundzwanzig beschloss, nach Düsseldorf zu gehen, nachdem ich die Meisterprüfung erfolgreich bestanden hatte. Obwohl sie mich sicherlich gern weiterhin in der Nähe gehabt hätten.

»Und da hast du dir ein paar Tage freigenommen?«, fragte er weiter.

Stöhnend ließ ich den Kopf gegen die Rückenlehne fallen. »Nein, das ist eine andere Geschichte und der Grund, warum ich gestern überhaupt früher nach Hause gefahren bin. Irgendwie ist mein Leben an nur einem Tag zusammengefallen wie ein schlecht gebautes Kartenhaus.«

»Was hältst du davon, wenn ich dir Rührei koche, und du erzählst mir dabei den Rest?«

»Klingt gut. Ist Mama im Salon?«

Er nickte. Meine Mutter, Karla, war ebenfalls Friseurin und arbeitete bei meiner Tante im Salon Wunder-Haar, in dem ich quasi aufgewachsen war. Ich folgte meinem Vater in Richtung Küche und nahm ein Taschentuch entgegen, das er mir hinhielt. Noch immer in den zerknautschten Klamotten vom Vortag setzte ich mich an den Tisch. Meine langen blonden Haare, die ich sonst immer sorgsam in Wellen legte, fühlten sich an wie ein aufgeplatztes Sofakissen. Notdürftig fuhr ich mit den Fingern hindurch, während mein Vater Eier in einer Schüssel aufschlug.

»Und Telli?« Mein Vater drehte sich mit der Schüssel in der Hand zu mir um. »Kartenhäuser lassen sich wieder aufbauen.«

Einige vielleicht. Aber das galt wohl kaum für alle. Zumindest nicht für Beziehungen, in denen man hintergangen worden war.

Während ich kurz darauf im Rührei herumstocherte, erzählte ich von der Misere im Salon und merkte wieder, wie wütend mich das machte.

»War es wenigstens ein Feuerwehrautorot?«

Ich schmunzelte. »Nein, es war ein wunderschöner Kupferton. Sie war länger nicht bei uns, die alten Farbpigmente waren auf den vorher blondierten Haaren nicht mehr zu erkennen, besonders Rottöne verlieren sich oft schnell. Sonst hätte ich vielleicht gestutzt.«

»Und du traust diesem Maurice tatsächlich zu, dass er auf eine Verwechslung gehofft hat?«

»Keine Ahnung, ist womöglich etwas weit hergeholt. Aber auf jeden Fall hat er es sichtlich genossen, sich als Chef aufzuspielen und mich auf die Ersatzbank zu schicken.«

»In zwei Wochen haben sich die Wogen bestimmt geglättet. Ich freue mich, dich mal wieder länger hier zu haben. Mama auch, ich konnte sie nur mit Mühe davon abhalten, dich heute Morgen zu wecken. Geh doch später in den Salon zu ihr und Elke. Da freuen sich die zwei.«

»Mal sehen. Erst mal will ich mein Auto leer räumen, bevor der Postbote es sieht und es gleich seiner Frau steckt, die erzählt es dann ihrer Freundin und … na ja, du weißt ja, wie es hier im Dorf läuft.«

»Wir passen aufeinander auf, das meinst du doch, oder?« Mein Vater grinste.

»Ja, genau, so meinte ich das.« Lächelnd schüttelte ich den Kopf und war gleichzeitig froh, dass ich nach allem, was gestern passiert war, noch lachen konnte.

Tatsächlich hatte ich wenig Lust auf den Dorftratsch, und der würde schnell Wellen schlagen, wenn Mama und Elke mich im Salon ausquetschten. Daher folgte ich dem Vorschlag meines Vaters vorerst nicht, sondern beschloss, mich lieber im Haus meiner Eltern zu verkriechen.

Am frühen Nachmittag hatte ich mein altes Zimmer halbwegs zurückerobert. Die Luftmatratze war aufgepumpt und bezogen, meine Klamotten stapelten sich an einer Wand auf Mamas Yogamatte und dem Bügelbrett. Meine Haushaltsgegenstände hatte ich in die Garage geräumt. Danach half ich meinem Vater, sein Gemüsebeet auf die kalte Jahreszeit vorzubereiten. Nach dem Motto: Beschäftigung war die beste Ablenkung. Aber so ganz hatte ich die Ereignisse des gestrigen Tages noch nicht realisiert. Die Gefühle kamen in Wellen und drohten jedes Mal, mich fortzuspülen. Schwungvoll trieb ich die kleine Metallschaufel in die Erde, als erneut das Bild von Sarah und Fabi in meinem Kopf auftauchte.

Neben mir fluchte mein Vater. »Dieser Kater! Warum macht der immer nur in mein Beet?«

Das entlockte mir ein Schmunzeln und ich war froh, dass nicht ich auf die Hinterlassenschaften von Bruno gestoßen war.

»Da seid ihr zwei ja!«, erklang die Stimme meiner Mutter. Lächelnd schaute ich hoch und erhob mich aus der Hockstellung. »Hat er dich gleich zur Gartenarbeit eingeteilt?« Meine Mutter war auch mit siebenundfünfzig Jahren noch eine Erscheinung. Ihre blonden Haare trug sie mittellang und perfekt geföhnt, das Gesicht dezent geschminkt. Aber es war gar nicht ihr Äußeres, sondern eher das, was sie von innen ausstrahlte. Wie schon ihre Mutter, die nach dem frühen Tod des Ehemannes Elke und Mama ganz allein großgezogen hatte. Leider war sie vor einigen Jahren gestorben.

Ich eilte auf sie zu, ließ mich in ihre Arme ziehen.

»Ich habe mich heute Morgen vielleicht erschrocken, als du auf dem Sofa lagst. Warum hast du denn nicht angerufen und warum wühlst du lieber mit deinem Vater in der Erde, als Elke und mich im Salon zu besuchen?« Sie strich über meine Haare und schob mich einen halben Meter von sich fort, um mich zu begutachten. »Wir hätten dir ein paar frische Highlights gesetzt.«

Ich lachte und dann erwischte mich eine Gefühlswelle und das Lachen ging nahtlos in ein Schluchzen über. »Fabi hat mich mit Sarah betrogen und auf der Arbeit ist mir ein Fehler passiert, ausgerechnet bei einer Influencerin mit einer riesigen Reichweite, und jetzt wurde ich in den Zwangsurlaub geschickt«, brach es schwallartig aus mir heraus.

»Ach du meine Güte! Komm, erzähl mir drinnen alles in Ruhe. Ich habe ein paar Sahnestücke vom Bäcker mitgenommen.«

Ich wischte mir mit dem Handrücken übers Gesicht und folgte ihr.

Bei einem Stück Friesentorte erzählte ich ihr alles, was gestern passiert war. Nachdem sie Fabi und Sarah verflucht hatte, widmete sie sich meinem Fauxpas bei der Arbeit.

»Hast du denn schon selbst mit Herrn Winz gesprochen?«

Ich schüttelte den Kopf. »Der ist ja auf Mallorca.«

»Und da gibt es kein Telefon? Maurice hat ihn doch auch erreicht.«

Ich hob die Schultern. »Ich war so geschockt wegen Fabi und Sarah, da habe ich einfach geschluckt, was Maurice mir gesagt hat. Es war ja auch schon später am Abend. Aber du hast recht, ich sollte selbst mit ihm Kontakt aufnehmen. Ich werde ihm nachher eine Mail schreiben.«

»Und morgen kommst du in den Salon, kümmert sich denn in Düsseldorf niemand um deine Haare?«

»Dafür war in den letzten Wochen keine Zeit. Aber wenn ich bei euch im WunderHaar auftauche, fragen die Leute mich bestimmt, wie es in Düsseldorf läuft und dann breche ich unter Umständen in Tränen aus.«

»Papperlapapp, niemand fragt dich, dafür sorge ich.«

Und sie hatte recht, meine Strähnen mussten dringend aufgefrischt werden. Herr Winz legte großen Wert auf ein perfektes Erscheinungsbild seiner Mitarbeiter. Wenn ich zurückkehrte, dann mit frischen Highlights. In mir regte sich – zumindest auf den Job bezogen – die Kämpferin. Die ich eindeutig von Mama geerbt hatte. *Wo ein Wille ist, ist auch ein Weg,* hatte sie stets zu mir gesagt, genau wie Oma zu ihr. Dieser Einstellung verdankte ich es wohl auch, dass ich kleines Landei mit dem noch druckfrischen Meisterbrief eine Initiativbewerbung an den Starfriseur Egon Winz schickte und mit erhobenem Kinn zum Vorstellungsgespräch erschien. Ich wusste, was ich konnte, und ich war überzeugt, ein Gewinn für das Team von Herrn Winz zu sein. Und ich hatte ihn überzeugt. Etwas mehr als sechs Jahre war das jetzt her.

»Warst du schon am Wasser?«, fragte meine Mutter.

Ich schüttelte den Kopf.

»Dann mach das jetzt. Der salzige Wind wird deine Gedanken klären. Es schadet auch nicht, seinen Frust einfach den Wellen entgegenzuschreien. Ich habe das schon ausprobiert. Papa und ich kümmern uns so lange ums Abendessen.«

Ich lächelte bei der Vorstellung. »Das ist eine gute Idee. Ich habe das Meer vermisst.«

»Ist auch gerade Hochwasser, Elke und ich haben letzte Woche sogar noch gebadet, der Herbst ist relativ mild bisher.«

»Jetzt noch?«, fragte ich erstaunt. Meine Mutter und ihre Schwester fuhren liebend gern nach Feierabend ans Wasser, um eine Runde zu schwimmen und den Tag hinter sich zu lassen. Auch das hatten sie von ihrer Mutter übernommen.

»Ist gut für das Herz-Kreislauf-System.«

Innerlich fröstelte ich. »Ich glaube, bei dem Bad passe ich.«

Mamas Fahrrad stand noch auf der Auffahrt, zum Deich waren es nur wenige Kilometer und das Wetter war schön. Entgegen der Mehrheit der Dorfbewohner fuhr meine Mutter kein E-Bike, und schon nach wenigen Minuten spürte ich das wohltuende Brennen meiner Oberschenkelmuskulatur. Ich trat immer kräftiger in die Pedale und kam schließlich schnaufend am Deich an. Das hatte gutgetan, ich fühlte mich schon ein wenig besser.

Ich drückte das kleine hölzerne Tor auf, das krachend hinter mir zufiel, nachdem ich hindurchgegangen war. Lächelnd wandte ich mich dem Deich zu und stieg hinauf. Beim dritten Schritt rutschte ich weg. Irritiert, warum es an der Stelle so rutschig war, schaute ich hinunter.

»Na super!« Ich war prompt mit meinen weißen Turnschuhen in Schafscheiße getreten. Und nicht etwa auf ein paar harte Kötel, nein, das Schaf hatte offenbar

Verdauungsschwierigkeiten. Notdürftig wischte ich meinen Schuh am Gras ab, ehe ich weiterlief. Oben war das Malheur schlagartig vergessen. Der Wind, der aus West über das Meer herangefegt kam, erfasste mein Gesicht und trieb mir die Luft direkt in die Lungen. Die Leute redeten ständig von salziger Seeluft. Sie romantisierten das völlig! Für mich roch die Luft nach Algen mit einer Prise Fisch und Schaf. Dazu die ganzen Kötel! Während ich den Deich hinunterlief, wich ich nicht nur Schafscheiße aus, sondern auch den Hinterlassenschaften von Kaninchen und Gänsen. Aber es stimmte schon, nach einiger Zeit schmeckte man das Salz aus der Luft auf den Lippen, und der Wind klärte die Gedanken, dazu diese Weite mit der tief stehenden Sonne. Das war meine Heimat. Auf der Wasseroberfläche, die in Wellen zu mir heranrollte, spiegelte sich das warme goldene Herbstlicht.

»Hallo, Meer – ich habe dich vermisst!«, rief ich und joggte die letzten Meter zum Wasser, achtete nicht mehr darauf, wo ich hintrat. Einige Schafe sprangen erschrocken zur Seite, als ich an ihnen vorbeilief. An der Wasserkante hielt ich an und schloss die Augen, streckte mein Gesicht der Sonne entgegen. Lauschte den Möwen, wie sie kreischten. In diesem Moment fragte ich mich, warum ich nicht öfter in den letzten Jahren nach Hause gefahren war. Die Antwort war leicht: Fabi hatte es nicht gewollt. Er hatte seine Urlaube lieber auf Ibiza oder in Dubai verbracht, gemeinsam mit unseren Freunden – oder besser gesagt: mit seinen Freunden. Fabi – sofort ploppte das Bild in meinem Kopf auf, wie Sarah auf dem Sofa lag, Fabis Kopf zwischen ihren Schenkeln. Es war wie ein erneuter Fausthieb in den Magen, der die wohltuende Seeluft wieder hinausbeförderte. Keuchend lehnte ich mich vor, stützte mich mit den Händen oberhalb meiner Knie ab. Zu dem Schmerz gesellten sich Wut und Enttäuschung. Ich richtete mich auf, blickte dem Horizont entgegen.

»Warum?«, rief ich, zunächst zögerlich. Es fühlte sich seltsam an. Dann versuchte ich es erneut. »Waaarum?« Dieses Mal deutlich lauter und es fühlte sich tatsächlich befreiend an. »Waaaarum?«, brüllte ich und schickte gleich ein lang gezogenes »Aaah« hinterher, mit dem ich alle meine Gefühle hinaus aufs Meer brüllte.

Da stupste etwas von hinten gegen mein Bein. Erschrocken sprang ich zur Seite aus Angst, es sei ein Schaf. Doch hinter mir stand ein Golden Retriever, der mich freundlich anhechelte. »Wo kommst du denn her?« Ich hob meinen Blick und entdeckte den Jogger, der sich von rechts am Wasser entlang näherte. Wie peinlich, der hatte mich sicherlich brüllen hören. Meine Wangen erhitzten sich. In der nächsten Sekunde verengte ich meine Augen. Moritz? O Gott, womit hatte ich das verdient? Mein Hals fühlte sich ganz kratzig an, so laut hatte ich geschrien. Warum musste gerade *er* Zeuge meiner Brülltherapie werden? Moritz lief ein paar Meter vor mir aus.

»Paule, komm hierher«, sagte er, aber Paule hechelte mich seinerseits weiter fröhlich an und ich konnte gar nicht anders, als ihn am Kopf zu kraueln. Moritz' Blick hob sich zu mir und seine Miene erhellte sich.

»Telse?«, fragte er. »Ich habe dich erst gar nicht erkannt.«

Okay – war das jetzt ein gutes oder ein schlechtes Zeichen? Moritz war etwas älter als ich. Einige Jahre hatte ich ziemlich intensiv für ihn geschwärmt, dann hatte ich ihn wagemutig um ein Date gebeten und er hatte Ja gesagt. Vierundzwanzig Stunden lang war ich die glücklichste Person auf der Welt und dann hatte ich es vermasselt. Nachdem wir gemeinsam ein Eis gegessen hatten, hingen wir bei ihm auf der Couch ab. Ich war so schrecklich nervös und ganz zappelig, er recht wortkarg. Ich befürchtete, er langweilte sich mit mir, also versuchte ich, das Gespräch am Laufen zu halten, und er erzählte knapp etwas von dem Urlaub mit seinen Fußballkollegen am Ballermann. Nachdem er erneut für fünf Minuten geschwiegen hatte, hielt ich es nicht mehr aus und fragte, ob er nicht gut drauf sei. Er antwortete: »Ach, das ist nur temporär bedingt.«

Und na ja, ich war nervös, verwechselte zwei Wortstämme miteinander und verband seine Aussage wohl irgendwie mit dem Mallorcatrip und der Temperatur und nicht mit Tempus – der Zeit – und fragte: »Wieso? Hier ist es doch auch warm.«

Er sah mich an und lachte los – oder besser gesagt: Er lachte mich aus. Es war mir heute noch peinlich, wenn ich daran dachte. Sicherlich hielt er mich für strohdoof. Zumindest schrieb er mir danach nie wieder. Obwohl Marte sich damals über ihn lustig machte, weil er so geschwollen daherredete. Und nun – so viele Jahre später – betrachtete ich ihn im weichen Abendlicht. Moritz sah auch heute noch verdammt gut aus. Die Statur schlank, die Haut gebräunt, passend zu dem braunen Haar, das vom Küstenwind verwuschelt war.

»Hi«, antwortete ich mit reichlich Verzögerung. Innerlich stöhnte ich auf. Ich wollte seinen Eindruck von damals schließlich nicht bestätigen.

»Mensch, dich habe ich ja ewig nicht gesehen, wohnst du nicht in Köln?«, überging er glücklicherweise den holprigen Einstieg in unser Gespräch.

»Düsseldorf«, erwiderte ich. »Ich besuche meine Eltern.« Ging doch, immerhin war ich kein verknallter Teenie mehr.

Ein Funkeln blitzte in seinen Augen auf. »Und brüllst ein bisschen die Nordsee an? Hattet ihr Streit?«

Sofort spürte ich die Hitze in meine Wangen zurückkehren.

»Ähm, hast du noch nie was von der guten alten Schreitherapie gehört?«, versuchte ich die Flucht nach vorn.

»Nee, aber probiere ich vielleicht mal aus.« Er zeigte mir das Lächeln, das mich schon in der zehnten Klasse zum Schmelzen gebracht hatte, und ich erwiderte es ganz automatisch.

»Solltest du, unbedingt«, sagte ich locker.

Die Smartwatch an seinem Handgelenk piepte, und sein Blick senkte sich darauf. »Ich muss weiter, aber vielleicht sieht man sich ja noch mal. Am Samstag ist Erntedankfest in Almas Schüün.«

»Almas Schüün?«, fragte ich. Davon hatte ich noch nie gehört.

»Ja, hier hat sich einiges verändert. Das ist eine superangesagte Location. Nix mehr mit 70er-Jahre-Schick im Dorfkrug. Und Erntedankfest wird dem auch nicht gerecht, ist eine riesige Party, halt einfach nur mit herbstlicher Deko.« Er grinste. »Also wenn du dann noch da bist, solltest du vorbeischauen. Ich geb dir auch einen aus.«

»Mal sehen«, antwortete ich ausweichend. Wir lächelten uns an und ein längst vergessener Schmetterling streckte sachte seine Flügel aus. Irritiert darüber schaute ich zu Paule und streichelte ihm über den Kopf.

»Dann sehen wir uns da. Paule, komm!«, forderte Moritz seinen Hund auf und joggte los. Kurz zögerte Paule, dann sprintete er seinem Herrchen hinterher. Nach ein paar Metern drehte sich Moritz noch einmal zu mir um, und wenn ich mich nicht täuschte, zwinkerte er, während er mit dem Finger auf mich zeigte. »Wir sehen uns, Telse Carstensen! Ich freue mich!«

Hatte er etwa gerade mit mir geflirtet oder bildete ich mir das nur ein?

Zurück radelte ich im gemächlichen Tempo die schmale Landstraße entlang. Die Natur bereitete sich allmählich auf den Winter vor. Die Blätter der einzelnen Bäume am Wegesrand schimmerten orange in den letzten Sonnenstrahlen, viele lagen schon am Boden. So angenehm warm die Tage im Herbst waren, so schnell kühlte es abends ab, sobald die Sonne unterging. Feuchter Dunst legte sich über die Felder. Als ich das Fahrrad meiner Mutter abstellte, hatte sich eine Gänsehaut auf meinen Armen gebildet.

»Kannst du mir mal verraten, wann du mir Bescheid geben wolltest, dass du hier bist?«

Erschrocken zuckte ich zusammen, ehe ein Lächeln an meinen Mundwinkeln zupfte.

»Marte«, rief ich und fuhr zu ihr herum. Sie stieg gerade von ihrem Fahrrad ab. Ihre wilden Naturlocken waren vom Fahrtwind zerzaust, die Wangen rosig. Im Gegensatz zu mir war sie so schlau gewesen, eine Jacke anzuziehen. Sie stellte das Rad auf den Ständer und ich konnte sie in die Arme ziehen. »Bald!«, raunte ich. »Ich musste zunächst meine Gedanken sortieren. Ich bin erst gestern Nacht angekommen«, murmelte ich dabei in ihr Haar, das wie in Schulzeiten nach Vanille duftete. Es war tröstlich, dass sich einige Dinge offenbar nie änderten. »Woher weißt du es?«, schob ich hinterher, als sie sich von mir löste.

»Von meiner Mutter, die war im Salon zum Färben.«

»Dabei habe ich den Salon extra gemieden, damit es sich nicht wie ein Lauffeuer verbreitet.«

»Was meinst du? Deine Mutter sagte, du wärst spontan für ein paar Tage zum Ausspannen gekommen.«

»Nicht ganz.«

»Ist was passiert?«

Ich seufzte und spürte sofort wieder, wie sich ein flaues Gefühl in meinem Magen ausbreitete.

»Auf der Arbeit gab es ein Missverständnis, aber das wird sich wieder einrenken. Doch deswegen bin ich früher nach Hause gefahren und habe Fabi zwischen Sarahs Schenkeln vorgefunden.«

»Was?«, fragte Marte und eine Reihe von Emotionen durchliefen ihre Augen. Ich sagte nichts, weil jedes weitere Wort die Tränenschleuse geöffnet hätte.

»Ach Telse, das tut mir so leid. Ich bin entsetzt und weiß gar nicht, was ich sagen soll.« Vor Schreck war ihre Gesichtsfarbe von rosig zu Weizenmehl 405 gewechselt und ihre braunen Augen waren auf einmal riesengroß.

Ich verzog die Lippen. »Es tut gut, dich zu sehen. Vielleicht hast du die nächsten Tage mal Zeit, einen Kaffee trinken zu gehen. Papa spannt mich zwar in der Gemüseernte ein, aber, nun ja …«

»Natürlich!«, rief sie sofort. »Wenn du darüber reden willst, reden wir. Und wenn du Ablenkung brauchst, sorge ich dafür.« Sie schenkte mir ein mitfühlendes Lächeln und rieb über meinen Arm. »Du bist ganz kalt.«

»In Düsseldorf kühlt es abends noch nicht so ab.« Ich zuckte mit den Schultern. »Und danke für dein Angebot. Ein wenig Ablenkung wäre genau das Richtige.«

»Da habe ich eine Idee! Morgen Abend kochen wir bei uns.«

»Wer kommt denn?«, fragte ich, nicht sicher, ob ich bereit war für die Gesellschaft von vielen Leuten.

»Sofia und Björn und Ella und Lars.«

»Sofia kenn ich nicht, oder? Und Ella *und* Lars gemeinsam? Sind die etwa zusammen?« Ella war mit Marte und mir zur Schule gegangen. Ihr Bruder Björn und Lars waren in Moritz' Alter, die kannte ich nur flüchtig. Wahrscheinlich zählten sie wegen Martes Freund Tade, mit dem sie seit knapp zwei Jahren zusammen war, zu ihrem Freundeskreis. Tade kannte ich eigentlich auch kaum und plötzlich machte mich der Gedanke traurig, als mir klar wurde, wie wenig ich in Martes Leben involviert war. Die komplette Schul- und Ausbildungszeit waren wir – Marte, Jonny und ich – unzertrennlich gewesen.

Marte lachte. »Die zwei sind schon länger zusammen. Du bist echt nicht oft genug hier. Habe ich dir das gar nicht erzählt? Und Sofia kommt aus Dresden, sie lebt seit einigen Jahren hier. Du wirst sie mögen. Ach so und Jonny kommt auch.«

»Na, dann wird es ja zum Glück kein reines Pärchentreffen. Ich glaube, das hätte ich nicht ertragen. Aber ich freue mich, Jonathan mal wiederzusehen.«

Jonathan, *Jonny*, war neben Marte mein engster Freund gewesen. Doch im Gegensatz zu Marte hatten wir heute keinen Kontakt mehr, die ersten Jahre schon, doch dann war er irgendwie eingeschlafen.

»Prima, um 19 Uhr bei uns.«

»Ähm, wo wohnst du denn jetzt?«

Marte lachte erneut. »Stimmt, da warst du ja noch gar nicht. Ich schicke dir nachher die Adresse. Und Telse?«

»Hm?«

»Bist du sicher, dass du nicht vorher über alles reden willst?«

»Vielleicht in ein paar Tagen, noch ist alles zu frisch,

ich kann nicht …« Prompt verschwamm meine Sicht hinter einem Tränenschleier und ich stockte, schluckte gegen den Kloß in meinem Hals an.

»Komm her!« Marte trat auf mich zu und drückte mich fest an sich. »Eine verdammte Scheiße ist das!«

»Du sagst es.«

»Aber hey, du wirst das überstehen, du gehörst zu den stärksten Menschen, die ich kenne. Weder Fabi noch Sarah haben dich in ihrem Leben verdient. Auch wenn das im Moment kein Trost ist. Irgendwann wirst du das auch so sehen. Das verspreche ich dir.« Ich nickte und schluckte erneut. Marte war vor vier Jahren in einer ganz ähnlichen Situation gewesen. Ihre Jugendliebe Melf hatte sich von ihr getrennt, während sie gedanklich schon bei Heirat, Kindern und einem Eigenheim gewesen war. Das hatte sie schwer getroffen. Ich wusste noch, wie erschrocken ich war, als sie für ein paar Tage zu mir nach Düsseldorf flüchtete und ihre Klamotten nur noch an ihrem Körper schlackerten. Von dieser Marte war nichts mehr zu sehen. Vielmehr strahlte sie mehr denn je. Ich war vielleicht stur und stark, aber Marte war warmherzig und positiv. Zum Glück hatte sie diese Stärken nach der Trennung wiedergefunden.

Ich sah ihr nach, als sie auf dem Rad davonradelte, dann erfasste mich eine kalte Böe, die um die Hausecke fegte, und ich ging rein, wo mich der Duft von Bratkartoffeln und ein knisterndes Feuer im Ofen empfingen.

KAPITEL 4

Kurz bevor ich am nächsten Tag zum Essen bei Marte und Tade aufbrach, schickte ich endlich die Mail an Herrn Winz ab, an der ich bereits seit dem vorherigen Abend feilte. Es fiel mir unglaublich schwer, die richtigen Worte zu finden. Ich hatte unzählige Entwürfe geschrieben, bis ich zufrieden war. Ich bedauerte die Geschehnisse, verwies aber auf alle meine Kunden, die sich in den kommenden zwei Wochen auf einen Termin bei mir freuten und die durch meinen Zwangsurlaub enttäuscht wurden. Natürlich hoffte ich, dass Herr Winz ein Einsehen hatte und ich in der nächsten Woche wieder im Salon arbeiten konnte. Außerdem hatte ich heute Wohnungsanzeigen durchforstet und Anfragen per Mail verschickt. Damit hatte ich Stunden verbracht und daher den Besuch im Salon auf den nächsten Tag verschoben. Es war gar nicht so leicht, eine schöne bezahlbare Wohnung in Düsseldorf zu finden. Entschieden unterdrückte ich, wie stark ich Fabi plötzlich vermisste. Er hätte sicherlich eine passende Wohnung für mich. Dieser unglaublich mächtige Gefühlsknoten rumorte in meinem Inneren, und ich hatte Angst, es nicht zu überleben, sollte er sich einmal lösen. Ich blinzelte die Tränen entschlossen weg und war froh, mich mit dem gleich anstehenden Essen bei Marte ablenken zu können. Ich legte den Laptop meines Vaters beiseite und griff nach meinem Handy. Seit gestern hatte ich es auf Flugmodus stehen, doch nun brauchte ich Martes Adresse.

Aurelia hatte zehnmal versucht, mich zu erreichen. Ich überlegte, sie zurückzurufen, fühlte mich aber noch nicht in der Lage. Sicherlich würde ich sofort losheulen, und das wollte ich so kurz vor meinem Aufbruch zu Marte vermeiden. Also schickte ich ihr eine Sprachnachricht, in der ich mein Abtauchen erklärte und betonte, sie müsse sich keine Sorgen machen. Danach schaltete ich mein Telefon auf lautlos, schaute mir zuvor noch rasch die Adresse an, die Marte mir geschickt hatte, und steckte schließlich den Kopf in die Küchentür, wo mein Vater und meine Mutter den Tisch für das Abendbrot deckten.

»Ich fahre dann jetzt zu Marte.«

»Hab einen schönen Abend«, sagte mein Vater.

»Und nimm das Rad, wenn du was trinken möchtest«, ergänzte meine Mutter.

»Mama, fürs Radfahren gelten dieselben Promille-Grenzen wie fürs Autofahren.«

»Ja? Bei uns nicht, oder, Ingo?«

Mein Vater, als pensionierter Dorfpolizist, schmunzelte. »Ruf uns einfach an, wenn wir dich abholen sollen«, sagte er.

»Ich bin 31, ich komme schon klar.«

»Das wissen wir, aber wir sind froh, dass du hier bist. Lass uns doch in dem Glauben, dass du uns noch brauchst«, sagte Mama.

»Natürlich brauche ich euch noch«, entgegnete ich und verspürte plötzlich Heimweh, obwohl ich hier – keine zwei Meter von ihnen entfernt – stand. Spontan ging ich in die Küche und umarmte meine Mutter, die gerade den Käse im Kühlschrank suchte. »Ich habe euch lieb.«

Auf dem Weg hinaus gab ich meinem Vater noch einen Kuss auf die Wange.

»Viel Spaß!«, riefen sie mir hinterher, als ihre Überraschung über meine plötzliche Zuneigungsbekundung verflogen war.

Der Abend war kühl, aber schön und ich beschloss, tatsächlich das Fahrrad zu nehmen. Zum Essen würde es womöglich ein oder zwei Gläser Wein geben und meine Mutter hatte ja recht, auf dem Dorf galten manchmal andere Gesetze. Lieber mit dem Rad im Graben landen, als mit dem Auto einen Radfahrer übersehen.

Das Haus, in dem Tade und Marte wohnten, lag am Rande von Süderdiek. In zehn Minuten würde ich da sein. Sicherheitshalber zog ich den Reißverschluss meiner Jacke zu. Als ich durch den Ortskern fuhr, staunte ich, wo überall gebaut worden war. Ich entdeckte so viel Neues, aber auch Altvertrautes, wie die Gartenzwerge im Garten von den Heinrichs oder den alten Fendt Trecker von Hans Hansen, der gut geschützt im Carport stand, während sein Auto draußen parkte.

Kurz vor dem Ziel bestaunte ich ein neu erbautes Reetdachhaus mit roten Klinkersteinen, die aber weiß verwaschen waren, und die in einem Salbeigrün gestrichenen Fenster. Ein Hupen erklang hinter mir und ich erschrak. Ein schwarzer SUV fuhr ziemlich dicht auf. Offenbar war ich in die Mitte der Fahrbahn gedriftet, während ich das Haus bestaunte. Aber wir befanden uns hier im Ort, kein Grund, gleich auf die Hupe zu hauen! Ich fuhr zur Seite und starrte den Fahrer finster an, als er mich überholte. Unsere Blicke begegneten sich und es dauerte zwei Sekunden, ehe ich ihn erkannte. Jonny! Meine Stirn glättete sich sofort. Ich grinste und winkte, wobei ich gleich wieder einen Schlenker machte. Er fuhr an mir vorbei und steuerte sein Auto auf die Auffahrt von Marte und Tade. Es war ein älteres Haus, ebenfalls mit roten Klinkern. Eine große neue Gaube zierte das vordere Dach und ließ vermuten, dass drinnen nicht mehr alles so war, wie es einst erbaut wurde. Ich stellte mein Rad neben dem Haus ab, wo schon mehrere andere Räder parkten, zugleich öffnete Jonny die Autotür.

Überschwänglich lief ich ihm ein paar Schritte entgegen, aber seine Miene ließ mich anhalten. In seinen blaugrauen Augen spiegelten sich so einige Emotionen. Ich konnte sie nicht deuten, aber pure Freude war das nicht. Zugegeben, wir hatten lange nichts voneinander gehört und uns noch länger nicht gesehen.

»Jonathan, hey«, sagte ich – unsicher, wieso sich diese Begegnung mit meinem alten Kumpel plötzlich so seltsam anfühlte. Und wieso nannte ich ihn Jonathan? Früher hatte ihn jeder Jonny genannt. Marte und ich hatten ihm den Spitznamen höchstpersönlich verpasst. Aber nun kam mir automatisch Jonathan über die Lippen.

Wahrscheinlich, weil er nicht mehr viel mit dem jungen, schlaksigen Jonny gemein hatte. In den wenigen Jahren hatte er sich verändert.

Kurz zuckte ein Muskel an seinem Kiefer, der viel breiter war als früher, dann lächelte er endlich.

»Moin, Telse, lange nicht gesehen.«

Ich forschte weiter in seinem Gesicht nach seinen Gefühlen.

»Ich habe dich vorhin fast umgenietet, du bist plötzlich mitten auf die Fahrbahn gefahren.«

»Sorry, ich habe das Haus bewundert und meine Radfahr-Skills sind wohl etwas eingerostet.« Offensichtlich war er deswegen verstimmt, aber damit konnte ich umgehen. Ich schaute zu seinem Wagen. »Seit wann fährst du denn so eine große Karre? Was ist mit Herbie?« Früher war er einen alten VW Käfer gefahren, den er liebevoll restauriert hatte. Er fuhr nur 110 km/h, bergab mit Rückenwind auch 125, und im Winter legte sich der Frost während der Fahrt von innen auf die Scheiben, weil die Heizung zwanzig Minuten brauchte, ehe sie warm wurde. Aber Herbie war definitiv der Grund, warum ich heute einen VW Beetle fuhr.

»Der wurde ersetzt.«

»Du hast ihn in die Schrottpresse gegeben?«, fragte ich bestürzt.

Er lachte und feine Fältchen fächerten sich dabei um seine Augen. Seine Haut war sonnengebräunt. Als Zimmermann sah er meistens aus, als käme er gerade aus dem Urlaub, wo er den ganzen Tag am Strand verbracht hatte.

»Nein, keine Sorge, er lebt noch. Irgendwie zumindest.« Jonathan ließ seinen Blick zur Hintertür schweifen, als könne er nicht erwarten, reinzugehen.

»Oookay«, sagte ich gedehnt und fragte mich, woher diese plötzliche Befangenheit zwischen uns kam. Vielleicht, weil wir uns so lange nicht gesehen hatten?

»Du hast dich also auch zu diesem Quatsch überreden lassen? Oder bist du nur heute als Gastjurorin dabei?«, wechselte er das Thema, während er einen Schritt auf die Tür zu machte.

»Was? Wovon redest du? Wir sind doch zum Essen eingeladen.«

»Nicht ganz, komm, wir sind spät dran. Um sieben geht es los.«

Er steuerte die Hintertür an und ich folgte ihm. Drinnen rief er kurz »Moin!« und wir streiften unsere Schuhe ab.

Jonathan lief voraus, durch einen kurzen Flur ins Wohnzimmer, wo bereits die anderen mit einem Drink in der Hand standen.

»Da seid ihr ja!«, rief Marte erfreut, als sie uns erblickte. »Ich hole euch euren Aperitif!« Sie ging einige Schritte bis zur Kücheninsel, die den Wohn- und Essbereich miteinander verband. Staunend blickte ich mich um. Sie mussten mehrere Wände eingerissen haben, so groß waren die Räume in Häusern aus dieser Zeit üblicherweise nicht. Und das offene Wohnkonzept war damals auch nicht üblich. Marte tauchte vor mir auf und drückte mir ein Glas in die Hand. »Das ist ein Lillet mit Bratapfel.«

»Danke, schön habt ihr es hier.«

»War auch eine Heidenarbeit, komm, ich stell dich kurz vor.« Sie zog mich am Ärmel meiner Jacke mit sich. »Lars, Ella, Björn, ihr kennt Telse ja noch von früher. Telse, das ist Sofia, Björns Freundin.« Grußworte und Kopfnicken folgten.

»Schön, dich kennenzulernen«, sagte Sofia und lächelte. Ihre rotblonden Haare fielen ihr lang über die Schulter, Sommersprossen tanzten auf ihrer Nase und unter ihrem eng anliegenden Kleid wölbte sich unverkennbar ein Babybauch.

»Freut mich auch, und schön, euch mal wiederzusehen.«

Ella drückte mich zur Begrüßung mit einem Arm an sich. Ihre langen dunklen Haare hatte sie zu einem hohen Pferdeschwanz gebunden. »Du bist in Düsseldorf ja offenbar schwer gefragt, meine Mutter erzählt mir öfters was, wenn sie im WunderHaar bei Elke oder deiner Mutter war.«

»Nun lasst sie mich doch auch mal begrüßen.« Tade schob sich zu mir durch. »Moin, Telse, schön, dass du zu unserem perfekten Dinner gekommen bist. Soll ich dir deine Jacke abnehmen?«

»Gern, wenn du mein Getränk kurz halten würdest.« Ich überreichte ihm mein Glas und zog meine Jacke aus, mit einem Arm in der Jacke hielt ich inne. »Moment, wie meinst du das, eurem *perfekten Dinner*?«

Seine Stirn runzelte sich. »Hat Marte das nicht erwähnt?«

»Nein?!« Ich suchte den Blickkontakt zu meiner Freundin.

»Das habe ich dann wohl vergessen, aber wir haben uns auch nur ganz kurz gesehen.« Der rote Schimmer auf ihren Wangen ließ mich vermuten, dass sie es absichtlich verschwiegen hat. Tade und ich tauschten meine Jacke gegen das Getränk.

»Was bedeutet das denn? Es rückt doch jetzt nicht gleich ein Fernsehteam an?«, fragte ich erschrocken. Von unfreiwilligen Auftritten in Videos hatte ich genug.

Ella lachte. »Nein, wir veranstalten es nur unter uns Freunden – zum Spaß. Marte überlegt, sich dort zu bewerben, und so sind wir irgendwie auf die Idee gekommen, dass wir zu Übungszwecken selbst eins ausrichten könnten.«

»Und weil es dadurch einen Anlass gibt, uns regelmäßig zu sehen. Das geht im Alltag sonst manchmal unter«, ergänzte Sofia.

»Du willst beim perfekten Dinner mitmachen?«, fragte ich meine Freundin. »Ich wusste nicht mal, dass du gern kochst.«

»Tja, die Zeit ist hier nicht stehen geblieben«, sagte Jonathan trocken und ich runzelte die Stirn angesichts der komischen Bemerkung.

»Seit ich diese Wahnsinnsküche habe, habe ich das irgendwie für mich entdeckt.«

»Und muss ich auch für euch kochen?«, fragte ich alarmiert.

Marte lachte. »Wir kochen immer zu zweit, du könntest gemeinsam mit Jonny kochen, der muss sonst nämlich allein ran, aber so lange bist du wahrscheinlich nicht da. Genieß einfach den Abend und gib uns zehn Punkte.«

»Ey! Keine Bestechungen«, schaltete sich Lars ein.

»Du hast sowieso keine Chance, Kumpel – es sei denn, du sedierst uns wie eines der Tiere in deiner Praxis«, erwiderte Tade.

»Lars kann richtig gut kochen«, protestierte Ella. »Sogar besser als ich.«

»Das ist auch kein Kunststück«, brummte Björn. Ella boxte ihren Bruder gegen den Arm und ich lachte.

»Leute, es ist richtig schön, mal wieder hier zu sein«, verkündete ich, während Jonathan gleichzeitig murmelte: »Worauf habe ich mich nur eingelassen?«

»Setzt euch doch, Marte und ich kümmern uns um die Vorspeise.«

Mein Magen gluckste erfreut. »Dann kann ich mich auf drei Gänge freuen?«

»Genau, die Menükarte liegt auf dem Tisch«, flötete Marte und band sich eine Schürze um. Meine Freundin besaß eine Kochschürze und bewegte sich zielsicher in ihrer wunderschönen Landhausküche zwischen Backofen, Herd und Spülbecken hin und her. Fabi und ich hatten auch eine verdammt schöne Küche gehabt, aber gemeinsam gekocht hatten wir dort nie, dachte ich plötzlich und der Gefühlsknoten schwoll an. Ich schluckte und wandte mich zum Tisch. Es gab Platzkärtchen. Kleine Anhänger aus Karton, die an dem Band baumelten, das die Serviette zusammenhielt. Der ganze Tisch war in diesem Stil dekoriert, alles natürliche Materialien. Eine hellgraue Leinentischdecke, ein paar Trockenblumen, Hölzer und Zierkürbisse. Mein Name stand an einer der Längsseiten. Links von mir, am Tischende, würde Marte sitzen. Tade vermutlich am anderen Stirnende. Rechts von mir saßen Sofia und Ella, ihnen gegenüber nahmen jeweils ihre Partner Platz. Mir setzte sich Jonathan gegenüber. Er war immer noch wortkarg. Stiller als früher auf jeden Fall. Nachdenklich betrachtete ich ihn ein paar Sekunden, bis Sofia mich fragte, ob ich noch für den Starfriseur Herrn Winz arbeitete.

Ich trank einen Schluck, ehe ich antwortete. »Ja, ich hoffe, bald die Salonleitung für die Filiale zu übernehmen«, erwiderte ich automatisch und fragte mich im nächsten Moment, ob ich das nach dem Desaster immer noch hoffte.

»Wow, nicht schlecht«, staunte sie.

»Wer ist Herr Winz?«, fragte Björn.

»Also wer den nicht kennt …«, zog Lars ihn auf.

»Das ist *der* Starfriseur Deutschlands«, half Sofia ihm aus. »Ich wollte mir mal in Berlin Strähnchen bei ihm machen lassen. Aber das hätte über zweihundertfünfzig Euro gekostet.«

»Bescheuert, zweihundertfünfzig Euro für den Friseur.« Björn lachte auf.

»Na ja, wenn ich dafür so schöne Haare hätte wie Telse.«

»Meine? Oh, die müssten dringend mal wieder gesträhnt werden. Aber wie sagt man: Der Schuster hat oft die schlechtesten Leisten.«

»Eigentlich heißt es: Schuster bleib bei deinen Leisten«, sagte Jonathan von gegenüber.

Ich zuckte mit den Schultern. »Oder so.«

»Seid ihr bereit?«, rief Marte und balancierte drei Teller zu uns an den Tisch.

Ich hatte noch gar nicht auf das Menü geschaut. *Kürbisragout mit Lachs*, las ich. Und schon stellte Marte einen Teller vor meine Nase, es duftete verführerisch.

»Wow«, entfuhr es mir. »Das sieht toll aus.«

»Na, hoffentlich schmeckt es auch!«, rief sie und entkorkte eine Flasche Weißwein.

»Schön, dass ihr da seid«, verkündete Tade von seinem Platz aus und hob das Glas. »Guten Appetit!«

Eine Weile herrschte Schweigen am Tisch, nur die Geräusche des Bestecks auf dem Porzellan waren zu hören.

»Richtig gut«, brach Jonathan die Stille.

Ich nickte zustimmend. »Köstlich.«

Die Gespräche flossen wieder und ich lauschte, wie sich Ella und Tade über einen Fall in Tades Steuerbüro unterhielten. Wenn ich es richtig deutete, arbeitete Ella dort. Lars, der eine Tierarztpraxis am Rande von Nordérdiek führte, berichtete von einer Pferdezwillingsgeburt, was wohl äußerst selten war.

»Was baut ihr gerade in Dagebüll?«, fragte Tade schließlich Jonathan. »Das geht da ja schnell voran.«

»Noch mehr Ferienhäuser. Manchmal frage ich mich, was die Leute so toll an Dagebüll finden.«

»Na ja, es liegt an der Nordsee; das kann man vielleicht nicht verstehen, wenn man das Meer ständig vor der Tür hat«, sagte Sofia.

»Und es ist das Tor zu den Inseln«, ergänzte Marte.

»Ich finde, wir haben viel zu bieten hier oben«, sagte Björn. »Vermisst du das gar nicht in Düsseldorf, Telse?«

»Doch, auf jeden Fall, besonders die Schafscheiße am Deich, die hat mir prompt meine weißen Turnschuhe ruiniert.«

Jonathan schnaubte, eindeutig ein unterdrückter Lacher. Ich lächelte ihn an. Früher hatte ich ihn häufig zum Lachen gebracht. Das fehlte mir, stellte ich überrascht fest, und ich fragte mich, wieso wir zugelassen hatten, dass der Kontakt völlig eingeschlafen war. Ich hoffte, er würde noch etwas auftauen.

Der Abend verging und obwohl ich in den Gesprächen oft merkte, wie viel ich in den letzten Jahren verpasst hatte, fühlte ich mich doch wie zu Hause.

Kurz vor dem Dessert fragte Jonathan: »Wo ist eigentlich dein Freund? Daniel oder wie hieß der noch gleich?«

Ich stockte und schluckte. »Äh, Fabian ist sein Name, ja – also wir haben uns getrennt.«

Stille senkte sich über den Tisch.

»Du bist so unsensibel«, rügte Marte ihn.

»Woher sollte ich denn wissen, dass er die Persona non grata ist? Diese Info ist nicht bei mir angekommen. Ich dachte, der wäre sich nur zu fein für uns.«

»Verflixt, ich wollte es dir noch schreiben«, antwortete Marte an Jonathan gerichtet. »Aber ich habe es vergessen.«

»Schon okay«, murmelte ich tapfer lächelnd und musterte ausgiebig mein Platzkärtchen.

»Habe ich euch erzählt, dass wir jetzt einen Namen für unser Baby haben?«, warf Sofia ein und ich war ihr dankbar für dieses offensichtliche Ablenkungsmanöver.

»Oh! Wie aufregend, wie wird mein Neffe heißen?«

»Das sagen wir euch doch nicht«, ruinierte ihr Bruder prompt ihre Euphorie.

Sofia stieß ihren Freund an. »Aber wir erzählen euch, *wie* wir uns geeinigt haben. Wir haben unsere jeweiligen Favoriten auf einen Tennisball geschrieben, beide geworfen und Gismo hat einen geholt.«

»Was? Ihr habt den Hund entscheiden lassen?«, fragte Tade lachend.

»Wie in diesen süßen Instagramvideos?«, rief Ella, während Lars sich die Hand vor die Stirn schlug.

»Genau.« Sofia lachte.

»Ich war ja für Schere, Stein, Papier«, brummte Björn.

Lächelnd angelte ich nach meinem Handy, während weiter diskutiert wurde, ob das eine annehmbare Methode war, um den Namen für sein Erstgeborenes zu bestimmen. Marte und Tade kümmerten sich derweil um den letzten Gang. Ich wollte nur kurz schauen, ob Herr Winz schon geantwortet hatte. Überrascht runzelte ich die Stirn, als ich die unzähligen Benachrichtigungen sah. Die meisten stammten von Instagram, aber auch von Facebook, einige von WhatsApp. Irgendwo dazwischen eine Mail von Herrn Winz. Mein Puls schnellte in die

Höhe und ein kalter Schauer lief gleichzeitig meinen Rücken hinab.

»Alles okay?«, fragte Sofia neben mir.

»Ich weiß nicht, ich muss mal eben ein paar Nachrichten lesen. Ich bin gleich wieder da.« Die Stuhlbeine verursachten ein unschönes Geräusch auf dem Parkett, als ich hastig aufstand. Ich lief zurück durch den Flur. Raus, ich musste raus. War es hier drinnen schon die ganze Zeit so stickig gewesen? Ich blies mir eine Haarsträhne aus der Stirn.

Ohne vorher meine Schuhe anzuziehen, riss ich die Tür auf und lehnte mich draußen an die Hauswand. Mit zittrigen Fingern öffnete ich zunächst WhatsApp. Die erste Nachricht war von unserer Auszubildenden Leni.

Hast du es gesehen? OMG – es tut mir so leid.

Darunter war ein Link zu Instagram. Zittrig klickte ich drauf und wollte mich selbst auf den Mond beamen, als das Gesicht von Lilly Cee erschien. Das war nicht das Video aus dem Salon, sondern ein Reel mit dem Text: *POV: Du vertraust einmal einem anderen Friseur …*

In der Beschreibung des Reels verwies sie dann allerdings auf die ganze Geschichte in ihrer Story.

Diese … diese blöde Kuh! Fassungslos sah ich mir an, wie sie nicht nur den Salon von Herrn Winz nannte, sondern auch meinen vollen Namen! Durfte sie so etwas überhaupt? Sie bezeichnete mich als unfähig und überheblich und blendete zwischendurch das Video aus dem Salon ein. Nur für Maurice hatte sie warme Worte übrig. Ihr Retter in der Not. Mein Handy implodierte förmlich mit immer neuen Kommentaren. Ich überflog sie nur, ihre Follower hatten mich offensichtlich auf Instagram ausgemacht und bombardierten mich nun mit fiesen Kommentaren:

Kein Wunder, so wie die aussieht, wie eine Barbie. Sie besitzt bestimmt nur zwei Gehirnzellen, die restlichen hat sie sich wegblondiert.

Das hast du doch mit Absicht gemacht, Barbiegirl.

Du bist nur neidisch, gib es zu. Such dir einen Job, in dem du andere nicht verletzen kannst.

Per WhatsApp kamen ein paar Zusprüche von Kolleginnen, auch Aurelia hatte mir geantwortet und dann sah ich sie, eine Nachricht von Sarah.

Hey Telse, ich weiß, du hasst mich nun wahrscheinlich, aber ich wollte dir sagen, dass es mir leidtut, was diese Influencerin über dich verbreitet.

»Ach, und dass du meinen Freund vögelst, tut dir nicht leid?«, fauchte ich mein Telefon an. Ich schloss die App und überlegte, ob ich die Mail von Herrn Winz lesen sollte. Dabei zappelte ich von einem Fuß auf den anderen, ohne Schuhe waren die Pflastersteine verdammt kalt. Die Tür ging auf und als ich hochschaute, begegnete ich dem Blick von Jonathan.

»Ist es Zeit für den dritten Gang? Ich komm gleich.«

Statt etwas zu antworten, trat er zu mir raus und schloss die Tür hinter sich.

»Alles okay?«, wiederholte er Sofias Frage und dieses Mal war er wieder Jonny, mein bester Freund, dem ich alles erzählen konnte. Auch Dinge, die ich Marte nicht erzählte. Die Distanz, die ich in den letzten Stunden gespürt hatte, war plötzlich nicht mehr da.

»Nicht so richtig«, murmelte ich. »Marte hat dich offenbar in keinem meiner Lebensbereiche auf den neuesten Stand gebracht«, versuchte ich mich in einem lahmen Scherz, doch Jonathan blieb ernst.

»Ich wusste gar nicht, dass du hier bist, bis du mir vors Auto gefahren bist.«

Trotz allem musste ich kurz schmunzeln.

»Du hast dich also von dem Immobilienhai getrennt?«

»Vielmehr hat er meine beste Freundin auf meinem heiß geliebten Sofa ge… äh, befriedigt. Mit seiner Zunge.«

Jonathans Augen weiteten sich. »Oh!«

»Ja«, erwiderte ich knapp. Tränen stiegen mir in die Augen, die ich entschieden wegblinzelte. Jonathans Blick wurde sanft.

»Ich habe auch eine Trennung hinter mir. Ist bereits eine Weile her, aber ist schon scheiße.«

»Das tut mir leid, Marte hat mir von eurer Trennung erzählt. Aber es ist nicht nur das.« Ich hielt ihm mein

Telefon hin und spielte das Video von Lilly Cee ab.

Seine Stirn runzelte sich. »Oh, das Video hat ja zehntausend Likes.«

Nun schlüpfte mir eine Träne raus, die ich aber noch wegwischte, ehe Jonathan wieder hochschaute.

»Das mit Fabian und Sarah war, kurz nachdem ich die Haare dieser Influencerin ruiniert habe. Zumindest sieht sie das so. Es war eine Verwechselung in der Kundenkartei.«

»Bei dir läuft es ja gerade richtig mies.«

»Ich bin geliefert«, jammerte ich.

»Na ja, morgen passiert bestimmt der nächste Beauty-Fauxpas und das hier ist vergessen.«

»Machst du dich über mich lustig?«

»Niemals, aber ist doch so, die Sensationsgeier ziehen schnell weiter.«

Ich betrachtete ihn und spürte plötzlich eine unfassbare Sehnsucht nach der alten Zeit. »Schade, dass wir die letzten Jahre so wenig Kontakt hatten«, platzte es aus mir heraus.

Er nickte, doch etwas in seinem Blick verschloss sich. Dann schlug er die Lider einmal nieder und als er wieder aufblickte, war der Ausdruck fort. »Es …«, begann er, doch dann öffnete sich die Tür und Martes Lockenkopf erschien.

»Alles okay bei euch?«

Schnell nickte ich. Ich wollte auf keinen Fall den Abend mit meinen Problemen verderben. Marte musterte mich noch zwei Herzschläge lang, dann tauschte sie einen Blick mit Jonathan und ich fragte mich, ob mir etwas entgangen war.

»Na, dann kommt!«, sagte sie und wehrte einen großen Schneider oder Schnake, wie das Insekt ebenfalls genannt wurde, ab, der um ihren Kopf eierte.

Irgendwie gelang es mir, den restlichen Abend zu überstehen und mir nichts anmerken zu lassen, obwohl ich mich die verbleibende Zeit über wie in einem Tunnel fühlte. Ich vergab zehn Punkte und versprach sogar, nächste Woche wieder dabei zu sein. Nun konnte ich wohl auf keinen Fall vorzeitig nach Düsseldorf zurückkehren.

»Wir telefonieren morgen«, sagte Marte, während sie mich zum Abschied umarmte. Die anderen vier waren ebenfalls mit den Rädern da, mussten aber in die andere Richtung. Die Stille, die sich prompt über mich legte, als ich allein die Straße entlangfuhr, ließ meine Kehle eng werden. Zu Hause musste ich als Erstes die Mail von Herrn Winz lesen. Der schwarze SUV von Jonathan hielt neben mir und er ließ das Fenster runter.

»Wenn du jemanden zum Reden brauchst oder ich etwas für dich tun kann, dann meld dich, okay?«

»Danke, und … es war schön, mal wieder mit dir zu quatschen.« Ich wollte noch mehr sagen, doch Jonathan ließ es nicht zu. Er nickte und erwiderte: »Meld dich einfach, meine Handynummer ist noch dieselbe. Und Telse?«

»Ja?«

»Schön, dass du hier bist.«

Ein kleines echtes Lächeln schaffte es auf meine Lippen. Wenn ich die ganze Misere beiseiteließ, war es tatsächlich schön, mal wieder hier zu sein. Ich löste eine Hand vom Lenkrad und hob sie zum Gruß. Jonathan fuhr das Fenster wieder hoch. Ich sah ihm nach, bis die Rücklichter um die nächste Ecke verschwanden. Das Drama – das sich gerade mein Leben nannte – schob sich wieder in den Vordergrund. Und der kühle Abendwind wehte die ersten Tränen aus meinen Augen.

KAPITEL 5

Ich lag auf der Luftmatratze und las die Mail von Herrn Winz zum zweiten Mal. Bereits gestern Abend, nachdem ich von dem Dinner nach Hause gekommen war, hatte ich mich getraut, sie zu lesen.

Liebe Telse,
angesichts der Welle, die diese Sache gerade in den sozialen Medien schlägt, halte ich es für besser, Sie noch eine Weile aus der Schusslinie zu nehmen. Bitte unternehmen Sie keine eigenständigen Versuche, mit Linda Meier Kontakt aufzunehmen. Maurice, mein Anwalt und ich bemühen uns nach Kräften, die Situation zu entschärfen. Auch wenn es schwerfällt, behalten Sie einen kühlen Kopf.
Ich melde mich bei Ihnen und verbleibe mit herzlichen Grüßen,
Egon Winz

Ich schwankte zwischen: Es hätte schlimmer kommen können, er hätte mich auch feuern können. Und der Enttäuschung, völlig außen vor gelassen zu werden. Eigentlich hätte ich erwartet, dass wir so ein Problem im Team lösen. Zueinanderstehen. Es gab immer mal wieder unzufriedene Kunden, und bei der Dichte an Prominenten schlug das mal mehr mal oder weniger hohe Wellen. Aber ich hatte noch nie erlebt, dass dafür jemand in den Zwangsurlaub geschickt wurde. Aus meinem Instagram-Account hatte ich mich vorsichtshalber ausgeloggt. Ich wollte nicht wissen, was dort über mich geschrieben wurde. Mit flauem Magen schickte ich Aurelia einen Screenshot der Mail, ihre Antwort kam prompt und vertrieb einen Teil des unguten Gefühls.

Was ist denn mit denen los? Maurice führt sich auf wie der Prinz von Winzhausen! Die spinnen doch alle. Ich denke an dich. Sobald Herr Winz von Mallorca zurück ist, werde ich ihm sagen, dass das alles gar nicht geht. Ich hatte ja gehofft, mal zufällig ans Telefon zu gehen, wenn er anruft, aber Maurice bewacht es wie seinen Kauknochen.

Seufzend schaltete ich mein Handy aus, schlug die Decke weg und stand auf.

In der Küche saß mein Vater mit der Tageszeitung und einer Tasse Kaffee.

»Morgen, Telli, Kaffee ist in der Maschine.«

»Guten Morgen, danke.«

Ich füllte eine Tasse und setzte mich damit zu ihm. Belegte mir eine Scheibe Toast, nur um es nach drei Bissen wegzulegen.

»Wie war der Abend gestern?«

»Schön, sie stellen gerade das perfekte Dinner nach. Weißt du, diese Show aus dem Fernsehen.«

»Echt? Das ist ja toll, Mama und ich schauen das häufig.«

»War wirklich ein netter Abend, allerdings hat die Influencerin sich entschieden, ein diffamierendes Video online zu stellen. Sie hat ziemlich viele Follower, eine Menge Leute wissen nun also Bescheid, dass ich zu blöd bin, um die richtigen Kundeninformationen rauszusuchen.«

Ich presste die Lippen aufeinander. Sonst war ich eher der Typ, der erst mal alles mit sich selbst ausmachte und nicht mit jedem seine Sorgen und Probleme diskutierte, aber der Druck in meinem Bauch war so stark, dass ich das Gefühl hatte, wenn ich den nicht rausließ, würde ich platzen.

Mein Vater faltete seine Zeitung zusammen und legte sie auf den Tisch.

»Wie gehts dir damit?«

»Scheiße«, antwortete ich und schluckte. »Es ist … Ich bin so wütend auf diese Lilly Cee, aber auch auf mich selbst. Es fühlt sich an, als sei ich die letzten Jahre einen Berg hinaufgerannt und kurz vor dem Gipfel über meine eigenen Füße gestolpert und abgestürzt.«

»Wenn du etwas wolltest, hast du es auch geschafft. Und ich bin mir sicher, du bist nicht den ganzen Berg runtergerutscht, sondern nur ein paar Meter. Du kommst jetzt womöglich einfach etwas später an.«

Ich nickte. Dabei fühlte sich mein ganzes Leben an, als sei es komplett eingestürzt. Als stünde ich auf den Trümmern von allem, was ich mir aufgebaut hatte. Als hätte es an diesem einen Tag ein Erdbeben gegeben, das alles verändert hatte. Trotz allem verspürte ich in einigen Momenten das Bedürfnis, Fabian oder Sarah anzurufen, von ihnen getröstet zu werden. Dann fiel mir wieder ein, dass sie Teil des Erdbebens waren.

»Ich glaube, ich fahre ans Wasser und gehe spazieren.«

»Das ist eine gute Idee, das Meer heilt alle Wunden, das weißt du doch. Und Telli? Du solltest wirklich im Salon vorbeischauen, Mama und Elke würden sich so freuen.«

Ich nickte erneut. Schlimmer als das, was gerade im Internet passierte, konnte der Dorftratsch auch nicht werden. Vielleicht half es mir, dort zu sein, wo alles begonnen hatte. Wo ich bereits mit zehn beschloss, Friseurin zu werden.

Im Flur klingelte das Festnetztelefon. Meine Eltern waren die einzigen Menschen auf dem Planeten, die noch eines mit Kabel hatten, eine richtige Kringelschnur. Immerhin hatte es Tasten und keine Wählscheibe. Mein Vater erhob sich und nahm beim vierten Klingeln ab.

»Für dich!«, rief er.

Kurz fürchtete ich, es könnte jemand von Lilly Cees Followerinnen sein, die mich hier ausfindig gemacht hatte und mir sagen wollte, wie sehr sie mich hasste.

»Wer ist es denn?«, fragte ich, während ich mich in den Flur zu der kleinen Telefonbank begab, auf dessen integriertem Tisch das Telefon stand. Diese Möbelstücke wurden wahrscheinlich seit dreißig Jahren nicht mehr gebaut. Immerhin hatte meine Mutter es aufgepeppt, indem sie es weiß gestrichen und das Polster neu bezogen hatte.

»Marte«, sagte Papa und hielt mir den Hörer entgegen.

Erleichtert ließ ich mich auf das Sitzkissen sinken.

»Hey!«, begrüßte ich sie und klang etwas atemlos. »Warum rufst du auf dem Festnetz an?«

»Über dein Handy konnte ich dich nicht erreichen, da dachte ich, ich probiere es mal so. Die Nummer ist eine der wenigen, die ich auswendig kenne.«

»Ich weiß die deiner Eltern auch noch. Es war übrigens ein toller Abend gestern und ich habe dir zehn Punkte gegeben.«

»Telse! Nicht verraten!« Sie lachte. »Aber danke. Was war denn vor dem Nachtisch mit dir los?«

»Ach, das war nur wegen der Sache auf der Arbeit.«

»Telse Carstensen, lass dir nicht immer alles aus der Nase ziehen!«

Ich lachte auf. Marte hatte sich nie von meinem Pokerface täuschen lassen. Oder es war einfach nicht so gut, wie ich glaubte. »Ich habe heute frei«, fuhr sie fort. »Und ich schätze, du hast auch noch nichts vor?«

»Nicht wirklich.« Automatisch wickelte ich das Kabel um meinen Zeigefinger, wie früher, wenn ich hier gesessen und stundenlang mit ihr telefoniert hatte, bis ihre oder meine Eltern uns ermahnt hatten, die Leitung frei zu machen. Mit dreizehn erhielten wir dann endlich ein eigenes Handy. »Ich wollte gleich ans Wasser.«

»Dann lass uns das zusammen machen.«

»Klingt gut. Soll ich dich abholen?«, bot ich ihr an.

»O ja, die Sonne scheint so schön, dann können wir mit offenem Verdeck fahren.«

»Ich habe allerdings noch meine Schlafsachen an.«

»Kein Problem, komm einfach vorbei, wenn du so weit bist. Ich beseitige so lange das Küchenchaos von gestern.«

Wir legten auf. Einen Moment blieb ich noch sitzen. Ich war so dankbar, eine Freundin wie Marte zu haben, bei der es sich – egal wie lange man mal nichts voneinander hörte – anfühlte, als hätte man sich erst gestern gesehen.

Eine halbe Stunde später parkte ich mit offenem Verdeck auf Martes Auffahrt. Sie sprang regelrecht aus der Tür, noch ehe ich den Motor ausgestellt hatte. Ihre wild gelockten Haare hatte sie unter eine Baseballcap gequetscht, die vermutlich Tade gehörte. Die Sonne schien von einem fast wolkenlosen Himmel. Aber der Wind, der die Windkraftanlagen im Koog beharrlich antrieb, hatte eine kalte Unternote und ich zog den Reißverschluss meiner Jacke etwas höher.

Während der Fahrt redeten wir nicht viel, der Fahrtwind war unser Sound und ich genoss es, die Landstraße am Deich entlangzufahren, auf dem noch die Schafe grasten. Die Lämmer waren schon groß.

Ich fuhr direkt zur Mole und parkte neben dem Hafenanleger mit Blick zum Wasser. Hier war ich früher häufig hingefahren, wenn ich nachdenken musste. Wenn mich etwas bedrückte, musste ich das erst mal in meinem Kopf sortieren, bevor ich mit jemand anderem darüber sprechen konnte. Und das hier war der perfekte Ort dafür. Doch ich wusste, Marte würde das nicht zulassen. Und ehrlich gesagt: In so einer Situation war ich bisher noch nie und ich fühlte mich – dezent formuliert – überfordert.

Wir holten uns im Bistro am Hafen einen Coffee to go und schlenderten zwischen Wasserkante und Deich entlang. Obwohl die Sommersaison vorbei war, herrschte reges Treiben. Schweigend liefen wir ein ganzes Stück, bis es ruhiger wurde, und setzten uns schließlich in den Windschatten des Deiches, ließen uns die Sonnenstrahlen ins Gesicht scheinen. Der Wind hatte in den letzten Tagen gedreht und wehte nun aus Osten über das Land.

Automatisch atmete ich wieder tiefer ein, als müsste ich die Zeit hier nutzen, um meine Lungen mit möglichst viel Seeluft zu füllen. Doch noch mehr liebte ich diese Weite, dieses Gefühl der Unendlichkeit. Unterbrochen nur durch die Halligen und Inseln, die man vom Festland aus sehen konnte. Diesen Anblick musste ich aufsaugen, wenn ich an der Nordsee war, hatte ich ständig dieses Bedürfnis. Ja, ich liebte Düsseldorf, die Stadt war in den letzten Jahren zu meinem Zuhause geworden, aber das hier war meine Heimat.

»So, Telse, dann erzähl mal. Ablenkung ist ja gut und schön, aber über das reden, was einen bedrückt, ist auch nicht verkehrt.«

»Weißt du, was ich schön finde?«, fragte ich und sah sie an.

»Dass wir eine Schafscheißfreie-Stelle gefunden haben?«

»Nein«, ich lachte, »dass sich einige Dinge nie ändern.« Ich schaute wieder aufs Watt – die Nordsee hatte sich gerade zurückgezogen. Seevögel waren im Watt auf Nahrungssuche, ihre Rufe schallten durch die Luft. »Mit dir hier zu sein fühlt sich wie ein Anker an, wie etwas, an dem ich mich festhalten kann.«

»Was hat dich denn gestern in Seenot gebracht? Hat Fabian von und zu Arschgeige sich gemeldet oder Sarah, diese Sch… Schlange?«

»Nein, es ging um die Arbeit. Die Kundin, deren Frisur ich ruiniert habe, hat ein Video darüber mit ihren zwei Millionen Followerinnen geteilt.«

»Wow – wo ist es? Auf Facebook, Instagram?« Sofort holte sie ihr Handy raus.

»Instagram und TikTok. Lilly Cee heißt sie.«

Marte war still, während sie sich ein Bild von dem machte, was im Netz passierte. Ein Ort, der für alle gleich nah war, und doch fühlte er sich hier oben – kurz vor Dänemark – ein Stück weiter entfernt an als in Düsseldorf.

»Verflucht, das ist übel. Hast du sie angeschrieben und gesagt, sie soll das löschen? Oder einen Anwalt eingeschaltet?«

»Nein, Herr Winz hat angeordnet, die Füße still zu halten und untergetaucht zu bleiben.«

»Oh, das ist besonders schwer, wenn man zur Tatenlosigkeit verdammt wird.«

Ich nickte. »Ich liebe meinen Job einfach, und ich fühle mich so nutzlos gerade. Außerdem bleibt mir so viel mehr Zeit, um über die Sache mit Fabian und Sarah nachzudenken. Dieses Bild der beiden auf dem Sofa, ich werde das einfach nicht los.« Ich ließ meinen Kopf auf meine angezogenen Knie sinken. »Ich dachte echt, wir wären glücklich. Es hat mich eiskalt erwischt. Aber das Schlimmste ist, gleichzeitig die Freundin zu verlieren.«

»Das kann ich mir vorstellen.«

»Fabian hat mir häufiger vorgeworfen, ich sei gefühllos und würde eh immer nur an die Arbeit denken. Aber ich glaube, er meinte vielmehr, dass ich mich nicht genug für seine Arbeit interessiere.«

Marte schnaubte neben mir. »Du bist doch nicht gefühllos, vielleicht ein wenig zurückhaltend. Wenn er das nicht erkannt hat in all den Jahren, ist dem auch nicht mehr zu helfen. Und sei stolz auf das, was du im Job erreicht hast. Wir sind alle stolz auf dich. Du müsstest mal deine Mutter und Elke hören, wie sie mit dir angeben.« Marte grinste.

»Echt?«, fragte ich lachend und wischte mir mit dem Ärmel über die Augen.

»Ja, es ist unerträglich, sag ich dir.« Sie stieß sanft mit ihrer Schulter gegen meine.

»Ich wollte eh im Anschluss noch mal im Salon vorbeischauen. Papa meinte, die beiden warten darauf.«

Eine Weile schwiegen wir. Dann sagte ich: »Sarah hat mir gestern geschrieben, wie leid ihr die Sache mit Lilly Cee tut.«

»Spinnt die? Und die Sache mit Fabian nicht?« Marte schnaubte erneut.

»Das habe ich auch sofort gedacht. Trotzdem habe ich manchmal den Wunsch, sie anzurufen und zu fragen, wieso sie das gemacht, wieso sie mir so wehgetan hat. Aber was würde das ändern?«

»Ich verstehe dich. Als Melf und ich uns getrennt haben, wollte ich ihn auch so oft anrufen. Ich wollte von ihm in den Arm genommen werden, obwohl er mich so sehr verletzt hat. Total wirres Gefühl. Aber das geht vorbei – irgendwann.« Sie legte einen Arm um meine Schulter.

»Und es wird sicherlich der Zeitpunkt kommen, an dem die beiden mit dir reden wollen. Aber das dient meistens nur zur Beruhigung des schlechten Gewissens. Wenn du das nicht willst, lass dich nicht darauf ein. Du schuldest denen gar nichts. Apropos Ablenkung. Morgen feiert ein Freund von Tade und Lars eine Scheunenparty, das macht er jeden Herbst. Keine Halloweenparty. Es ist ganz zwanglos, ohne Verkleiden und echt nett.«

»Ja, warum nicht. Sonst würde ich wahrscheinlich mit meinen Eltern Doppelkopf spielen oder Let's Dance schauen.«

»Das läuft aktuell nicht«, zog meine Freundin mich auf.

Da fiel mir ein, was Moritz gesagt hatte. »Gibt es hier jetzt eine Location mit dem Namen Almas Schüün?«

»Ja, wieso?«

»Da soll am Wochenende auch was los sein.«

»Die Karten sind schon lange ausverkauft, aber vertrau mir, Steffens Scheunenfete ist genauso cool.«

»Wow, es gibt hier Veranstaltungen, die im Vorfeld ausverkauft sind?«, spottete ich.

»Ey, es gibt hier alles, was das Herz begehrt, und noch viel Meeeer.« Sie zog die Mitte des letzten Wortes in die Länge.

Plötzlich kam als Antwort ein ebenfalls lang gezogenes »Määäh« sehr dicht hinter uns und wir zuckten beide zusammen. Ich drehte mich um, nur einen Meter hinter uns stand ein Schaf und starrte uns an.

»Hab ich mich erschreckt!«, keuchte ich und stand auf. Ich hielt Marte die Hand hin und zog sie hoch.

»Ich auch.« Wir schauten uns an und prusteten los. Das Schaf kam einige Schritte näher.

»Was will es?«, fragte ich.

»Unseren Kaffee? Oder eine frische Dauerwelle von dir«, bot Marte an.

»Oder ist es ein Bock?« Die konnten fies stoßen, aber normalerweise liefen die nicht zwischen den Touris rum.

Marte beugte sich runter, um zwischen die Beine des Schafes zu sehen. »Kann nichts sehen, dann ist es wohl kein Bock, oder?«

Das Schaf kam noch näher, automatisch ging ich einen Schritt zurück.

»Vielleicht sollten wir gehen.«

Marte grinste. »Du hast ja Angst. Aus dir ist tatsächlich ein Stadtmädchen geworden.« Entschlossen schritt sie auf das Schaf zu und streckte ihm die Hand entgegen.

»Marte!«, sagte ich warnend, bereit, jeden Moment loszusprinten, sollte das Schaf den Kopf senken und zum Angriff übergehen.

Doch es schaute Marte aus seinen gelben Augen an und ließ sich von ihr hinter den Ohren kraulen.

»Siehst du, es wollte nur gestreichelt werden. Das ist bestimmt ein Flaschenlamm und deswegen so zutraulich.«

Ich grunzte und entspannte mich gleichzeitig wieder. »Nur ein Stadtmädchen wäre so dumm, ein Schaf zu streicheln, von dem es nicht weiß, ob es ein boxwütiger Bock ist.«

»Und nur ein Stadtmädchen würde Nein sagen, wenn ich sie frage, ob wir durchs Watt zurücklaufen sollen«, forderte Marte mich heraus.

Meine weißen Sneakers waren gerade wieder sauber, doch ich würde ihre Theorie auf keinen Fall untermauern.

»Klar, wieso nicht!«

Marte verabschiedete sich von ihrem wolligen Freund, und wir zogen unsere Schuhe aus, stiegen die Kante zum Wasser hinunter. Der Schlick fühlte sich kühl an, nicht so schön warm wie im Sommer. Zum Glück war es hier recht fest, und wir sanken nur wenige Zentimeter ein.

»Weißt du noch, wie wir mit der Schule eine Wattwanderung gemacht haben und bis zu den Oberschenkeln eingesunken sind?«

»Ja, das war so eklig!«

»Aber auch witzig. Hast du seitdem mal wieder eine gemacht?«

»Eine Wattwanderung? Nein.«

»Ich auch nicht, und manchmal finde ich es schade, dass es meistens die Touristen sind, die welche machen. Sollten nicht gerade wir Einheimischen am besten über unsere Heimat und ihre Besonderheiten Bescheid wissen?«

Nachdenklich nickte ich. »Das stimmt, in Düsseldorf bin ich in den ersten Jahren viel auf Erkundungstour gegangen, weil ich die Stadt kennenlernen wollte. Aber in den letzten Jahren habe ich mit dem Entdecken aufgehört und ständig dieselben Dinge unternommen, dieselben Orte besucht. Vielleicht ist das einfach so, wenn man länger an einem Ort wohnt. Vielleicht verliert dann alles etwas von seinem Reiz.«

»Oder wir müssen uns nur häufiger die Schuhe ausziehen und durchs Watt laufen«, verkündete Marte fröhlich und drehte sich mit ausgebreiteten Armen in einem kleinen Priel. Dabei spritzte das Wasser und ein dicker Tropfen landete auf meinen weißen Sneakers. Ich seufzte leise.

»Scheiße, ist das schon kalt«, fluchte sie im Anschluss lachend und ich stimmte mit ein.

KAPITEL 6

Eine knappe Stunde später erreichte ich den Salon meiner Tante. Zwischen meinen Zehen knirschten noch Reste des Wattbodens, den wir unter der eiskalten Dusche am Deich versucht hatten, abzuspülen.

WunderHaar stand über dem Geschäft. Von außen hatte sich nicht viel geändert. Früher hatte mich gestört, dass hier alles so bedächtig war, dass niemand den Mut hatte, was Neues zu probieren, und Trends meistens erst Jahre später ankamen. Durch die hohen weißen Fenster konnte ich ins Innere schauen, Elke saß mit dem Rücken zu mir, vor ihr eine Kundin mit weißen kurzen Haaren.

Ich drückte die Türklinke runter und sofort hüllten mich die Geräusche wie eine warme Erinnerung ein. Hier hatte ich den Frisierköpfen unzählige neue Looks verpasst, bevor Elke und Mama mich endlich an echte Köpfe ließen. Meine Tante war zwei Jahre jünger als meine Mutter und hatte selbst keine Kinder. Und ein wenig war ich auch immer ihr kleines Mädchen gewesen. Meine Mutter war überlegt und liebte ihre Routinen. Elke war mutiger und ein bisschen verrückt. Als Erstes fand mich der Blick meiner Mutter. Sie lächelte und warf mir einen Luftkuss zu.

»Ich glaube es nicht!«, hörte ich Elke sagen und ich drehte mich zu ihr. Sie hatte ihre Schere und den Kamm sinken lassen und betrachtete mich mit großen Augen. Dann stand sie auf und schloss mich in die Arme. »Ich war schon beleidigt, weil du nicht gleich gekommen bist! Spätestens morgen hätte ich bei dir auf der Matte gestanden.«

»Musste mich erst mal sortieren«, murmelte ich.

»Habe ich gehört. Ich habe schon unter dem Video von dieser Lilly Cee kommentiert und ihr gehörig meine Meinung gesagt.« Im Gegensatz zu meinen Eltern mit ihrem kabelgebundenen Festnetz war meine Tante etwas mehr am Puls der Zeit. »Und mit deinem Freund … Mann, das ist hart. Ich habe dir ja schon immer gesagt, Männer taugen nichts.«

»Stimmt, hätte ich doch mal auf dich gehört!« Ich grinste schief, und sie entließ mich aus ihrer Umarmung.

»Na ja, man liebt halt, wen man liebt. Da kann man sich nichts vorwerfen.«

Im Falle meiner Tante war es eine toughe Lehrerin namens Maybrit, mit der sie schon seit zwanzig Jahren gemeinsam durchs Leben ging.

»Wie gehts Maybrit und wieso …«, ich schaute auf den Boden, »wieso liegt hier überall Konfetti?«

»Weil kein Konfetti auch keine Lösung ist«, verkündete meine Tante bestimmt.

»Maybrit hat heute ihren letzten Tag an der Schule«, erklärte meine Mutter, die mit ihrer Kundin nach vorn zum Kassentresen kam.

»Und diesen besonderen Tag haben wir mit Konfetti und einem Glas Sekt begonnen«, fügte Elke hinzu.

»Sie ist beschwipst in die Schule?«, fragte ich mit hochgezogener Augenbraue.

»Ach Karla, das ist eindeutig dein Kind. Versteht überhaupt keinen Spaß.« Elke seufzte, bevor sie zurück zu ihrer Kundin ging. »Das ist meine Nichte, Sieglinde, eine ganz große Nummer in Düsseldorf, arbeitet da für einen Starfriseur.«

Ich verdrehte die Augen. Offenbar hatte Marte nicht übertrieben, als sie behauptete, hier wurde mit mir angegeben.

»Warum hat Maybrit denn heute ihren letzten Tag? Wechselt sie an eine andere Schule?«, lenkte ich das Thema weg von mir.

»Schätzchen, Maybrit geht in Rente.«

»In Rente? Ist sie nicht so alt wie du, Mama?«

»Hmmhm«, machte meine Mutter.

»Aber«, begann ich.

»Ja, wir sind alt, falls du das feststellen wolltest.«

»Willst du dann auch bald aufhören, Mama?«

»Ich?«, fragte sie eine Spur zu überrascht. »Deine Tante lässt mich nicht.«

»Du hast doch nur Angst, dass du dann den Rest deines Lebens im Gemüsebeet deines Mannes verbringen musst«, zog Elke sie auf.

Die Türglocke unterbrach das Geplänkel der Schwestern. Eine junge Frau mit erschreckend orangen Haaren trat mit gesenktem Blick in den Salon.

»Ei, ei, ei, was ist mit dir passiert?«, fragte Elke ohne Umschweife und die Wangen des Mädchens, das vielleicht sechzehn oder siebzehn war, röteten sich, was sich mit dem grellen Ton ihrer Haare biss.

»Ein kleiner Färbeunfall, es sollte kupferblond werden und nun sehe ich aus, als wenn ich zum Karneval soll. Dabei haben wir hier oben mit Karneval doch nichts am Hut. Könnt ihr mir helfen?«

Meine Mutter blickte in den Kalender und blätterte durch – hier gab es noch einen handgeschriebenen Kalender und Kundenkarteikarten. »Nächste Woche Freitag könnte ich dir anbieten.«

»Was? So lange kann ich so nicht rumlaufen.«

»Tut mir leid. Wenn jemand anderes absagt, können wir dich anrufen, wenn du uns deine Nummer dalässt. Oder du probierst es in einem anderen Salon.«

»Du kannst als Erste-Hilfe-Maßnahme eine Haarkur mit Vitamin-C-Pulver machen, das gibt es in der Drogerie«, fügte meine Tante hinzu.

»Ich war schon in fast allen Salons, die ich mit Fahrrad erreichen kann. Das mit dem Pulver werde ich probieren, danke«, erwiderte sie matt und ihre Schultern sackten nach vorn. Meine Mutter fing meinen Blick auf und sie hob die Augenbrauen und nickte leicht in Richtung der Kundin.

Was … ich?, formte ich lautlos mit den Lippen und deutete gleichzeitig mit dem Zeigefinger auf meine Brust. Meine Mutter nickte.

Ich hatte eigentlich genug von Farbdebakeln, aber das Mädel tat mir leid. Und hatte ich nicht erst zu Marte gesagt, mir fehlte die Arbeit?

»Ich könnte es übernehmen«, sagte ich zögerlich. Noch ehe die Kundin etwas erwidern konnte, rief Elke: »Das ist eine hervorragende Idee!«

»Arbeiten Sie denn hier?«

Innerlich zuckte ich zusammen, als sie mich siezte.

»Ich bin Telse und nein, ich arbeite in Düsseldorf als Friseurin, das da drüben ist meine Mutter und das meine Tante. Aber ich hätte Zeit und ich habe in diesem Salon meine Ausbildung gemacht, ich kenne mich hier also aus.«

»Sie arbeitet im Düsseldorfer Salon von Herrn Winz!«, rief Elke über die Geräusche ihres Föhns hinweg.

»Ich glaube, ich kenne dich. Lilly Cee hat ein Video über dich veröffentlicht.«

Augenblicklich schrumpfte ich um mehrere Zentimeter. Offenbar war Süderdiek doch nicht weit genug von diesem Höllenschlund, das sich Internet nannte, entfernt.

»Das stimmt, ja. Wenn du mich lieber nicht an deine Haare lassen möchtest …«

»Papperlapapp«, rief Elke und meine Mutter kam ihr zu Hilfe. »Wir sind alles Menschen und das hier ist ein Handwerksberuf. Wo gehobelt wird, fallen eben auch mal Späne.« So unterschiedlich Mama und Elke waren, wenn es drauf ankam, waren sie sich stets einig.

»Ich fand die Farbe tatsächlich total schön und habe nicht ganz verstanden, warum Lilly Cee so ein Drama daraus gemacht hat, wahrscheinlich brauchte sie Clickbait. Ihre Views sollen stark nachgelassen haben.«

Meiner Mutter standen drei Fragezeichen im Gesicht, meines hingegen schmückte ein Lächeln. Dieses junge Mädchen – mit ihren grauenhaften Haaren – war wie ein Sonnenschein an meinem bisher sturmverhangenen Tag. Ganz unverhofft sagte sie genau das, was mein angeschlagenes Selbstbewusstsein brauchte.

»Dann nimm doch da drüben Platz.« Ich deutete zu einem der Stühle. »Habt ihr noch einen Wagen übrig, den ich benutzen kann?«

Elke nickte eifrig. »Steht hinten bei der Farbe.«

Ich lugte ums Eck, während die Türklingel erneut ertönte und bereits die nächsten beiden Kundinnen den Laden betraten. Das konnte doch nicht wahr sein, dachte ich, das war *mein* Wagen – fast so, wie ich ihn zurückgelassen hatte. Ein seltsames Gefühl von Wehmut schwappte über mich hinweg wie eine heiße Welle. Mit Wagen und Hocker ging ich zurück zur Kundin.

»Es gibt zwei Möglichkeiten: Entweder alles blondieren und auf die Art die Farbe bestmöglich rausziehen und je nach Ergebnis eine andere drübermachen oder wir färben es gleich im ersten Schritt, dann natürlich dunkler.« Ich fuhr mit den Fingern durch ihre Haare und schaute mir die Haarstruktur an. »Wenn du meine Empfehlung hören möchtest: Ich würde sie nicht blondieren. Sie sind recht beansprucht und die zweite Methode wäre definitiv schonender.«

»Meinst du denn, dunkler würde mir stehen? Davor war ich blond.«

Ich schaute in den Spiegel, sie war ganz klar ein

Herbsttyp mit einem schönen Teint. »Ich könnte es mir gut vorstellen. Wir könnten ein ähnliches Haselnussbraun nehmen, wie Lilly Cee es nun hat. Das wäre nicht zu dunkel, und durch deine jetzige Farbe würden schöne Rotreflexe entstehen.«

»Okay, ich vertraue dir«, sagte sie und ich hätte sie am liebsten dafür abgeknutscht. Ich konnte mich gerade noch zusammenreißen, schenkte ihr aber ein breites Lächeln im Spiegel.

»Dann rühre ich die Farbe an. Möchtest du etwas trinken?« Sie schüttelte ihren Kopf.

Auch im Farbregal hatte sich in den letzten Jahren nichts verändert, und ich war erstaunt, wie routiniert jeder Handgriff saß, obwohl wir bei Winz mit ganz anderen Produkten arbeiteten.

Nachdem ich das Farbtöpfchen abgestellt hatte, legte ich ihr einen Umhang um und zog mir Handschuhe über. Immer wieder fing ich Blicke von Elke und Mama auf. Offenbar war ich nicht die Einzige, die sich ein wenig in nostalgischen Gefühlen verlor.

»Ich bin übrigens Marie«, stellte sie sich vor. Während ich die Farbe aufpinselte, unterhielten wir uns. Sie erzählte mir, wo sie zur Schule ging und dass am Wochenende eine Halloweenparty stattfand, auf die sie unbedingt wollte.

»Aber Halloween ist doch erst Ende Oktober.«

»Schon, aber eine Freundin hat sturmfrei, weil ihre Eltern übers Wochenende weg sind, da ziehen wir die Party kurzerhand vor.«

»Na ja, farbtechnisch wäre das Orange doch passend gewesen«, sagte ich und sie kicherte. Ich liebte es, dass hier jeder meinen trockenen Humor verstand. Ebenfalls zum Kichern brachte ich sie mit meiner Antwort auf ihre Frage, wie viel ein Haarschnitt bei Winz kostete. Dann wurde sie unter ihrer sonnengeküssten Haut blass und fragte: »Aber hier muss ich nicht so viel zahlen, also weil du ja zu Winz gehörst?«

»Nein, keine Sorge. Es ist völlig okay, wenn du meiner Tante das Material zahlst.«

»Wow, nein, das kann ich nicht annehmen.«

»Ich helfe hier gern etwas aus, ich habe aktuell viel Zeit.«

»Hat man dich wegen Lilly Cee gefeuert?«, fragte sie entsetzt.

»Nein, aber in den Zwangsurlaub geschickt, bis sich die Wogen der Entrüstung geglättet haben.«

»Das tut mir leid«, sagte sie und ich schöpfte Hoffnung, dass es da draußen mehr Menschen wie dieses Mädchen gab, die nicht auf Lilly Cees Hasszug aufspringen würden.

»So, das muss jetzt ungefähr zwanzig Minuten einwirken. Möchtest du etwas lesen?«

Sie nickte. »Mein Handy hat kaum noch Akku.«

Ich ging zu den Zeitschriften, die auf dem Tisch im Wartebereich lagen, und griff nach der InTouch. Auf dem Cover war eine angesagte deutsche Sängerin zu sehen, der ich im letzten Jahr die Haare zu genau dieser Frisur geschnitten hatte.

Während die Farbe bei Marie einwirkte, sortierte ich hinten meinen Wagen, pustete den Staub raus und legte alles ordentlich zurück.

Dann piepte auch schon der Timer und ich zog frische Handschuhe über. Ich kontrollierte das Ergebnis, indem ich an einer Stelle die Farbe von den Haaren kratzte.

»Sieht gut aus. Kommst du mit zum Waschbecken?«

Der Wasserstrahl spülte die Farbe fort und immer mehr von dem Ergebnis wurde sichtbar und ein weiteres Stück meines Selbstvertrauens kehrte zurück. Das Endergebnis ließ sich zwar im nassen Haar nur erahnen, aber ich hatte genug Erfahrung, um mir sicher zu sein, dass es genau so aussah, wie ich es mir vorgestellt hatte. Ich genehmigte ihrem Haar noch eine Kur für einen schönen Glanz und dann geleitete ich sie zurück zum Platz – noch mit Handtuchturban auf dem Kopf.

»Bist du bereit?«, fragte ich und sie nickte, doch ich konnte sehen, dass sie die Luft anhielt. Ich löste das Handtuch und das Haar fiel auf ihre Schultern.

Sie stieß die Luft aus und beugte sich vor. »Das sieht toll aus, oder?«

Ich nickte. »Ich föhne es jetzt, im trockenen Zustand sieht es noch mal anders aus.«

Während ich ihre Haare trocknete, schwiegen wir. Ich geriet in einen mir vertrauten Rhythmus von Föhn und Rundbürste. Als ich fertig war, fiel ihr das Haar in einem Hellbraun mit leichten Kupfernuancen glänzend um die zarten Schultern.

»Das ist so schön geworden!« Sie suchte den Blickkontakt zu mir über den Spiegel.

»Ich freue mich, dass es dir gefällt. Steht dir auf jeden Fall sehr gut. Der Halloweenparty steht nichts mehr im Wege.«

Ich löste den Umhang und schob den Wagen beiseite, damit sie aufstehen konnte. Kaum hatte sie sich erhoben, fiel sie mir um den Hals.

»Danke, ich weiß, für dich ist das gerade alles blöd, aber ich bin so froh, dass du heute hier warst. Ich werde all meinen Freundinnen erzählen, was für eine Bitch Lilly Cee ist.«

Ich schmunzelte, weil meine Mutter bei dem Wort *Bitch* zusammenzuckte, Elke grinste. *Habt ihr nichts zu tun?*, fragte ich sie mit einem strengen Blick. Nach so vielen Jahren der Zusammenarbeit funktionierte die stumme Kommunikation immer noch blendend.

Ich kassierte 20 Euro von Marie, das müsste Elkes Kosten ausreichend decken.

Weil Elke mich einlud, nach Ladenschluss einen Sekt auf Maybrits Renteneinstieg zu trinken – schließlich war noch etwas von heute Morgen übrig –, schnitt ich bis dahin zwei Herren die Haare, die spontan im Laden vorbeischauten. Danach reichte ich Mama die Folien bei den Strähnen an, wie ich es schon als Zwölfjährige getan hatte. Damals hatte ich es geliebt, in den Ferien im Salon auszuhelfen, und war stolz wie Bolle, als Elke mein eigenes Sparschwein auf den Kassentresen stellte, damit die Leute mir Trinkgeld geben konnten.

Nachdem alle Kunden gegangen waren, kümmerten sich Mama und Elke um meine Haare und setzten mir frische Strähnen. Als sie die letzten Folien schlossen, kam Maybrit durch die Tür. Offenbar hatte Elke ihr Bescheid gegeben. Sie herzte mich ausgiebig.

»Schön, dich zu sehen, Kleine!«

»Herzlichen Glückwunsch zur Pensionierung. Hattest du die Nase voll?«

»Als Beamtin ist es ja etwas einfacher, ohne große Abzüge vor 67 in Rente zu gehen.«

Wir setzten uns nach hinten in den Aufenthaltsraum, und Elke ließ den Sektkorken knallen.

»Und hast du Pläne, was du mit der freien Zeit machen willst?«

»Vielleicht fang ich an zu stricken«, scherzte sie. »Am liebsten würde ich viel reisen, aber das muss wohl warten.« Sie schaute zu Elke, die ihr ein Glas in die Hand drückte. Danach reichte sie Mama und mir eines und erhob ihres. »Auf die Rente und darauf, dass Telse den Blödmann los ist!«

»Elke!«, rügte meine Mutter ihre jüngere Schwester.

»Schon okay, sie hat ja recht«, murmelte ich und stieß mit ihnen an. Der Sekt perlte auf meiner Zunge.

»Haben du und Mama denn auch schon Rentenpläne?« Tatsächlich hatte ich bisher nicht darüber nachgedacht, aber Papa war bereits im Ruhestand und nun auch Maybrit.

»Drüber nachgedacht schon«, begann Elke und mir entging nicht, dass meine Mutter ihr einen warnenden

Blick zuwarf. »Was denn? Telse kann doch ruhig die Wahrheit wissen.«

»Welche Wahrheit? Ist der Salon in Schwierigkeiten?«

»Der Salon floriert, aber der Fachkräftemangel macht auch vor uns nicht halt. Wir hätten längst den Nachwuchs selbst ausgebildet, aber es ist nicht gerade so, dass wir reichlich Bewerbungen erhalten. Und die, die sich bewerben ...« Sie seufzte. »Die letzten zwei Auszubildenden waren der absolute Reinfall.«

»Ihr habt keine Auszubildende mehr?«, fragte ich überrascht. Elke schüttelte den Kopf. »Hm. In Düsseldorf merken wir zwar auch, dass es schwieriger wird, fähige Leute zu bekommen. Aber natürlich hilft der Name des Salons.«

»Ach, Karla und ich machen noch so lange, wie wir lustig sind, und dann schließen wir ab und werfen den Schlüssel weg.«

Ich blickte mich um. In diesen Wänden steckten so viele glückliche Erinnerungen von mir. Von uns allen. Die Vorstellung, dass es diesen Laden nicht mehr geben würde, verursachte ein mulmiges Gefühl in meinem Bauch.

Elke wechselte das Thema, und ich musste noch mal haarklein von dem Farbfiasko im Salon erzählen. Elke regte sich furchtbar auf. Einen detaillierten Bericht von dem anschließenden Vorfall zu Hause auf meinem Sofa ersparte ich ihnen. Dann wurde es Zeit, meine Haare auszuwaschen.

KAPITEL 7

Am Samstag durchstöberte ich erneut das Internet nach Wohnungsanzeigen in Düsseldorf, aber die Suche von hier aus gestaltete sich schwierig. Kein Makler wollte sich darauf einlassen, einen Termin für die übernächste Woche zu vereinbaren. So lange waren die meisten Wohnungen nicht einmal auf dem Markt. Sie rieten mir, mich wieder zu melden, wenn ich zurück in Düsseldorf sei. Ansonsten mied ich das Internet und allmählich wurde ich unruhig. Was sollte ich hier den ganzen Tag tun? Da war viel zu viel Zeit, um mir Sorgen zu machen. Um meinen Job, um meine Zukunft. Womöglich sollte ich vorzeitig zurückfahren, um mich mit der Wohnungssuche abzulenken. Aber etwas in mir sträubte sich gegen den Gedanken.

Umso erleichterter war ich, als ich am Samstagabend von Tade und Marte zur Scheunenfete abgeholt wurde. Wir radelten zum Hof von Steffen Martensen, der offenbar legendäre Scheunenpartys veranstaltete. Der Kies knirschte unter den Reifen, als wir in die Einfahrt einbogen. Es dämmerte bereits und der Hofplatz war in fahles Licht getaucht. Überall standen Strohballen und Kürbisse, auch eine Vogelscheuche aus Stroh mit alten Klamotten entdeckte ich. Dazu war der ganze Hof mit Lichterketten dekoriert worden. Das große Scheunentor stand weit auf und von innen drang Musik zu uns. Es war mächtig was los. Die Leute standen in Grüppchen mit Getränken in der Hand zusammen und unterhielten sich. Neben Stehtischen waren im Außenbereich Heizpilze aufgestellt worden. Automatisch hoben sich meine Mundwinkel. Auf wie vielen von solchen Dorffesten war ich in meiner Jugend gewesen? Hier feierten Alt und Jung zusammen. Jeder kannte gefühlt jeden und man traf Leute, die man im Alltag viel zu lange nicht mehr gesehen hatte.

Marte stellte mich Steffen vor, den ich vage von früher kannte.

Wir holten uns einen Teller Suppe und Brot und stellten uns damit an einen der Außentische. Aus den Boxen drang ein Remix von *Shakiras Whenever, Wherever,* den ich als Jugendliche geliebt hatte.

»Bedeutet es eigentlich, dass wir alt sind, wenn im Radio Remixe von Songs aus unserer Jugend gespielt werden?«

Tade lachte. »Das habe ich mich auch gefragt, als Robin Schulz ein Remix zu dem Song aus König der Löwen gemacht hat.«

»Quatsch, wir sind doch nicht alt«, warf Marte ein. »Außerdem kann ich gut darauf verzichten, noch mal zwanzig zu sein.« Sie deutete auf einen jungen Kerl mit dezentem Bartwuchs, der bereits jetzt angeschickert durch die Gegend schwankte. Sein Blick blieb an mir hängen. »Moin«, sagte er, begleitet von einem Aufstoßen, und wackelte weiter.

»Stimmt, früher war nicht alles besser«, sagte ich amüsiert.

Als ich den Blick von dem Kerl löste und über den Hof schaute, kam Jonathan auf uns zu.

»Na, gut nach Hause gekommen nach dem Dinner?«, erkundigte er sich, nachdem er die anderen begrüßt hatte. »Oder hast du noch mehr Autos die Vorfahrt genommen?«

»Sehr witzig!« Ich stieß ihn mit der Schulter an, froh, dass er nicht mehr so reserviert war wie am Donnerstag. Als Marte und Tade sich mit einem anderen Pärchen unterhielten, das ich nicht kannte, standen Jonathan und ich schweigend nebeneinander und beobachteten die Leute. So ganz ungezwungen fühlte es sich doch noch nicht an. Dann rügte ich mich innerlich selbst. Das hier war Jonathan, Jonny. Vielleicht war unsere Freundschaft eingerostet, aber Rost konnte man entfernen, also fasste ich mir ein Herz. »Erzähl doch mal, wie es dir so in den letzten Jahren ergangen ist.«

Sein Blick wanderte von der Menge zu mir. »Da gibt es nicht viel zu erzählen.«

»Ach komm, es gibt immer irgendwas zu erzählen. Arbeitest du noch in der Zimmerei Brinkmann?«

»Jup, inzwischen als Meister.«

»Ah, cool, herzlichen Glückwunsch.«

»Na ja, ich habe ein paar Jahre länger gebraucht als du.«

Ich hob die Achseln. »Das ist was anderes. Schließlich wusste ich schon immer, was ich werden wollte und dass ich später mal Elkes Salon übernehme. Dafür war der Meister von vornherein eingeplant.« Ich schmunzelte über meine kindlichen Pläne.

»Und nun frisierst du die Düsseldorfer Schönen und Reichen.«

Ich schnaubte. Und fragte mich für einen Moment, wann sich die Pläne meiner Kindheit und Jugend eigentlich geändert hatten. Ich war schon immer ehrgeizig gewesen und hatte nach der Ausbildung einfach mehr gewollt, hatte wissen wollen, bis wohin ich es schaffen konnte.

»Genug von mir, mein Leben ist schließlich gerade ein Scherbenhaufen.«

Nun lachte er. »Besonders viel vorzuweisen habe ich auch nicht.«

»Du bist immerhin nicht wohnungslos. Warst du lange mit deiner Freundin zusammen?«

»Zweieinhalb Jahre.«

»Warum habt ihr euch getrennt?«

»Sie war der Ansicht, dass ich – wie hat sie es formuliert? – in der Beziehung nicht engagiert genug war. Und vielleicht hatte sie recht. Womöglich habe ich sie nicht so geliebt, wie sie es verdient hat. Obwohl sie mir sehr wichtig war, sie ist zu mir ins Haus gezogen, und wir haben übers Heiraten geredet.«

»Wow, das klingt ernst.«

Er zuckte mit den Schultern. »War das bei euch noch kein Thema? Du warst doch noch länger mit ihm zusammen.«

»Nein, irgendwie nicht«, sagte ich nachdenklich und fragte mich gleichzeitig, wieso eigentlich nicht. »Ich schätze, wir waren beide mit unseren Jobs verheiratet und ansonsten viel unterwegs mit Freunden, also mit seinen Freunden«, ergänzte ich. »Oder uns war beiden unterbewusst klar, dass wir nicht diese eine Person für den anderen sind.« Ich schluckte und schwieg kurz, als mir bewusst wurde, dass wir wirklich nicht viel Zweisamkeit genossen hatten. Wieso fiel mir das erst jetzt auf? Nach einigen Sekunden des Schweigens lenkte ich das Thema wieder auf Jonathan. »Seit wann hast du ein Haus?«

Er lachte. »Schon länger. Ist hier doch so üblich: Ausbildung, Haus bauen, heiraten ... Du weißt, wie es läuft.«

Ich verzog die Lippen und erinnerte mich daran, dass ich genau das mit Anfang zwanzig nicht gewollt hatte. Und deswegen hatte mir das Leben von Fabian und mir gefallen, wie es war. Ich schob die Gedanken an meinen Ex beiseite. »Kenne ich sie?«

»Kann schon sein, sie ging in den Jahrgang unter uns – Celina.«

»Hm, nein, sagt mir nichts.«

Wir redeten über dieses und jenes. Jonathan erzählte, dass er gern einen Hund hätte, was aber wegen seiner Arbeitszeiten nicht funktionierte. Dass sein Vater vor drei Jahren gestorben war und wie schwer die erste Zeit für seine Mutter war. Ich bekam ein superschlechtes Gewissen, weil ich nicht zur Beerdigung gekommen war, sondern nur eine Karte geschickt hatte. Und ich hatte es nicht einmal von Jonathan erfahren, sondern von meiner Mutter.

Allmählich verflog die Spannung zwischen uns, und Jonathan war wieder ganz der Alte, wir redeten ohne Pause. Ich schilderte sogar, wie ich Fabian und Sarah erwischt hatte, und erzählte von meinem neuen Sofa.

»Ich will dir nicht zu nahetreten, Telse Carstensen, aber es scheint mir, als ginge es dir mehr um das Sofa als um den Kerl.«

Ich kicherte, was ein deutliches Zeichen dafür war, dass ich vielleicht auf Wasser umsteigen sollte. Ich kicherte sonst nie. Aber kaum hatte ich den Gedanken zu Ende gedacht, brachte Tade die nächste Runde Mischgetränke mit.

»Was bringst du uns eigentlich für Zeug?«, fragte ich.

»Havanna Club mit Cola.«

»Das werde ich morgen bereuen«, murmelte ich und stieß mit den Jungs an. Marte war verschwunden, um eine Arbeitskollegin zu begrüßen.

»Zurück zum Sofa«, sagte ich danach. »Willst du behaupten, dass ich gefühllos bin? Das hat Fabian mir nämlich vorgeworfen.«

»Quatsch.« Er lachte und ich mochte den Klang. So vertraut und doch mit einem Hauch Neuem, rauer als früher, sodass ich mehr davon wollte. Es war Jonny und doch war er ganz anders als damals. Ich war mit meinen einen Meter siebenundsiebzig nicht unbedingt klein, aber er überragte mich dennoch um einen halben

Kopf. Die Schultern waren deutlich breiter als damals, sein ganzer Körper massiger. Wie eine Eiche, früher war er eher wie eine junge Birke. Ich verdrehte innerlich die Augen über meinen seltsamen Vergleich.

»Aber vielleicht warst du in deiner Beziehung auch nicht so engagiert, wie du hättest sein sollen«, unterbrach er meinen inneren Monolog.

Ich dachte eine Weile über seine Worte nach. »Das könnte stimmen. Wenn ich ehrlich bin, trifft mich Sarahs Betrug mehr.« Ich nahm einen Schluck aus meinem Glas. »Fabian und ich haben wohl eher zwei parallele Leben geführt und wenn wir etwas unternommen haben, dann selten allein. Es tut aber trotzdem weh.«

»Keine Frage, das tut es. Und der eigene Freund mit der besten Freundin ist schon verdammt hart. Zum Glück bist du so eine toughe Nuss.«

Erneut schnaubte ich. »Rede nicht so ein Zeug.«

In dem Moment entdeckte ich Moritz und mein Herz machte einen kräftigen Hüpfer. Wollte der nicht zu der Veranstaltung in Almas Schüün? Mein angeduseltes Ich gierte nach ein wenig Ablenkung und Bestätigung. Und es war doch ganz nett gewesen, als wir uns am Deich getroffen hatten.

»Ich hole uns mal neue Getränke«, sagte ich zu Jonathan und lief zur Bar, die aus einem langen Holztisch bestand.

Diesmal entschied ich mich für ein Alster, ein Bier für Jonathan, dazu zwei Kurze. Bloß keinen Havanna mehr! Auf dem Rückweg ging ich bewusst nah an der Gruppe vorbei, in der Moritz stand und sich mit ein paar anderen Typen unterhielt.

Wie erhofft, entdeckte er mich. »Ey, wen haben wir denn da? Telse, komm zu uns!«

»Hey«, grüßte ich zurück und die Männer öffneten ihren Kreis ein wenig, sodass ich dazwischen passte.

»Das ist meine alte Freundin Telse, kennt ihr sie noch?«

Die Hälfte nickte. »Und ein Getränk hast du mir auch mitgebracht, du bist die Beste.« Er legte mir einen Arm um die Schulter und nahm mir das Bier ab, ehe ich protestieren konnte. Offenbar war das nicht sein erstes Getränk, denn er war deutlich offensiver als bei unserer Begegnung am Deich. So viel Beachtung hätte sich mein Teenie-Ich nach dem verunglückten Date gewünscht!

Ich warf einen Blick zu Jonathan und lächelte ihm entschuldigend zu. Sein Blick wirkte düster, aber so genau konnte ich das bei dem schwachen Licht nicht erkennen. Ehe ich das weiter beurteilen konnte, sprach ihn jemand von der Seite an und er wandte sich ab.

»Wolltest du nicht zu dem Fest in Almas Schüün?«, fragte ich Moritz.

»Waren wir, das hier ist unsere zweite Station. Man muss die Feste feiern, wie sie fallen, nicht wahr?« Er zog mich dichter an sich. »Darauf, dass du wieder zu Hause bist, Telse!«, rief er in der nächsten Sekunde und prostete mir zu. Kaum hatte er einige Schlucke getrunken, griff er nach meiner Hand. »Komm, lass uns tanzen!«

»Tanzen?«, fragte ich überrumpelt.

»Genau!« Er lachte und ich ließ mich von ihm mitziehen, stellte unterwegs noch schnell mein Glas auf einem der Stehtische ab. Im Inneren der Scheune tanzten tatsächlich schon mehrere Paare Discofox. Einige Frauen tanzten allein. Moritz wirbelte mich gekonnt in eine Drehung, danach prallte ich an seine muskulöse Brust. Meine Discofox-Kenntnisse waren eingestaubt, aber das machte Moritz mit seiner Führung wett. Als wäre er der nächste *Lets Dance*-Star, drehte er mich über den stumpfen Stallboden, während ich ihm mehr als einmal auf den Fuß trat. Sein Eau de Parfum kitzelte meine Nase, und ich genoss das Prickeln meiner Finger, als ich sie auf seinen Oberarm legte. Er schaute mir in die Augen, und ich schmolz ein wenig unter seinem Blick. Währenddessen strich seine Hand sanft über meinen Rücken. Nervös lächelte ich ihn an, nicht sicher, ob mir das hier nicht etwas zu offensiv war.

»Wie ist es dir eigentlich in den letzten Jahren ergangen? Arbeitest du noch bei der Bank?«, fragte ich ihn. Nach dem Abitur hatte er dort eine Ausbildung angefangen.

»Ähm, Telse!«, hörte ich Martes Stimme an meinem Ohr, ehe Moritz antworten konnte. »Ich habe hier ein Getränk für dich, wir wollten doch anstoßen!«

»Jetzt?«, fragte ich irritiert. Einen schlechteren Moment gab es wohl nicht. Doch etwas in Martes Blick ließ mich mitten auf der Tanzfläche stehen bleiben.

»Noch dieses Lied zu Ende«, bat Moritz, während ich fragend die Augenbrauen hochzog. Martes Blick wurde eindringlicher.

Lachend löste ich mich von Moritz. »Später vielleicht.« Doch er hielt meine Hand in seinem Griff. »Gib mir jedenfalls deine Nummer.«

Mein Herz klopfte erfreut, als er mir sein Handy reichte. »Hier, speichere sie ein!«

Ich tippte meine Nummer ein, neben mir zappelte Marte nervös auf der Stelle, dann gab ich ihm das Telefon zurück. »Wir sehen uns später!«, sagte er und es klang nach einem Versprechen. Lächelnd ließ ich mich von Marte wegziehen.

»Warum hast du es denn plötzlich so eilig? Und wo sind Jonathan und Tade?« Suchend blickte ich mich um.

Marte schwieg und zog mich weiter, bis wir an einen Tisch in einer ruhigeren Ecke ankamen. »Ich bewahre dich vor einer großen Dummheit.«

»Wovon redest du? Moritz?« Ich grinste.

Sie nickte mit ernster Miene.

»Ich bin nicht mehr sechzehn und verknallt in ihn.«

»Sah aber danach aus.«

»Er sieht ja auch noch verdammt gut aus. Ein bisschen Trost könntest du mir ruhig gönnen, du brauchst dir keine Sorgen um mein Herz zu machen …« Ich spähte hinüber zur Tanzfläche und versuchte, ihn auszumachen.

»Telse, er ist verheiratet und hat zwei Kinder.«

»Was?« Mein Kopf schnellte zu meiner Freundin zurück. »Aber – er trägt keinen Ring!«

»Weil er den abnimmt, wenn er ausgeht, während seine Frau zu Hause auf die Kinder aufpasst.«

»Warum hast du mir das nicht *vorher* gesagt?«

»Ich konnte doch nicht wissen, dass du vorhattest, Moritz Engelhart aufzureißen!«

»W-w-wir haben uns schon an meinem ersten Tag hier zufällig am Deich getroffen und … er war so nett, er hat ein wenig mit mir geflirtet und vorhin ein bisschen mehr, er hat mir sogar über den Rücken gestreichelt!«

Marte setzte eine bedauernde Miene auf. »Als Nächstes wird er dir schreiben, dass er dich nicht vergessen kann, und dich fragen, ob du dich mit ihm in Husum oder Flensburg treffen willst. Außerhalb der Reichweite des Dorffunks.«

»Woher weißt du das?«

»Wir leben hier in einem kleinen Dorf, und er versucht nur halbherzig, seine außerehelichen Aktivitäten zu verbergen.«

»Und seine Frau?« Sofort fühlte ich mich mit dieser mir fremden Frau verbunden.

Marte zuckte mit den Schultern. »Ich kenne sie nur vom Sehen, aber offenbar hat sie einen gut funktionierenden Verdrängungsmechanismus.«

Mir wurde übel. Wäre Marte nicht eingeschritten, wäre ich nicht besser gewesen als Fabian und Sarah. Ich angelte nach den Kurzen in meiner Jackentasche. Einen davon reichte ich Marte und kippte den anderen hinunter. Kurz war ich versucht, zurückzugehen und Moritz direkt eine zu scheuern.

»Weißt du was? Lass uns ein paar Kurze einpacken und zum Deich fahren!«, schlug Marte vor. »Wie früher! Ich hole nur Tade und Jonny. Wir treffen uns bei den Rädern.«

»Warte, ich komme mit.« Auf keinen Fall wollte ich noch einmal allein auf Moritz stoßen.

Ich ließ mich von Marte durch die Leute ziehen, bis sie Tade und Jonathan ausmachte. »Wir wollen an den Deich«, verkündete sie.

»Jetzt?«, fragte Tade überrascht.

»Das haben wir früher häufig nach Partys gemacht. Die Sterne über der Nordsee funkeln zu sehen ist der perfekte Abschluss einer jeden Partynacht.«

»Okay«, sagte Tade und küsste seine Freundin auf die Lippen.

»Kommst du auch mit, Jonny?«

»Nein, ich verzichte«, sagte er knapp und wenn mich nicht alles täuschte, vermied er es, mich anzusehen.

»Wer nicht will, der hat schon«, verkündete Marte fröhlich und zog mich und Tade mit, fort von Jonathan.

Zwanzig Minuten später schlenderten wir zu dritt den Deich hoch, ich grübelte immer noch über Jonathans komisches Verhalten nach. Schließlich waren wir früher häufig nach Partys am Deich gelandet. Erst zu dritt und später zu viert, als Marte schon mit Melf zusammen war. Dann schob sich wieder Moritz in meine Gedanken. Dieser … dieser Arsch! Ich konnte es einfach nicht fassen, dass er verheiratet war. Wütend stapfte ich durch die Dunkelheit.

Die Herbstnacht war wunderschön, zwar frisch, aber

windstill, das machte es erträglich. Der Alkohol in meinem Blut tat sein Übriges und gaukelte mir vor, dass es warm war. Wir setzten uns – aber vorher leuchtete ich mit der Taschenlampe meines Handys den Boden nach Schafsköteln ab. Marte lehnte sich an die Schulter von Tade. Der Mond spiegelte sich auf der Nordsee. Über uns breitete sich weit und klar das Sternenzelt aus. So friedlich. Ich seufzte und bekam einen weiteren Schnaps gereicht.

»Das ist aber der letzte«, murrte ich. Meine Lider wurden zunehmend schwerer, und seit Marte mir offenbart hatte, dass Moritz verheiratet war, hatte sich ein flaues Gefühl in meinem Magen eingenistet. Plötzlich fühlte ich mich unerträglich einsam, und alle sorgsam unterdrückten Gefühle drängten gleichzeitig an die Oberfläche. Ein Schluchzer entwich mir, gleichzeitig mit einem Schluckauf.

»Hey«, sagte Marte und tastete nach meiner Hand. Ich verschränkte ihre Finger mit meinen, sagte aber nichts, sondern schluchzte weiter.

»Manchmal muss es einfach raus«, kommentierte Tade.

»Keiner liebt mich«, schniefte ich.

»Ach, so ein Blödsinn!«

»Doch, der Freund, mit dem ich kurz vor Fabian zusammen war, hat mich auch verlassen, weil ich so viel gearbeitet habe, und nun Fabian. Sogar meine Freundin hintergeht mich und für Moritz bin ich auch nur ein Betthäschen. Dabei gebe ich wirklich immer alles, aber es ist offenbar für niemanden genug. Der Job bei Winz ist echt fordernd und dann kommt so eine blöde Kuh und macht mir auch das kaputt.«

»Ist gerade alles etwas viel, hm? Aber das wird schon wieder. Nach jeder Sturmflut kommt eine Ebbe.« Marte drückte meine Hand. »Wir sind auf jeden Fall froh, dass du hier bist.«

»Pf«, machte ich. »Wohl nicht alle – Jonathan ist in einem Moment nett, im nächsten wieder voll komisch und ich weiß nicht warum. Er wollte bestimmt wegen mir nicht mit zum Deich, oder? Er hat mich nicht mal mehr angesehen.« Die Worte purzelten einfach so aus mir heraus. Es war nur ein Gefühl. Er war einfach seltsam, genauso seltsam, wie unsere ganze Freundschaft sich aufgelöst hatte.

Marte zögerte, ehe sie sagte: »Rede doch mal mit ihm darüber. Sprich ihn direkt darauf an. Er wohnt in dem neuen Haus am alten Wäldchen, du kannst es gar nicht verfehlen.«

»Einen größeren Zaunpfahl für den Wink hattest du wohl nicht«, murrte ich. Mein Gefühl hatte mich also nicht getäuscht.

KAPITEL 8

Am nächsten Morgen wurde ich von einem Presslufthammer geweckt, der sich in meinem Kopf eingenistet hatte. Das erinnerte mich an wilde Episoden meiner Teenager-Jahre, in denen ich noch nicht wusste, wann ich besser aufhören sollte. Nur, dass mein Körper nun doppelt so alt war und eine längere Regenerationsphase brauchte. Anders als früher ließen meine Eltern mich ausschlafen und hielten mir keine Standpauke, als ich erst mittags mit zerknautschtem Gesicht in der Küche auftauchte. Sie bestellten sogar abends Pizza vom einzigen Lieferdienst weit und breit, und ich rechnete es meiner Mutter hoch an, dass sie tapfer ihr vor Fett triefendes Stück aufaß. Lediglich ihre Mimik verrutschte dabei hin und wieder.

So verging der Sonntag, und ich war froh, als ich wieder ins Bett konnte. Montags hatte der Salon WunderHaar geschlossen und Mama und ich nutzten ihren freien Tag, um gemeinsam Lebensmittel einzukaufen.

Am Nachmittag ernteten wir nach Papas Anweisung die letzten Erträge in seinem Gemüsebeet. Die Sonnenblumen ließen langsam ihre schweren Köpfe hängen. Eine war mindestens doppelt so hoch wie ich.

»Gibt es eigentlich einen Rekord für die höchste Sonnenblume?«, fragte ich meinen Vater und schaute zur

Blüte über mir, nachdem ich eine Rote Bete mit der Hand von der Erde befreit hatte.

»Keine Ahnung.«

»Vielleicht solltest du dich mal schlaumachen, dann kommst du womöglich ins Guinnessbuch der Rekorde.«

Meine Mutter lachte. »Ich sehe schon das Foto vor mir, wie Papa neben der gigantischen Blume steht. Seine Kürbisse werden ebenfalls von Jahr zu Jahr prachtvoller. Damit hätte er auch eine Chance.«

Mein Vater verdrehte über unser Geplänkel die Augen und putzte einen der besagten Kürbisse sauber, ehe er ihn sorgsam in die Schubkarre verfrachtete. Er war so groß und schwer, dass er ihn nicht weiter als ein paar Meter tragen konnte.

»Wie ist das eigentlich für dich, seit Papa in Rente ist und du noch arbeiten musst?«

Meine Mutter hielt mit ihrer kleinen Spitzhacke inne. »Das Thema lässt dich offenbar nicht los.«

»Na ja, bei Elke und Maybrit scheint es ein Thema zu sein, und da habe ich mich gefragt, ob ihr auch darüber redet. Ob ihr vielleicht große Reisepläne habt oder etwas anderes gemeinsam machen möchtet, sobald du in Rente gehst.«

»Du meinst, ob ich dann riesige Sonnenblumen züchten möchte?«, fragte meine Mutter lachend.

»Zum Beispiel.«

»Ich würde mich freuen, wenn deine Mutter mit sechzig in Altersteilzeit geht oder zumindest ein paar Stunden weniger arbeiten würde«, meldete sich mein Vater zu Wort und stellte sich aufrecht hin, streckte seinen Rücken einmal durch.

Meine Mutter warf ihm einen strengen Blick zu.

»Was denn? Telli kann das doch ruhig wissen. Sie ist in Düsseldorf verankert, es wird sie schon nicht beeinflussen.«

»Wovon redet ihr?«

»Deine Mutter versucht alles von dir fernzuhalten, was dich dazu bewegen könnte, dich dem Salon verpflichtet zu fühlen. Damals, als du wegwolltest, habe ich das ja eingesehen. Aber heute ist das doch Quatsch.«

»Elkes Salon?«, fragte ich verwirrt. Ich kam nicht ganz hinterher. Redeten wir noch von den Plänen meiner Eltern?

»Genau, früher dachten wir doch alle, du würdest eines Tages den Laden übernehmen, du warst ja nicht von dort wegzubekommen«, ergänzte mein Vater und zwinkerte mir zu. »Und irgendwie denkt deine Mutter, wenn sie etwas Falsches sagt, würdest du aufhören, deine Träume zu leben.«

»Was? Das Gefühl würdet ihr mir nie geben, ihr habt mich doch bei jeder Entscheidung unterstützt.«

Mein Vater warf meiner Mutter einen Blick zu. »Siehst du, Karla.«

Ich schaute ebenfalls zu meiner Mutter, diese selbstlose Frau, die mir beigebracht hat, dass man alles erreichen kann, wenn man nur will. Die mich hat ziehen lassen und mir nicht eine Sekunde das Gefühl gegeben hat, ich würde Elke und sie hängen lassen. Im Gegenteil, sie haben mich angefeuert und waren stolz auf mich.

»Ich würde in der Tat gern kürzertreten«, begann meine Mutter nach einem kleinen Seufzer, »aber ich mag Elke nicht hängen lassen. Du hast ja mitbekommen, wie schwer es ist, neue Angestellte zu finden.«

»Aber darüber kannst du doch mit mir reden!«

»Du sollst einfach deine eigenen Träume leben.«

Ich lächelte sie über die Zwiebeln hinweg an. »Danke«, sagte ich und meine Sicht verschwamm.

»Jetzt hast du sie zum Weinen gebracht«, rügte Mama Papa.

»Nein, nein.« Ich lachte. »Ich bin nur so glücklich, euch als Eltern zu haben«, sagte ich und widmete mich weiter der Gemüseernte.

Am späten Nachmittag nahm ich all meinen Mut zusammen und fuhr zu Jonathan. Mama und Papa hatten sich meinen Beetle für eine Cabriofahrt geliehen und so fuhr ich mit ihrem Skoda. Anhand von Martes Beschreibung fand ich das Haus ohne Probleme. Es lag am Rande von Süderdiek, direkt an dem kleinen Wäldchen, in dem wir als Kinder gespielt hatten. Allerdings stand der schwarze SUV nicht vor der Tür. Ich schaute auf die Uhr. Es war fast achtzehn Uhr, eventuell war er in der Firma aufgehalten worden? Oder zum Supermarkt gefahren?

Ich setzte mich auf die Eingangsstufen und genoss die allerletzten Sonnenstrahlen, bevor gleich die kühle Abendluft überhandnehmen würde. Lange hielt es mich dort aber nicht, nervös sprang ich wieder auf und schaute mich um. Der vordere Garten war pflegeleicht angelegt und bestand größtenteils aus einer Rasenfläche, über die ein kleiner Mähroboter fuhr. Das Haus war mindestens so groß wie das meiner Eltern. Ich spähte durch die Scheibe der Haustür. Durch den Flur konnte ich bis ins Wohnzimmer sehen, das mit großzügigen Fenstern zum Garten zeigte. Ein Motorengeräusch ließ mich zusammenzucken. Schnell drehte ich mich um, gerade als Jonathan in die Einfahrt bog und sich hinter den Skoda meiner Eltern stellte. Mein Herz schlug plötzlich etwas schneller und ich wurde nervös. Diese Reaktion irritierte mich – es war schließlich nur Jonathan. Doch ich hatte Angst vor diesem Gespräch, Angst vor dem, was er sagen könnte.

In seiner Zimmermannskluft stieg er aus. Trotz der herbstlichen Temperaturen trug er zu der schwarzen Hose nur ein weißes Shirt mit dem Logo der Zimmerei, in der er arbeitete. Allein der Anblick ließ mich frösteln. Seine Haare waren nicht gestylt, sondern standen einfach in alle Richtungen von seinem Kopf ab und verliehen ihm ein jugendliches Aussehen, sofort fühlte ich mich in eine Zeit zurückversetzt, in der kein Blatt zwischen uns gepasst hatte.

»Hey!«, rief ich ihm entgegen.

»Moin«, kam es reserviert zurück und in diesem einen Wort schwang deutlich die Frage mit, warum ich hier war. Dabei hatte er nach dem Dinner doch selbst gesagt, ich sollte mich melden. Irgendetwas war am Samstag offenbar passiert, was seine Meinung geändert hatte.

»Hast du fünf Minuten Zeit? Ich würde gern mit dir reden.«

Etwas flackerte durch seine graublauen Augen. Erst mit zwei Sekunden Verzögerung antwortete er: »Klar.« Er lief von seinem Wagen zum Hintereingang und ich folgte ihm. Drinnen war es sauber und ordentlich, dazu geschmackvoll und vorwiegend mit Echtholz-Möbeln eingerichtet. Eine Wand im Wohnzimmer war schwarz gestrichen, doch kombiniert mit den warmen Holztönen wirkte es überhaupt nicht düster. Nichts erinnerte mehr an das chaotische Jugendzimmer im Haus seiner Eltern.

»Schick«, rutschte mir raus. Zum einen, weil es stimmte, zum anderen, um diese unangenehme Stille zu brechen. In der Küche holte er sich eine Coke aus dem Kühlschrank und fragte, ob ich auch eine wolle. Ich schüttelte den Kopf.

»Setz dich.« Er deutete auf die Stühle an der Kücheninsel, blieb selbst aber an der gegenüberliegenden Küchenzeile stehen, von wo aus er mich erwartungsvoll ansah.

»Du wolltest nicht mit zum Deich«, eröffnete ich das Gespräch, ließ ihm aber keine Chance für eine ausweichende Antwort. »Und ich habe das Gefühl, das lag an mir.« Sein Schweigen bestätigte mir, dass ich richtiglag. »Kannst du mir vielleicht sagen, wo genau das Problem zwischen uns liegt? In einigen Momenten ist alles wie früher und dann bist du wieder total komisch.« Nervös strich ich mir die Haare über die Schulter und sah, wie er die Bewegung verfolgte. Dann seufzte er. Seine Schultern sackten ein wenig nach vorn und er rieb sich mit der Hand übers Gesicht.

»Wir haben ja schon länger keinen Kontakt mehr«, begann er schließlich und atmete tief ein, ehe er fortfuhr. »Deswegen überrascht es mich, dass dir das jetzt so wichtig ist.« Er mauerte – ganz eindeutig.

»Natürlich ist es mir wichtig, schließlich kennen wir uns schon ewig. Die letzten Jahre hat es sich einfach etwas verlaufen. Aber deshalb muss es ja nicht so weitergehen.«

Seine Augenbrauen hoben sich. »Etwas verlaufen? Eigentlich hast du mir die kalte Schulter gezeigt und nur noch auf jede fünfte Nachricht geantwortet. Und da hatte ich ehrlich gesagt irgendwann keinen Bock mehr drauf.«

Ich merkte, wie mir die Hitze in die Wangen schoss. Ich fühlte mich ertappt, denn er hatte nicht ganz unrecht. »Ich … ich hätte nicht gedacht, dass dich das stört. Du hattest ja … wie hieß sie noch mal?«

»Celina, sie hieß Celina. Aber was hat das mit ihr zu tun?«

»Na ja, da ist es doch normal, dass man sich auch mal seltener hört, wenn man in einer Beziehung steckt.«

Humorlos lachte er auf. »Mit ihr bin ich erst später zusammengekommen, da hatten wir schon keinen Kontakt mehr. Weißt du was, Telse? Das ist eine verschissene Ausrede, und das weißt du genauso gut wie ich. Wir waren unser halbes Leben lang Freunde. Dann stylst du die Düsseldorfer Schickeria, kommst mit diesem Anzugträger zusammen und ich bin dir nicht mehr gut genug. Sorry, dass ich da keine Willkommensparty für dich schmeiße, wenn du nach Jahren wieder auftauchst, weil es in Düsseldorf gerade nicht so gut für dich läuft.«

»Autsch«, murmelte ich. »So ist es gar nicht!«

»Wie denn?«

»Fabian, er … er hat immer so blöde Kommentare abgelassen, wenn wir so viel geschrieben haben, und mir unterstellt, dass wir was miteinander hatten, also früher, und dass ich immer noch etwas für dich empfinde. Und um ihm zu beweisen, dass er falschliegt, habe ich …« Ich stockte, weil es mir unangenehm war, es auszusprechen.

Jonathan schnaubte. »Der Typ, der es deiner Freundin auf dem Sofa besorgt hat, war eifersüchtig auf mich?«

Mein Gesicht glühte.

»Entschuldige, das war … Es tut mir leid«, schob er sanfter hinterher.

»Schon okay«, murmelte ich. Entschieden blinzelte ich die Tränen zurück.

»Und weil es ihm nicht passte, hast du auf unsere Freundschaft geschissen? Das hätte ich nicht von dir gedacht, Telse«, fuhr er fort und ich hörte die Enttäuschung in seiner Stimme und sie traf mich. Denn ich konnte es nicht schönreden. Ich war keine gute Freundin gewesen. Auch wenn es keine bewusste Entscheidung, sondern eher ein schleichender Prozess gewesen war, wurde mir in diesem Augenblick klar, dass ich tatsächlich Fabian zuliebe den Kontakt zu Jonathan heruntergeschraubt hatte.

»Ich schätze, ich bin den einfachsten Weg gegangen, ohne mir dabei Gedanken zu machen, wie du dich fühlst.«

Er trank einen Schluck von seiner Coke, schaute danach einige Sekunden durch das Fenster in den Garten, ehe sein Blick zu mir zurückwanderte.

»Es hat mich verletzt, und … dann wurde mein Vater krank …« Er stockte. »Und als er starb, kommt von meiner besten Freundin nur eine Karte. Danach habe ich dann endgültig damit abgeschlossen und ich weiß nicht, ob ich bereit bin, unserer Freundschaft ein weiteres Kapitel hinzuzufügen.«

Ich schluckte. »Es tut mir leid.« Eine Träne lief mir über die Wange.

»Weißt du was? Das glaube ich dir nicht. Dir tut nur leid, dass ich jetzt sauer auf dich bin. Aber damals kannst du nicht einen Gedanken an mich verschwendet haben, dann hättest du dich nämlich anders verhalten.«

»Ich wusste nicht, dass dein Vater krank war. Du hast nichts gesagt.«

»Ja, weil du zuvor nicht oder nur abblockend auf meine Nachrichten reagiert hast und weil wir zu dem Zeitpunkt so gut wie keinen Kontakt mehr hatten.«

»Es tut mir leid«, wiederholte ich.

»Schön, okay, ist angekommen.«

»Okay?«, fragte ich unsicher. »*Okay*, es ist wieder in Ordnung, oder *okay*, lass mich in Ruhe?«

»Spielt das denn eine Rolle? Wenn sich die Wogen wegen dieses Internetvideos geglättet haben, bist du doch eh wieder weg und wir sind vergessen.«

»Das ist nicht fair von dir«, sagte ich leise.

»Was ist schon fair? Das Leben ist nicht fair.« Abwehrend verschränkte er die Arme vor der Brust.

»Das brauchst du mir nicht zu erzählen«, gab ich schnippisch zurück.

Wir starrten uns an, keiner war bereit, den Blickkontakt zu unterbrechen. Die Wellen in seinen blaugrauen Augen schlugen hoch. Es verging mindestens eine halbe Minute, ehe er sagte: »Ich glaube, die fünf Minuten sind um.«

Mir entwich ein ungläubiger Laut. »Du bist ein Arschloch geworden!«

»Na, dann haben wir ja was gemeinsam.«

Empört rutschte ich vom Stuhl. »Du kannst mich mal, Jonathan Schmidt!«

Nachdem ich fünf Schritte gegangen war, rief er: »Grüß Moritz von mir!«

Dieser Satz war wie ein Pfeil, den er von hinten auf mich abschoss, und er verfehlte mich nicht. Doch ich tat ihm nicht den Gefallen, darauf zu reagieren, sondern lief schnurstracks zur Tür und zog sie schwungvoll hinter mir zu. Sollte er doch denken, was er wollte! Draußen hielt ich abrupt an. Verdammt, er hatte mit seinem Auto hinter mir geparkt und die Auffahrt war zu schmal, um an seinem vorbeizukommen. Ich wog meine Möglichkeiten ab. Auf keinen Fall würde ich ihn bitten, sein Auto wegzufahren. Schließlich stieg ich in den Skoda meiner Eltern, schlug das Lenkrad voll ein und fuhr über Jonathans perfekt getrimmten Rasen davon. Das Auto holperte, als ich über die steinerne Einfassung fuhr. Der Mähroboter war zum Glück gerade am anderen Ende des Grundstücks, ich wusste nicht, ob ich vor ihm Halt gemacht hätte.

Als ich das Haus meiner Eltern erreichte, rumorte es noch immer in meinem Bauch. Zudem ploppten erneut zahlreiche Benachrichtigungen auf meinem Handy auf. Ich dachte, ich hatte mich aus den Apps ausgeloggt. Wieso ging denn heute alles schief? Ich ignorierte das und stiefelte ins Haus, warf mich aufs Sofa und schaltete den Fernseher ein. Es lief das perfekte Dinner, und ich stöhnte auf. Hielt mir das Kissen vors Gesicht und schrie hinein. Jonathan konnte so ein Blödmann sein. Aber eigentlich war ich vor allem wütend auf mich. Denn leider stimmte alles, was er gesagt hatte, und rückblickend beschämte mich mein Verhalten. Ich konnte heute nicht einmal mehr sagen, was ich mir dabei gedacht hatte. Wahrscheinlich nicht viel, nur so konnte ich mir das erklären. Was war aus mir geworden? Plötzlich war ich mir nicht sicher, ob ich die aktuelle Version von mir überhaupt noch leiden konnte. Während Aurelia für die Liebe nach Mallorca zog, wetteiferte ich mit Maurice um die Salonleitung, die noch mehr Überstunden bedeuten würde; merkte dabei nicht einmal, dass mein Freund ein Verhältnis mit einer meiner besten Freundinnen hatte. Und mein erster Gedanke galt meinem Sofa! Ich war ein gefühlloser Arbeitsroboter geworden und hatte dabei einen der wenigen Menschen verletzt, von dem ich mir sicher war, dass er immer für mich durchs Feuer gegangen wäre.

Meine Mutter steckte den Kopf ins Wohnzimmer. »Alles in Ordnung?«

»Nein«, brummte ich. »Ich bin ein schlechter Mensch.«

Sie zog ihre Augenbrauen zusammen. »Wieso sagst du so was?«

»Weil mir mein betrügerischer Ex wichtiger war als meine alten Freunde hier.«

»Ach Telli.« Sie setzte sich zu mir auf Sofa. »Willst du darüber reden?«

»Nein!« Ich hielt mir das Kissen vors Gesicht, um die aufsteigenden Tränen zu verbergen.

»Weißt du, man kann nicht immer allen gerecht werden, jeder macht mal Fehler. Aber daraus zu lernen und es beim nächsten Mal besser zu machen, das nennt man Leben.«

»Hm«, machte ich.

»Hast du denn schon das Video gesehen, das Elke geschickt hat?«

»Welches Video? Hat Lilly Cee noch eines hochgeladen?« Ich ließ das Kissen sinken.

Sie schüttelte den Kopf und entsperrte ihr Telefon. »Dieses hier von dem jungen Mädchen, dem du die Haare gerettet hast.«

Ich setzte mich aufrechter hin und nahm ihr das Telefon aus der Hand. Da erschien Marie. »Moin, ich bin Marie und ich wollte nur mal klarstellen, dass Telse Carstensen eine gute Friseurin ist. Eine sehr gute sogar. Nachdem ich mir selbst die Haare mit einer Färbung aus der Drogerie ruiniert habe, hat sie sie im Salon ihrer

Tante gerettet und wollte nicht mal dafür bezahlt werden. Obwohl sie mich nicht kannte. Hier ist ein Foto, wie ich vorher aussah.« Es wurde ein Bild eingeblendet. »Grauenhaft, ich weiß, aber dank Telse kann ich mich jetzt wieder auf die Straße trauen. Jedem kann mal ein Fehler passieren, deswegen muss man nicht gleich eine Hetzjagd im Internet veranstalten, Lilly Cee, nur weil man scharf auf Klicks ist. Schöne Grüße aus Nordfriesland. Ach, und an euch da draußen: Wenn ihr zu den glücklichen Kunden von Telse gehört, dann macht doch auch ein Video dazu. Wir haben vielleicht keine zwei Millionen Follower, aber gemeinsam haben wir eine Stimme, die gehört wird!«

»Das ist … wow«, entfuhr es mir.

»Toll, oder? Das hat sie erst heute Nachmittag gepostet und es gibt schon viele Kommentare mit Kundenstimmen, positiven Kundenstimmen. Allerdings sind die meisten von hier, also alte Kundinnen von dir.«

»Ich bezweifle zwar, dass dieses Video annähernd so viele Leute erreicht wie das von Lilly Cee, aber das ist so ein toller Zug von ihr. Ich wünschte, ich hätte so viel Rückgrat wie dieses Mädchen.« Dann hätte ich nicht meinen ältesten Freund fallen lassen wie eine heiße Kartoffel.

»Telse, das hast du! Nur weil heute alles wolkenverhangen erscheint, kann morgen schon wieder die Sonne strahlen. Komm, du kannst mir beim Abendessen helfen. Dein Vater zerlegt gerade seinen letzten Kürbis. Ich fürchte, es gibt die nächsten drei Wochen nichts anderes zu essen.«

KAPITEL 9

Am nächsten Vormittag stieg ich nach einer unruhigen Nacht aus der Dusche. Der Streit mit Jonathan hatte mich noch lange wach gehalten. Seufzend griff ich nach einem Handtuch, als mein Vater an die Tür hämmerte.

»Bin gleich fertig«, rief ich.

»Telefon, Elke ist dran, sie sagt irgendwas von einem Notfall.«

»Gib mir eine Minute!«

Hastig rubbelte ich die Wassertropfen von meinem Körper, anschließend schlüpfte ich in den Bademantel meiner Mutter und eilte in den Flur. Der Hörer lag neben dem Telefon.

»Elke?«, fragte ich atemlos.

»Ja, Schätzchen, sag mal, hättest du heute Zeit? Es haben aufgrund von Maries Video einige Leute angerufen und wollen unbedingt einen Termin bei dir.«

»Bei mir? Aber ich arbeite doch gar nicht bei dir. Hast du denen das nicht gesagt?«

»Das interessiert die nicht. Die wollen einfach einen Haarschnitt von der berühmten Telse Carstensen.«

Ich fand ja, dass es eine sehr zweifelhafte Berühmtheit war, aber ich ersparte mir einen Kommentar.

»Schön«, seufzte ich stattdessen, »wann soll ich da sein?« Hier fiel mir eh die Decke auf den Kopf. Und bei der Gartenarbeit mit Papa hatte ich viel zu viel Zeit, um nachzudenken. Über Fabian und Sarah, Winz, Lilly Cee und Moritz. Und über ... Jonathan. Am schlimmsten war, dass er mit allem recht hatte. Ich hatte einen meiner besten Kumpel verloren. Weil ich zu bequem war, mit Fabian darüber zu diskutieren. Fabian, der mit Sarah auf meinem Sofa ... warum dachte ich immer an dieses verflixte Sofa?

»Komm einfach, sobald du kannst«, flötete Elke derweil durchs Telefon und riss mich aus meinen abdriftenden Gedanken. Im Hintergrund rauschte ein Föhn. Dann legte sie auf.

»Sieht aus, als müsste ich heute allein Unkraut jäten«, rief mein Vater aus der Küche.

Ich trat in den Türrahmen. »Tut mir leid. Aber trinken wir noch einen Kaffee, bevor ich fahre?«

»Steht in der Maschine.« Er deutete zur Kaffeemaschine.

»Ich ziehe mich nur eben an«, sagte ich und steuerte das Bad an.

Eine knappe Dreiviertelstunde später betrat ich den Salon WunderHaar und neben den beiden Kundinnen bei Mama und Elke saßen drei weitere Frauen im Wartebereich. Ich stutzte kurz, dann lächelte ich und sagte: »Ich bin sofort bei Ihnen.« Eilig brachte ich meine Tasche nach hinten und prallte auf dem Rückweg mit Mama zusammen. »Wen soll ich übernehmen?«

»Die sind alle wegen dir da, Telli.«

»Was? Alle drei?«

»Du kannst sie auch nach Hause schicken. Elke hat ihnen nichts versprochen, nur gesagt, sie schaut mal, ob du Zeit hast.«

»Und ihr könnt keine davon übernehmen?«

»Tut mir leid, wir sind beide ausgebucht. Frage doch erst mal, was sie überhaupt möchten.«

»Okay«, sagte ich zerstreut und folgte meiner Mutter nach vorn.

»Was kann ich für euch tun?«, fragte ich die drei Frauen.

»Ich bin eine Freundin von Marie und ich will dieselbe Haarfarbe wie sie«, sagte die Jüngste in der Runde.

»Ich bin Maries Tante und brauche einen frischen Schnitt.«

»Und ich möchte Strähnchen, aus Solidarität, weil ich weiß, wie es sich anfühlt, wenn man im Netz vorgeführt wird. Ich bin übrigens Maries Meinung. Lilly Cee stand der rötliche Ton grandios.«

»Aber du kennst mich doch gar nicht, wieso …?«

»Weil du auch aus Nordfriesland kommst, wir halten zusammen. Aber du nimmst hier doch nicht so viel wie im Salon von Egon Winz, oder?«

»Nein, ich arbeite ja gar nicht bei Elke. Das mit Marie war eine Ausnahme, weil sie so unglücklich war.«

»Dann machst du uns nicht die Haare?«, fragte die Tante von Marie.

»Doch, doch, deshalb ist sie doch hier und es gelten die hiesigen Salonpreise«, rief Elke aus der Farbecke herüber.

»Gut, also dann …«, begann ich.

»Aber wenn ihr zufrieden seid, ladet ihr ein Video hoch!«, erklang abermals die Stimme meiner Tante.

»Elke!«, rief ich entsetzt. »Das müsst ihr natürlich nicht«, versicherte ich den dreien schnell.

Maries Freundin zuckte mit den Schultern. »Hatte ich eh vor.«

»Na schön«, setzte ich erneut an. »Ich werde mit dem Haarschnitt beginnen, weil das am schnellsten geht. Hat eine von euch noch etwas vor, um … sagen wir eine Stunde zu überbrücken?«

»Ich wohne nicht weit entfernt, ich könnte einfach später wiederkommen«, schlug Maries Freundin vor.

»Prima, aber hast du gar keine Schule heute?«

»Lehrerfortbildung.« Sie zuckte mit den Schultern.

»Ach so, super, dann sehen wir uns in einer Stunde.« Ich lächelte sie an. Danach geleitete ich Maries Tante zu dem Stuhl, auf dem vor ein paar Tagen ihre Nichte gesessen hatte. »Weißt du schon, was für einen Schnitt du möchtest?« Ihre Haare gingen ihr bis kurz unterhalb der Ohren, sie waren nicht sonderlich dick, hatte aber einen schönen natürlichen Blondton.

»Eigentlich wollte ich sie wachsen lassen, aber sie sind so fisselig, deswegen sollen sie wieder ab. Nicht zu verrückt, eher was Klassisches.«

Ich betrachtete ihr feines herzförmiges Gesicht. Mit den femininen Gesichtszügen konnte sie super einen Kurzhaarschnitt tragen.

»Was hältst du von einem etwas längeren Pixicut?«

Ich suchte ein passendes Bild im Internet raus. »Das würde deinem Haar mehr Fülle verleihen, und wenn wir den Pony in die Stirn fallen lassen, sieht es trotzdem nicht zu hart aus.«

»Das klingt super.«

Ich legte ihr die Papiermanschette und einen Umhang um und holte meine Scheren, die ich von zu Hause mitgenommen hatte. Es waren zwar nicht meine neuesten, die waren noch bei Winz, aber diese hatten mir auch schon viele Jahre gute Dienste geleistet.

Ich plauderte mit Maries Tante, während ihr Haar durch meine Finger glitt und ich es Schnitt für Schnitt in die gewünschte Form brachte.

»Das Video ist wirklich toll. Können Sie Marie bitte ausrichten, wie sehr ich mich darüber gefreut habe?«

»Natürlich, das mache ich. Sie hatte schon immer einen ausgeprägten Gerechtigkeitssinn.«

»Telse, hast du morgen auch Zeit?«, fragte Elke mit dem Telefonhörer in der Hand. Dieses Video erreichte offenbar mehr Leute als gedacht, oder es war der Dorffunk, der zuverlässig trommelte. Kurz überlegte ich, beschloss dann aber, dass es mir guttat, mich nützlich zu machen, solange ich ins Exil verdammt war.

»Du kannst mich gern einplanen.«

Mit einem Lächeln hielt Elke sich den Hörer wieder ans Ohr.

Als ich die letzte Kundin mit ein paar Pflegetipps für gefärbtes Haar entlassen hatte, schaute ich auf mein Handy. Eine Nachricht von Moritz. Sofort schoss Wut durch meinen Blutkreislauf.

Hey Telse, ich würde dich gern wiedersehen, muss einfach ständig an dich denken. Hast du Lust auf einen Cocktail in Flensburg oder Husum?

Genau wie es Marte prophezeit hatte. Mein erster Impuls war es, ihm zu schreiben, er solle bleiben, wo der Pfeffer wächst. Mein Interesse an ihm sei nur *temporär bedingt* gewesen. Doch dann hatte ich eine bessere Idee, die ihn zumindest in Erklärungsnöte brachte, wenn er nach Hause käme. Ich verabredete mich für den nächsten Abend um sieben mit ihm in Husum. Nach kurzem Überlegen schickte ich noch hinterher:

Falls du vor mir da bist, bestelle mir bitte schon mal einen Long Island Iced Tea.

Den würde ich brauchen.

*

Innerhalb des nächsten Tages wurde ich von Kundinnen in zwei Videos markiert. Ich fand das eine so rührende Geste, dass ich mich im Salon kurz nach hinten stahl, um mir die Augen trocken zu wedeln, damit keine Träne entwich.

Nachdem wir am Abend den Salon abgeschlossen hatten, machte ich mich gleich auf den Weg nach Husum. Ich sah keine Notwendigkeit, mich für diesen Anlass frisch zu machen. Ich war schneller dort als gedacht und überbrückte die Zeit mit einem Spaziergang am Hafenbecken entlang. Husum war noch schöner, als ich es in Erinnerung hatte. Die Fassaden waren bunt gestrichen und das Angebot an Cafés, Restaurants und Klamottenläden viel größer als früher. Auf dem Weg zum Marktplatz kam ich an einer Buchhandlung vorbei und stöberte durch die Regale. Es tat gut, einfach mal zu bummeln. Nicht gestresst zu sein. Dann wurde es Zeit für mein *Date*. Ich erreichte das Lokal um elf nach sieben und kam genau richtig. Gleichzeitig mit mir steuerte ein Kellner auf Moritz zu. Der erhob sich, um mich zu begrüßen, als ich seinen Tisch erreichte. Er beugte sich zu mir runter und hauchte mir einen Kuss auf die Wange. Am liebsten hätte ich ihn zurückgestoßen. Ich presste meine Lippen aufeinander. Plötzlich fand ich ihn auch nicht mehr attraktiv. Sein Parfum war eine Spur zu schwer und aufdringlich und es war, als hätte Marte mir mit der Offenbarung über seine Familie, die er einfach hinterging, die rosarote Brille vom Kopf gerissen. Nun konnte ich sein Inneres sehen und das war … nicht annähernd so hübsch, wie die Schale vermuten ließ.

»Schön, dass du da bist«, säuselte er.

Ich zwang mir ein Lächeln auf und gab ein unbestimmtes »Hm« von mir. Der Kellner, der an einem anderen Tisch aufgehalten worden war, kam endlich zu uns. Zunächst stellte er ein Bier vor Moritz und dann nahm er den ziemlich riesigen Long Island Iced Tea vom Tablett.

»Der ist für mich«, sagte ich erleichtert und griff danach, noch ehe er das Glas abstellen konnte.

»Okay, da ist jemand durstig.« Moritz lachte.

»Ich habe einfach ein enormes Verlangen ...« Ich pausierte im Satz und stand auf, trat auf ihn zu, lächelte. Verwirrung lag in Moritz' Zügen. »Ein enormes Verlangen danach, dir möglichst viel über den Kopf zu kippen.« Ich lächelte weiter bei den Worten und noch ehe er überhaupt begriff, was ich sagte oder plante, ergoss sich der ganze bräunliche Inhalt des Glases über sein – zugegeben immer noch schönes und volles – Haupthaar, rann auf sein danach nicht mehr so blütenweißes Hemd.

»Spinnst du?«, blaffte er und sprang auf, riss dabei den Hocker um, auf dem er saß. Er strauchelte, fing sich erst kurz vor dem Nachbartisch.

»Spinnst *du*?«, zischte ich. »Wie kannst du es wagen, mich um ein Date zu bitten, während deine Frau mit deinen beiden Töchtern zu Hause auf dich wartet? Bei dir scheint ja echt alles nur *temporär* bedingt zu sein! Weißt du was? Für dich braucht es keine hochgestochenen Worte, ein simples *Arschloch* reicht völlig!« Ich drehte mich um und verließ das Lokal. Moritz brüllte noch irgendwas mit »Verrückte«, aber es war mir egal. Zu gern würde ich in der Zeit zurückreisen und meinem Teenie-Ich sagen, was für ein Idiot Moritz werden würde – wahrscheinlich war er das auch schon damals gewesen – und dass ich lieber für jemanden schwärmen sollte, der es wert war.

Ich spazierte zurück zu meinem Auto und fühlte mich dabei so gut wie lange nicht mehr. Auf dem Rückweg nach Süderdiek kaufte ich noch ein paar Chips und machte es mir mit meinen Eltern auf der Couch gemütlich.

Am nächsten Tag fuhr ich gleich morgens mit meiner Mutter in den Salon. Offenbar hatte Elke Freude daran, mich möglichst ausgiebig einzubinden. Aber es störte mich nicht, sondern ich genoss die Ablenkung.

Ich diskutierte gerade mit Frau Bahnsen über die perfekte Größe der Lockenwickler. Frau Bahnsen hatte gar nicht zu mir gewollt, sondern war notgedrungen bei mir gelandet, weil meine Mutter keine Zeit hatte.

»Aber glauben Sie mir, es sieht viel natürlicher aus, wenn wir nicht die ganz kleinen Wickler nehmen.«

»Die nimmt deine Mutter aber immer. Stimmts, Karla?«

»Ja, das tue ich. Aber ich an deiner Stelle würde Telse vertrauen.«

Sie beäugte mich misstrauisch im Spiegel. »Du hast doch die Haare von diesem Internetsternchen ruiniert. Das ganze Dorf redet davon.«

Sofort lief ich rot an.

»Muss dir nicht peinlich sein. Sie sagen auch, dieses Internetsternchen übertreibt.« Frau Bahnsen seufzte deutlich hörbar. »Dann nehmen wir eben heute mal die größeren.« Sie suchte im Spiegel meine Mutter. »Aber wenn es mir nicht gefällt, komme ich nächste Woche zu dir, Karla.«

»Wenn du nicht zufrieden bist, rufst du einfach an, und wir finden eine Lösung«, versicherte meine Mutter ihr und ich fühlte mich ein wenig in die Zeit meiner Ausbildung zurückversetzt. Da hatten wir die Leute auch häufig erst überreden müssen. Zumindest im ersten Ausbildungsjahr. Ich versuchte, es mit Fassung zu tragen, und hoffte, mit dem Ergebnis zu überzeugen.

Ich schloss gerade den fünften Wickler, als die Tür aufging und ein weiterer Kunde eintrat. Aus Reflex schaute ich mit einem Lächeln auf, um die Person zu begrüßen. Doch das rutschte mir schnell vom Gesicht, im Türrahmen stand Jonathan, der offenbar gerade von der Arbeit kam, denn er trug seine Zimmermannskluft.

»Jonathan, dich haben wir ja lang nicht mehr gesehen, was können wir für dich tun? Willst du einen Gutschein für deine Mutter holen? Sie hat ja bald Geburtstag, oder?«, begrüßte ihn Elke.

»Ach so, ja, das ist eine gute Idee.« Er kratzte sich am Kopf, und ein paar Holzspäne segelten zu Boden. »Aber eigentlich wollte ich zu Telse. Ihr Vater hat mir gesagt, dass ich sie hier finde. Den Gutschein nehme ich aber trotzdem.« Sein Blick suchte meinen. Ich versuchte, meine Mimik unter Kontrolle zu bringen. Er würde mich doch nicht hier vor aller Augen bloßstellen, weil ich über seinen Rasen gefahren war?

»Ja?«, brachte ich schließlich hervor und merkte genau, wie meine Mutter mir einen seltsamen Blick zuwarf. Ihre Augen waren nicht die einzigen, die zwischen Jonathan und mir hin und her schossen.

Jonathan trat zwei Schritte näher. »Könntest du mir die Haare schneiden?«

»Dir die Haare schneiden?«, wiederholte ich, als hätte er mich gefragt, ob ich ihm ein Penistattoo stechen könnte. Ich hatte mit einigem gerechnet, aber damit sicher nicht.

Er nickte. »Das machst du doch hier, oder?« Einer seiner Mundwinkel zuckte, und ich spürte, wie mein Herz etwas leichter wurde.

»Sieht so aus«, antwortete ich und lächelte flüchtig. »Das dauert aber ein wenig. Ich muss eben noch Frau Bahnsen die Wickler reindrehen, aber während die Dauerwelle einwirkt, hätte ich Zeit.«

»Prima, dann warte ich.«

Verdutzt beobachtete ich, wie er sich auf einen der Stühle im Wartebereich setzte, dann räusperte sich Frau Bahnsen und ich griff nach dem nächsten Wickler.

Nachdem die letzte Strähne eingewickelt und die Dauerwellenflüssigkeit aufgetragen war, brachte ich ihr einen Kaffee und die neueste Ausgabe der Bunten. Dann trat ich zu Jonathan.

»Möchtest du sie vorher gewaschen bekommen?«

»Gerne, deine Kopfmassagen waren früher der Hammer.«

Ich schmunzelte. Marte und Jonathan mussten in meiner Ausbildungszeit ständig als Testpersonen herhalten und Jonathan hatte immer leise geseufzt, wenn ich die neueste Technik bei der Kopfmassage an ihm ausprobiert hatte. Ich vertrieb die Erinnerung und lotste ihn zu den Waschbecken.

Zunächst stellte ich die Wassertemperatur ein und brauste den Staub der Baustelle ab, ehe ich sein Haar schamponierte. Die ganze Zeit über lag mir die Frage auf der Zunge, warum er hergekommen war. Schließlich waren wir nicht gerade im Guten auseinandergegangen. Ich glitt mit den Fingern über seine Kopfhaut und lächelte, als er einen kleinen zufriedenen Seufzer ausstieß. Und plötzlich fühlte ich mich wieder mies. Wieso hatte ich Fabian nicht gesagt, dass Jonathan ein Freund war und er gefälligst damit klarkommen musste?

»Es tut mir leid«, platzte es aus mir heraus.

Er öffnete die Augen. »Mir auch. Deswegen bin ich hier.«

Mein Herz hüpfte vor Erleichterung, als ich das Shampoo ausspülte. Mit einem Handtuch um den Kopf brachte ich ihn zu dem Stuhl in der hinteren Ecke, wo nicht jedes unserer Worte mitgehört werden konnte.

Ich stand hinter ihm und nahm das Handtuch ab. Unsere Blicke trafen sich. »Ich war eine miese Freundin, und ich kann dir gar nicht sagen, wie sehr ich das bereue. Es war keine bewusste Entscheidung von mir, eher ein schleichender Prozess – das macht es natürlich nicht besser. Aber es war nie meine Absicht, dich zu verletzen oder den Kontakt völlig abzubrechen. Bitte glaube mir das.«

»Und ich hätte etwas sagen müssen, dich damit konfrontieren. Aber …« Er stockte, ehe er hinterherschob: »Wie solltest du das wissen, wenn ich so tue, als wäre alles in Ordnung?«

»Ich hätte es merken müssen. Aber ich verspreche dir, dass so etwas nicht noch einmal vorkommt.« Unsere Blicke waren über den Spiegel miteinander verbunden. Seine in diesem Licht blassblauen Augen leuchteten in seinem sonnengebräunten Gesicht.

»Ich war einfach überrumpelt von deinem plötzlichen Auftauchen und wusste nicht, wie ich damit umgehen soll.«

»Freunde?«, fragte ich hoffnungsvoll. Es dauerte zwei Sekunden, ehe er nickte und sagte: »Freunde.«

Lächelnd setzte ich mich auf den Hocker und griff nach einem Kamm. »Wer schneidet dir sonst die Haare? Ist schon eine Weile her, oder?«

»Ich gehe immer in einen dieser Salons, in denen man keinen Termin braucht.«

»Kaum lebe ich in Düsseldorf, sinkt dein Frisuren-Anspruch«, neckte ich ihn.

»Ich habe bisher niemanden gefunden, der genauso gut die Kopfhaut massiert wie du. Daher war es mir egal, wer sie schneidet.«

Ich lächelte und war so erleichtert, dass es sich wieder anfühlte, als sei zwischen uns alles in Ordnung. »Du könntest mal nach Düsseldorf kommen«, sagte ich zögerlich, ich war wild entschlossen, von nun an unsere Freundschaft aufrechtzuerhalten und zu pflegen.

»Könnte ich. Aber jetzt bist du ja gerade hier.«

»Bin ich.«

»Und nicht nur in Nordfriesland, sondern hier im Salon – zum Arbeiten. Das hat mich überrascht.«

Ich seufzte. »Das hat sich so ergeben. Die Ablenkung hilft mir, nicht so viel an das Chaos in Düsseldorf zu denken. Es ist wie nach Hause kommen.«

»Also ist dein Zuhause noch hier und nicht in Düsseldorf?«

»Hm? Nein, das war nur so dahergesagt, du weißt schon, wie ich das meine. Also – wie möchtest du die Haare?«

»Ist mir egal, irgendwie.«

Ich zog eine Augenbraue hoch. »Das sind mir die liebsten Kunden«, spottete ich, begann aber zu schneiden. Die Spitzen seiner mittelblonden Haare waren durch die Arbeit in der Sonne aufgehellt und ich fand es schade, sie abzuschneiden. Sie verliehen ihm einen natürlichen Surferlook. Daher ließ ich sie oben länger und kürzte in erster Linie die Seiten und arbeitete die Konturen aus.

»So lang willst du sie oben lassen?«, fragte er, als ich seinen Nacken mit dem Pinsel von den kurzen Härchen befreite.

»Ja, du musst sie eben morgens etwas in Form bringen. Was benutzt du, Wachs oder Gel?«

»Nichts?«

Ich stöhnte. »So geht das nicht. Glaube mir, Frauen sind Haare wichtig.«

Er runzelte die Stirn.

»Na ja, ich dachte, da du momentan Single bist, bist du vielleicht auf der Suche«, schob ich erklärend hinterher. Er grunzte nur als Antwort und ich verteilte eine kleine Portion Wachs in meiner Handfläche und ging damit durch sein Haar.

»Dir ist schon klar, dass ich zu Hause erst mal duschen muss?! Ich komme direkt von der Baustelle. Diesen Aufwand kannst du dir also sparen.«

»Stimmt.« Ich hielt inne und betrachtete mein Werk. »Du könntest eine Duschhaube benutzen.« Als ich seinen entsetzten Blick sah, musste ich lachen und er stimmte mit ein.

»Morgen ist das nächste Dinner bei Sofia und Björn. Kommst du da auch?«, wollte er wissen.

Ich nickte. »Die wohnen in Norderdiek, richtig?«

»Genau, Björn hat da eine Tischlerei, in der er vor allem alte Möbel restauriert.«

»Bist du eigentlich schon länger mit denen befreundet?«

Er schüttelte den Kopf. »Man kannte sich vom Sehen, von irgendwelchen Feten oder auch mal von einem Eishockeyspiel im Winter. Aber mehr Kontakt habe ich erst, seit Marte mit Tade zusammengekommen ist. Tade und Lars sind ziemlich dicke.«

»Daran erinnere ich mich, das war früher schon so. Es ist komisch zu sehen, wie sich hier alles verändert hat und ich irgendwie nicht mehr dazugehöre«, sagte ich, ohne groß darüber nachzudenken. »Mit Marte habe ich den Kontakt ja gehalten und trotzdem merke ich, dass mir vieles aus ihrem Leben entgangen ist.«

»Das klingt, als hättest du Heimweh.« Er sagte es in einem neckenden Tonfall, um der Frage die Schwere zu nehmen. Doch sein Spiegelbild sah mich abwartend an.

Ich lachte auf, um dieses plötzlich stechende Gefühl in

meiner Brust zu überspielen. »Ach Quatsch, läuft gerade einfach nicht so gut in Düsseldorf, hast du gestern ja selbst festgestellt.«

»Tut mir echt leid mit deinem Immobilienfuzzi.«

»Ist schon okay. Offenbar trauere ich meinem Sofa mehr hinterher als ihm. Das sagt wohl eine Menge über den Zustand unserer Beziehung aus.«

Der Timer bei Frau Bahnsen ging los, und wir zuckten beide zusammen.

»So, jetzt bist du ready, die Frau fürs Leben zu finden. An der Frisur scheitert es jedenfalls nicht mehr.«

Er lachte, doch das Lachen erreichte seine Augen nicht. Dort, wo sich mittlerweile feine Fältchen fächerten, blieb die Haut glatt. Ich versicherte Frau Bahnsen, dass ich sofort bei ihr sei, dann nahm ich Jonathan den Umhang ab. Die Haare würde ich später zusammenfegen. Es fehlte definitiv eine Azubine im Salon, die hätte jetzt schon mal wunderbar Frau Bahnsens Haare auswaschen können.

»Was bekommst du von mir?«

»Nichts, geht aufs Haus. Ich bin froh, dass du hergekommen bist.«

Er nickte langsam. »Ich auch.« Kurz zögerte er. »Hast du am Samstagnachmittag schon was vor?«

»Nein, wieso?«

»Hättest du Lust, mit zum Autoringstechen zu kommen?«

»Zum Autoringstechen?«, wiederholte ich ungläubig. »Sag nicht, du machst da immer noch mit.«

»Eher nicht, nein, aber ich schaue gern hin und wieder zu. Und du könntest Herbie wiedersehen.«

»Was? Du hast Herbie *dafür* geopfert?«

»Geopfert!« Er verdrehte die Augen. »Also – kommst du mit oder bist du jetzt zu mondän für so was.«

»Mondän, woher hast du das Wort denn? Von deiner Oma?« Ich grinste, was mir ein erneutes Augenrollen einbrachte. »Okay, ich bin dabei. Ich kann es gar nicht abwarten, mal wieder zus ehen, wie der arme Acker auf links gekrempelt wird, und eine ordentliche Portion Dieselabgase einzuatmen.«

»Warum bereue ich gerade, dass ich dich gefragt habe?«

»Tust du nicht.«

Wir sahen uns grinsend an und es fiel mir irgendwie schwer, mich zu verabschieden. »Ich muss mich um die Dauerwelle von Frau Bahnsen kümmern«, sagte ich, rührte mich aber nicht. »Bis morgen.«

»Ach Mist, der Gutschein«, fiel ihm ein.

»Das mache ich«, sagte meine Mutter und schob mich in Richtung meiner Kundin. Ich grinste noch mal zu Jonathan, ehe ich mich ihr zuwandte.

»Dann wollen wir mal auswaschen, Frau Bahnsen.«

»Ich dachte schon, ihr könnt euch gar nicht voneinander loseisen.«

Lachend half ich ihr, beim Waschbecken Platz zu nehmen. »Wir sind alte Freunde.«

Sie schnaubte leise auf. »Er ist ein guter Junge, schaut regelmäßig bei seiner Mutter vorbei und der Brinkmann, der ist froh, ihn in der Zimmerei zu haben.«

»Na, Sie wissen aber gut Bescheid. Er ist gerade Single, vielleicht sollten Sie ihn um ein Date bitten.«

Ihr Lachen brach so unverhofft und laut aus ihr heraus, dass mir vor Schreck die Brause aus der Hand rutschte.

»Dein loses Mundwerk hast du behalten, das freut mich. Weißt du, ich komme ja ursprünglich aus Hamburg und anfangs hat es mich verrückt gemacht, dass hier jeder alles über jeden weiß. Aber zumindest fällt es hier jemandem auf, wenn ich kalt in der Wohnung liege.«

»Frau Bahnsen! Sie sind doch im besten Alter.« Wie kam sie denn jetzt auf dieses Thema? Automatisch stellte ich das Wasser wärmer, weil mir ein kalter Schauder über den Rücken lief. Wer würde in Düsseldorf bemerken, dass ich weg war? Auf der Arbeit würde ich fehlen, aber momentan interessierte es niemanden, wo ich steckte, und wenn Aurelia erst auf Mallorca war …

KAPITEL 10

Nachdem es nachmittags einen ordentlichen Regenguss gegeben hatte, war das Wetter am Abend wieder schön. Die letzten Sonnenstrahlen brachen sich im goldenen Herbstlaub und es wehte kaum ein Wind. Die Luft stand regelrecht still. Daher entschied ich, mit dem Rad ins wenige Kilometer entfernte Norderdiek zur nächsten Dinner-Runde zu fahren. Um kurz vor sieben erreichte ich den Hof, auf dem Sofia und Björn mit ihrem Hund lebten. Ich war offenbar die Erste, denn außer einem Lieferwagen und einem weiteren Auto, das vermutlich Sofia gehörte, war der gekieste Platz leer.

Ich stellte das Rad ab und klingelte. Wenige Sekunden später öffnete Sofia die Tür.

»Schön, dass du noch in Nordfriesland bist!« Ihr Lächeln war so herzlich, ich nahm ihr sofort ab, dass sie es ehrlich meinte. Ihre Nase war gesprenkelt mit Sommersprossen, und ihr rotblondes Haar hob sich wunderbar von dem heute grünen Kleid ab, das ihre Babykugel betonte.

»Toll wohnt ihr hier«, sagte ich und bestaunte ein riesiges Einbauschuhregal voller High Heels im Flur. »Hat Björn das selbst gebaut?«

»Ja, komm, ich zeige dir gern den Rest, bis die anderen eintreffen. Den Aperitif bekommt Björn auch allein hin.«

Als Erstes kamen wir an der Küche vorbei. »Moin!«, rief ich hinein und erhaschte einen Blick auf Björns Rücken und einen wunderbaren rustikalen Tisch.

»Moin, Telse, schön, dass du da bist«, rief er und klang viel weniger brummig als beim letzten Mal. Hinter seinen Beinen lugte ein schwarzer zotteliger Hund hervor, der einmal wuffte, als wir vorbeigingen.

»Das ist Gismo, er ist etwas schüchtern bei Fremden.«

Ich folgte Sofia ins Wohnzimmer, das ebenfalls durch Björns Möbel geprägt war. Rustikales Holz, kombiniert mit schwarzem Eisen. Ich war fasziniert. Es sah alt und gleichzeitig modern aus.

»Du arbeitest für eine Werbeagentur in Flensburg, richtig?«, fragte ich. Ich war neugierig, was Sofia von Dresden nach Norddeutschland verschlagen hatte.

Sie nickte. »Damals bin ich für einen Auftrag von meinem Chef in Dresden hergeschickt worden, um die Tierarztpraxis von Lars und Björns Tischlerei fit für die sozialen Medien zu machen. Björn war allerdings wenig begeistert und ganz schön brummig.«

»Scheint dich nicht abgeschreckt zu haben.« Ich schmunzelte.

»Seine Ablehnung hat mich nur noch mehr motiviert. Allerdings hat mein Chef mir verschwiegen, dass Björn sein Sohn ist und die beiden zu der Zeit kein gutes Verhältnis hatten. Ella hatte ihren Vater um Unterstützung für Björn gebeten.«

»Wow, das klingt turbulent.«

»War es!« Sie lachte. »Aber letztlich hat sich alles zum

Guten gewendet.« Gedankenverloren strich sie über ihren Bauch, und ich verfolgte die liebevolle Geste. »Vor einigen Jahren hätte ich jeden ausgelacht, der mir so eine Zukunft vorhergesagt hätte. Ich hatte nur meine Karriere im Kopf. Auf dem Dorf leben, eine Familie gründen? Undenkbar – ich weiß noch, wie entsetzt ich war, als ich gesehen habe, wo Norderdiek liegt.«

»Wie hast du gemerkt, dass du«, ich machte eine weitschweifende Geste, »das hier willst?«

»Erst wollte ich es mir nicht eingestehen und habe an meinem Lebensplan festgehalten, doch irgendwann wusste ich es einfach.« Sie zuckte lächelnd ihre zarten Schultern. »Pläne sind da, um über den Haufen geworfen zu werden. Das macht das Leben doch erst schön, oder? Es steckt voller wunderbarer Überraschungen.« Erneut strich sie über ihren Babybauch.

»Wann ist es denn so weit?«

»Anfang Januar.«

»Ich bin gespannt, für welchen Namen sich Gismo entschieden hat«, sagte ich und Sofia wurde etwas rot unter ihren Sommersprossen. »Unseren Eltern haben wir aber nicht erzählt, wie wir die Namensfindung gestaltet haben. Also am besten nicht weitererzählen.«

Ich nickte grinsend, während meine Gedanken zu meinem Leben in Düsseldorf abschweiften. Für mich hatte bisher auch nur die Karriere gezählt und für Fabian genauso. Ich dachte, das wäre unser Weg – aber wenn ich das hier sah, wollte ich plötzlich kein hochglanzpoliertes Zuhause mehr, in dem die Küche unbenutzt blieb. Ich wollte einen Küchentisch mit Macken, dem man ansah, dass dort gelebt wurde. Und ich wollte einen Mann, der mich so ansah wie Björn Sofia. Er stand schon seit ein paar Sekunden im Türrahmen mit zwei Getränken in der Hand und es war, als hätte er sich kurz Zeit genommen, seine Freundin genauer zu betrachten. In seinen Augen funkelte es, als hätte er das ganz große Glückslos gezogen. Er stieß sich ab, als er meinen Blick bemerkte. »Hier, für euch, einmal mit Alkohol und einmal ohne.«

»Danke dir«, sagte ich und Sofia küsste ihn flüchtig auf den Mund.

»Die anderen sind gerade vorgefahren, ich lass sie mal rein«, erklärte Björn.

Sofia nickte, dann wendete sie sich wieder mir zu. »Ich habe übrigens mitbekommen, wieso du hier bist. Damals, als mein Chef mich hergeschickt hat, dachte ich auch, ich sei strafversetzt worden. An den Arsch der Welt.« Sie kicherte und schob ein »Sorry« hinterher.

Ich winkte ab. Ich wusste, was sie meinte. Wenn man hier lebte, war einfach alles weit weg. Wenn ich in Düsseldorf erzählte, dass ich aus dem Norden kam, dachten die Leute an Hamburg, und wenn ich dann sagte, nein, zweihundert Kilometer weiter nördlich, wirkte es oft, als wäre ihnen nicht klar, dass hinter Hamburg noch so viel von Deutschland übrig war. Dabei begann für mich der Norden erst ab Hamburg. Das hier oben – das war eben der echte Norden.

»Was ich damit nur sagen will: Ich verstehe, wie du dich gerade fühlst, und es tut mir wahnsinnig leid. Die sozialen Medien sind heutzutage Fluch und Segen zugleich. Aber ich finde es toll, wie groß die Gegenbewegung geworden ist.«

Gegenbewegung? »Du meinst die drei Videos?«

»Drei?« Sofia lachte über meinen verdutzten Gesichtsausdruck. »Ich denke, du hast da was nicht mitbekommen.«

»Ich habe die Plattformen gemieden.«

»Dann solltest du dringend mal wieder reinschauen. Mich wundert nur, dass dir noch niemand aus dem Salon Winz Bescheid gegeben hat. Es ist ein tolles Beispiel für die positive Energie, die Social Media entfachen kann.«

In dem Moment bellte Gismo und kurz darauf strömten die anderen Gäste herein. Eine gut gelaunte Ella, hinter ihr Lars und Tade mit Marte im Arm, als Letztes Jonathan. Unsere Blicke begegneten sich und meine Mundwinkel hoben sich automatisch. Er hatte seine Haare so gestylt, wie ich es im Salon gemacht hatte. Er gesellte sich zu mir. »Hey!«

»Hey!«, echote ich.

Björn überreichte den anderen die Getränke.

»Selbst gestylt oder hast du die Duschhaube deiner Mutter benutzt?«, fragte ich.

»Pf«, machte er. »Glaubst du echt, ich fahr zu meiner Mutter, um eine Duschhaube zu leihen? Und bei der Arbeit habe ich sie dann auch getragen?«

Ich zuckte mit den Schultern und versteckte mein Grinsen, indem ich einen Schluck des leckeren Aperitifs nahm. Allerdings hatte Björn es gut mit dem Alkohol gemeint. Ich spürte förmlich, wie er in meinem Magen ankam.

»Erinnere mich daran, mich beim Essen weit weg von dir zu setzen«, neckte Jonathan weiter.

»Ist das der Dank dafür, dass ich dir einen anständigen Haarschnitt verpasst habe, der deine Chance auf jedem Dating-Portal signifikant erhöhen wird?«

»Erstens bin ich bei keinem Dating-Portal angemeldet und zweitens hätte ich das nicht nötig.«

Ich rollte offensichtlich mit den Augen angesichts seiner Überheblichkeit. Plötzlich überkam mich eine Welle des Glücks. Diese unbeschwerte Neckerei, das Gefühl, unter Freunden zu sein. Das weckte in mir das Bedürfnis, Jonathan fest zu drücken. Aber ich riss mich zusammen und trank noch einen Schluck.

Marte trat zu uns, doch da bat Sofia uns schon, Platz zu nehmen. Wir verteilten uns um den großen selbst gebauten Tisch. Die Gastgeber nahmen wieder je an einem Kopfende Platz. Ich setzte mich neben Sofia. Marte nahm mir gegenüber Platz und Jonathan zog sich den Stuhl neben mir zurück. Anders als bei Marte und Tade gab es keine Platzkärtchen.

»Sieht aus, als hättest du Pech bei der Platzwahl gehabt«, flötete ich.

Jonathan lächelte nur, und wieder erschienen diese kleinen Fältchen um seine Augen. Ich ertappte mich dabei, wie sehr es mir Freude bereitete, ihn zum Lachen zu bringen.

»Und, Telse, genießt du die freie Zeit in deiner Heimat oder freust du dich schon, wieder zurück in die Stadt zu fahren?«, fragte Lars interessiert, nachdem Sofia und Björn in die Küche gegangen waren, um die Vorspeise herzurichten. Jonathan lachte einmal neben mir auf, die anderen sahen ihn fragend an.

»Von wegen frei. Sie arbeitet im Salon ihrer Tante, ich war gestern selbst dort.« Er deutete auf seine Haare.

»Ah, habe mich schon gefragt, wieso du heute so gut aussiehst«, sagte Lars mit einem Grinsen im Gesicht.

»Du arbeitest in deinem Urlaub?«, fragte Ella. »Wer macht denn so was?« Danach schaute sie kurz zu Tade. »Sorry, aber so gern ich für dich arbeite, mein Urlaub ist mir heilig.«

»Es hat sich einfach ergeben und es ist schön, mal wieder mit meiner Tante und meiner Mutter zusammenzuarbeiten.«

»Und ein paar Normalos den Kopf zu verschönern, anstatt sich mit komplizierten Promis rumzuschlagen?«, ergänzte Marte.

»Na ja, Frau Bahnsen musste ich ganz schön überzeugen, eine andere Wicklergröße zu nehmen. Die Haare haben einfach entschiedenen Einfluss darauf, wie ein Mensch sich fühlt, egal ob prominent oder nicht. Außer bei Jonathan …«

Alle lachten.

»Wisst ihr, wer sich Telse letztes Wochenende bei der Scheunenfete von Steffen prompt an den Hals geschmissen hat?«, wechselte Marte das Thema.

»O nein, unser Dorfcasanova Moritz?«, rief Ella.

Meine Wangen wurden heiß, während Marte für mich nickte.

»Ich wusste nicht, dass er verheiratet ist! Wir haben auch nur ein wenig geflirtet, bis Marte es mir gesteckt hat.« Ich spürte Jonathans Blick auf mir. »Was ich im Nachhinein auch nicht mehr verstehen kann«, fügte ich hastig hinzu.

»Hat er sich eigentlich noch einmal bei dir gemeldet?«, erkundigte sich Marte.

»Das hat er und es war exakt so, wie du es vorhergesagt hast.«

»Und was hast du geantwortet?« Sie sah mich mit großen Augen von der gegenüberliegenden Tischseite an. »Hast du ihm ordentlich die Meinung gegeigt?«

»Nicht ganz. Ich habe mich mit ihm getroffen. In Husum.«

Alle Augenpaare am Tisch richteten sich auf mich und es war mucksmäuschenstill. Ella hielt sogar mit ihrem Glas auf dem Weg zum Mund inne.

»Du hast was?«, fragte Marte das, was wohl alle dachten.

»Ich habe ihm geantwortet, dass ich mich gern mit ihm treffe, und falls ich mich verspäte, solle er mir schon einmal einen Long Island Iced Tea bestellen.«

Jonathan schnaubte neben mir, doch ich ignorierte ihn.

»Der kam auch im perfekten Moment, kurz nachdem ich eintraf, sodass ich mich nicht einmal lange setzen musste, ehe ich ihm die Suppe über den Kopf gekippt habe.«

Marte schlug sich die Hand vor den Mund. »Ehrlich?«

Ich nickte und glaubte zu spüren, wie Jonathans Schultern sich neben mir entspannten. Was hatte er denn gedacht? Dass ich etwas mit einem verheirateten Typen anfing? Also ernsthaft, seine Meinung über mich schien ja immer noch nicht sonderlich hoch zu sein.

Ich erzählte, wie er bei dem Versuch, der klebrigen Dusche zu entkommen, fast über den Barhocker gestolpert wäre, und mich dabei verflucht hat, während sein weißes Hemd sich bräunlich verfärbte. Dabei fing ich den Blick von Jonathan auf und konnte den Ausdruck in seinen Augen nicht ganz deuten. Fragend legte ich den Kopf schief, doch in dem Moment kamen Sofia und Björn mit der Vorspeise herein – einem Feldsalat mit unfassbar leckerem Honig-Dressing.

»Stellt ihr die Rezepte eigentlich online – wie beim Original? Ich würde das begrüßen«, sagte ich nach dem letzten Bissen.

»Gute Idee«, rief Marte.

»Dann lasst sie uns in die WhatsApp-Gruppe stellen. Telse, ich füge dich hinzu, Marte hat ja deine Nummer«, sagte Tade.

Der Abend war so herrlich entspannt, und ich hatte nicht ein Mal das Gefühl, das fünfte Rad am Wagen zu sein. Vielmehr war es ein schöner Abend unter Freunden, und ich merkte, wie gut mir das tat. In Düsseldorf waren es meist nur Sarah, Fabian und irgendwelche von seinen schnöseligen Arbeitskollegen, die er angeblich für Sarah mitbrachte. Ha, dass ich nicht lache! Aurelia sah ich meist nur im Salon. Erst jetzt merkte ich, wie wenig ich zu diesen Leuten gepasst hatte.

Zwischen Hauptgang und Dessert ging ich auf die Toilette. Gismo lag ausgestreckt im Flur.

»Hallo du!«, sagte ich sanft und hockte mich hin, streckte meine Hand nach ihm aus. Er hob den Kopf und reckte den Hals, schnupperte an meinen Fingern. Ich überlegte, ob ich ihn streicheln konnte oder ob ihm das zu viel wäre, als ich hinter mir Schritte hörte. Ich schaute über meine Schulter. Marte.

»Du kannst ruhig erst gehen, ich schließe hier gerade noch eine Freundschaft.«

»Ich muss gar nicht«, erklärte sie und hockte sich neben mich. Sie ging etwas forscher vor und kraulte Gismo hinter den Ohren. Er schien es zu genießen.

»Du und Jonny, ihr wirkt entspannt. Habt ihr miteinander geredet, als er bei dir im Salon war?«

»Ich bin am Montagabend zu ihm gefahren und wir haben uns fürchterlich gestritten. Er … er hat gesagt, es habe ihn verletzt, dass der Kontakt von meiner Seite immer weniger wurde.« Ich erzählte ihr von Fabian und wieso sich deshalb mein Umgang mit Jonathan verändert hatte, wie leid mir das alles tat. »Gestern ist er dann im Salon aufgetaucht und hat sich entschuldigt, weil er ja damals auch was hätte sagen können.« Marte nickte langsam und ich fuhr fort: »Ich glaube, jetzt ist wieder alles gut zwischen uns. Morgen gehen wir zusammen zum Autoringstechen. Willst du mit?«

»Nein, danke.« Sie lachte. »Außerdem sind wir bei Tades Eltern eingeladen, sein Vater hat Geburtstag.«

»Wusstest du das eigentlich, also diese Sache mit Jonathan? Hat er damals was zu dir gesagt? Oder wieso hast du mir dazu geraten, mit ihm zu reden?«

»Nein, hat er nicht. Aber das brauchte er auch nicht. Es war mir auch so klar.«

Ich runzelte die Stirn. »Wieso?«

Sie verdrehte die Augen. »Du merkst es echt nicht, oder?« Sie seufzte betont laut, ließ mir aber keine Zeit zum Antworten. »Ich denke, er hat dir nicht die ganze Wahrheit gesagt, wieso ihn dein Verhalten verletzt hat.«

»Was meinst du?« Ich war ernsthaft verwirrt.

Martes Blick glitt den Flur entlang, ehe sie leise weitersprach. »Na, dass er mehr in dir gesehen hat als nur einen Kumpel und dass es ihn deswegen doppelt getroffen hat, als du mit diesem Fabian zusammengekommen bist und dich immer seltener gemeldet hast.«

Ich lachte überrascht auf. »Quatsch, wir waren Freunde. So wie du und ich.«

»Vielleicht hast du es nie bemerkt, weil es schon immer so war. Selbst als wir noch zur Schule gingen. Eigentlich erinnere ich mich kaum an eine Zeit, in der er dich nicht auf diese Weise angesehen hat.«

»Das denkst du dir doch jetzt aus!«, zischte ich. Gismo sprang auf und trottete in Richtung Küche. Meine Freundin schüttelte den Kopf.

»Und wieso hast *du* nie was gesagt?«

Sie senkte den Blick auf ihre Fingernägel. »Zuerst war ich zu egoistisch. Ich hatte einfach Angst, dass unsere Dreierfreundschaft auseinanderbricht, wenn ihr es vermasselt. Oder dass dann kein Platz mehr für mich ist. Total blöd, ich weiß. Vor allem, weil ich später ja auch Melf hatte. Manchmal frage ich mich, wie alles gekommen wäre, wenn ich dir das schon damals gesagt hätte. Ob du dann nicht weggegangen wärst und …«

»Stopp!«, sagte ich. »Marte, du siehst Gespenster. Und es hätte nichts geändert, wenn du mir diesen Quatsch schon damals erzählt hättest.«

Wir hockten immer noch im Flur, obwohl der Hund längst fort war. Sie hob die Schultern und richtete sich seufzend auf. Ich ergriff ihre Hand und ließ mir von ihr hochhelfen.

»Wahrscheinlich nicht«, sagte sie. »Denn du hattest schon immer einen beschissenen Männergeschmack. Ich sag nur Moritz. Stell dir mal vor, du bist mit so einem zusammen. Da hilft auch kein Konfetti mehr.«

»Konfetti? Was habt ihr hier alle mit Konfetti?«, fragte ich und zog meine Augenbrauen zusammen.

»Jeder braucht ein wenig Konfetti in seinem Leben.« Sie sah mich ernst an. »Sprich Jonny doch einfach mal darauf an, dann wirst du schon sehen, dass ich recht habe.«

Verwirrt über diesen Vorschlag kräuselte ich die Stirn. »Und wie soll ich da bitte schön aus heiterem Himmel drauf gekommen sein?«

Ungerührt hob sie die Schultern. »Du kannst ihm gern sagen, dass ich dich darauf gebracht habe.«

»Also das … das werde ich nicht … wie …«

Doch Marte war schon zurück auf dem Weg ins Wohnzimmer. Ich schaute ihr noch zwei Sekunden hinterher, dann öffnete ich die Tür zum Badezimmer.

Als ich zurück ins Wohnzimmer kam, stand das Dessert bereits auf dem Tisch. Ich begegnete Jonathans Blick und er lächelte mich an. Martes Worte hallten in meinem Kopf wie ein Echo, das nicht verklang. Ich suchte in seinen Augen nach irgendwelchen Anzeichen dafür, dass ihre Worte wahr waren. Aber alles war wie immer. Genervt verscheuchte ich diese abstrusen Gedanken, rutschte auf meinen Platz und stach in das selbst gemachte Vanilleeis mit heißen Kirschen und stöhnte genussvoll auf.

»Das ist so gut, das haben wir früher häufig gegessen. Wie ein Stück Zuhause.«

»Das klingt, als wären uns zehn Punkte von Telse sicher«, freute sich Sofia. Gleichzeitig donnerte es draußen und ich zuckte zusammen. Als ich aus dem Fenster schaute, wurde mir mulmig, der Regen schlug in dicken Tropfen gegen die Scheibe.

»Heute Nacht soll es ungemütlich werden«, sagte Tade. »Sieht so aus, als wäre das Sturmtief angekommen. Habt ihr alles im Garten gesichert?«

Es folgte zustimmendes Gemurmel am Tisch.

»Ich hoffe, morgen finden wir nicht wieder das Trampolin der Nachbarn im Garten«, sagte Marte. »Sie werden einfach nicht schlauer.«

»Du bist mit dem Rad da, oder?«, fragte Jonathan mich und ich nickte.

»Ich kann dich mitnehmen, das Fahrrad passt in meinen Kofferraum.«

Marte hob vielsagend eine Augenbraue hoch und ich warf ihr einen finsteren Blick zu. Jonathan und ich waren Freunde, natürlich bot er an, mich mitzunehmen, wenn draußen ein Unwetter tobte. Ich ignorierte Martes Mätzchen.

»Gerne, das wäre super.«

»Als Gegenleistung für den Haarschnitt.«

»Ein guter Deal.« Ich lächelte ihn an.

Nachdem wir unsere Punkte auf kleine Zettel geschrieben hatten, die wir in einen Umschlag steckten und versiegelten, entstand eine allgemeine Aufbruchsstimmung.

»Bist du nächste Woche noch mit dabei?«, fragte Sofia mich zum Abschied.

»Vermutlich nicht. Mein Strafurlaub galt für zwei Wochen.«

»Schade, aber ich hoffe, wir sehen uns bald mal wieder.« Sie herzte mich zum Abschied und plötzlich fand ich es auch schade, dass ich nächste Woche wieder in Düsseldorf sein würde. *Das ist ganz normal*, redete ich mir ein. Dieses Gefühl rührte nur daher, dass in Düsseldorf gerade alles durcheinander war. *Durcheinander? Völlig eingestürzt traf es wohl eher*, meldete sich eine zynische Stimme. Ich verscheuchte sie und rannte mit meinem Rad zum Auto von Jonathan. Er hatte schon den

Kofferraum geöffnet und stand im Schutz der Klappe. Allerdings peitschte der Regen – typisch für Nordfriesland – seitlich aus Nordwest, sodass wir binnen weniger Minuten völlig durchnässt waren. Jonathans Auto war zwar groß, aber wir mussten dennoch die Rücksitze umklappen, damit das Fahrrad hineinpasste. Bibbernd eilte ich zur Beifahrerseite und schlug die Tür hinter mir zu.

»Warum haben wir das Rad nicht einfach hiergelassen? Jetzt sind wir beide klatschnass«, sagte ich, als Jonathan die Heizung voll aufdrehte.

»Gute Frage.« Er sah mich an, und wir mussten beide loslachen.

Die Fahrt verlief schweigsam. Aber das war okay. Wir kannten uns lange genug, um gemeinsam schweigen zu können, ohne dass es unangenehm war.

Auf der Auffahrt meiner Eltern schaffte es der Scheibenwischer kaum noch, gegen den Regen anzukommen.

»Was für ein Mistwetter!«, schimpfte ich.

Jonathans Blick glitt zu meinem Wagen auf der Auffahrt. »Du fährst einen Beetle?«

»Ich liebe ihn, Herbie 2.0, und ich würde ihn niemals hergeben.«

Jonathan lachte auf und schaute noch einige Sekunden auf das Auto, ehe er leicht den Kopf schüttelte und mich ansah.

»Du musst das Rad jetzt nicht auspacken, ich kann meine Mutter morgen mit zur Arbeit nehmen. Elke hat mich sowieso wieder eingeplant.«

»Das scheint dich nicht zu stören«, sagte er schmunzelnd.

»Ich habe hier ja eh nichts Besseres vor«, gab ich mich betont gelassen.

»Aber das Rad lade ich dir trotzdem schnell aus, nass bin ich eh schon.«

»Sicher?«

»Klar, zu Hause geht's dann unter die heiße Dusche.«

Auf einmal tauchte ein Bild in meinem Kopf auf. Jonathan unter der Dusche … O Marte, das war ihre Schuld! Eilig öffnete ich die Wagentür und wartete im Regen, bis Jonathan das Rad aus dem Kofferraum gewuchtet hatte. Der Regen lief uns beiden aus den Haaren übers Gesicht. Da brauchte es nicht mehr viel Fantasie, um sich Jonathan unter der Dusche vorzustellen.

»Danke!«, rief ich ihm durch den Wind zu. »Bis Samstag.«

»Gerne. Ich schreib dir, wann es losgeht.«

»O Gott, wird das immer noch erst kurz vorher bekannt gegeben?«

»Jup, immer noch total der geheime Club.«

»So bescheuert«, murmelte ich grinsend und rannte mit dem Rad durch den Regen zur Garage. Jonathan setzte sich wieder ins Auto, blieb aber auf der Auffahrt stehen, bis ich im Haus verschwand.

KAPITEL 11

Ich träumte, dass ich Fabian und Sarah vereint in einem heißen Kuss erwischte. Doch als ich bei den beiden ankam, war es plötzlich Jonathan, der Sarah küsste. Ich schreckte hoch und brauchte einige Sekunden, ehe ich realisierte, dass ich bei meinen Eltern war und es sich um einen Traum handelte. Gähnend schlug ich die Decke weg. Die Luftmatratze knatschte, als ich aufstand. Auf dem Weg in die Küche hörte ich das Gemurmel meiner Eltern.

»Morgen«, krächzte ich und steuerte direkt die Kaffeemaschine an. Als ich mich umdrehte, sah ich in besorgte Gesichter. »Alles okay?«

»Nicht ganz«, sagte meine Mutter. »Elke hat heute Nacht angerufen, Maybrits Vater geht es sehr schlecht, sie sind mitten in der Nacht nach Oldenburg aufgebrochen.«

»Hermann? Ist er krank?«

»Er ist schon länger angeschlagen, er ist ja auch schon fast neunzig. Aber was jetzt genau ist, konnte Elke nicht sagen. Sie wird sich nachher melden. Könntest du heute einen Teil ihrer Termine übernehmen?«

»Natürlich, kein Problem.«

»Danke, gut, dass du da bist«, sagte meine Mutter erleichtert. Und mein Vater griff nach ihrer Hand und drückte sie aufmunternd.

Im Salon herrschte den ganzen Tag eine eher gedrückte Stimmung. Als Elke sich am späten Vormittag meldete, hatte sie keine guten Nachrichten. Maybrits Vater hatte einen schweren Schlaganfall erlitten, und die Ärzte hatten ihnen geraten, sich zu verabschieden. Man konnte aber nicht sagen, wie viele Tage er noch hatte. Ich stand neben Mama, als sie telefonierte, und kaute auf meinen rot lackierten Nägeln.

»Nein, Elke, du bleibst bei Maybrit. Zur Not sagen wir deine Termine für nächste Woche ab, das werden die Kunden schon verstehen.«

Eine kurze Pause entstand, in der Elke etwas erwiderte, was ich nicht verstand.

»Du kannst doch nicht jeden Tag zwei Stunden hin und zwei Stunden zurück fahren, nachher schläfst du auf der Autobahn ein! Du bist schließlich auch keine zwanzig mehr, auch wenn du dich gerne so benimmst.«

»Ich übernehme ihre Termine«, hörte ich mich sagen und fühlte dieselbe Verblüffung, die sich in Mamas Gesicht abzeichnete.

»Warte mal kurz, Elke«, sagte sie und nahm den Hörer vom Ohr. »Aber dein *Urlaub* geht zu Ende.«

»Ich bitte um eine Verlängerung. Ich habe genügend Urlaubstage und vielleicht ist Herr Winz ja sogar froh, wenn ich länger fortbleibe.«

»Bist du dir sicher?«

Ich nickte. »Das ist schließlich ein familiärer Notfall.« Außerdem wurde mir in diesem Moment klar, dass ich liebend gern noch etwas länger blieb.

Ein Lächeln huschte über die Lippen meiner Mutter.

»Elke? Ja, pass auf: Telse versucht, ihren Urlaub zu verlängern und für dich zu übernehmen.«

Kurz darauf legte sie auf. »Ich soll dir einen dicken Knutscher geben.«

»Das ist doch selbstverständlich.«

»Na ja, dein Leben ist ja nun in Düsseldorf, da finde ich das nicht selbstverständlich.«

»Welches Leben?«, rutschte mir raus.

»Ach Telli, das wird schon wieder! Wirf nicht wegen Fabian und dieser Sarah deine Träume über Bord.«

In der Mittagspause schaffte ich es endlich, mich in meine Social-Media-Profile einzuloggen, und Sofia hatte recht: Da waren viele Videos, sehr viele. Ich erkannte Kundinnen, denen ich hier in den letzten Tagen die Haare gemacht hatte. Aber auch Kundinnen aus Düsseldorf. Maries Aktion hatte tatsächlich Wellen weit über Nordfriesland hinaus geschlagen. In allen Videos ging es darum, wie sehr sie meine Arbeit als Friseurin schätzten. Ich war so gerührt, dass ich ein Tränchen verdrückte. Dann suchte ich Marie auf Instagram und schickte ihr eine Nachricht. Ich musste mich einfach persönlich bei ihr bedanken, weil sie diese Aktion ins Rollen gebracht hatte. Mit diesem Boost meines Selbstbewusstseins wählte ich die Nummer des Düsseldorfer Salons. Natürlich ging Maurice ran. Innerlich verdrehte ich die Augen. Aurelia hatte recht, er bewachte das Telefon wie einen Kauknochen.

»Hier ist Telse, ist Herr Winz zu sprechen?«

»Telse, schön, von dir zu hören. Wie geht es dir? Du kannst uns glauben, wir tun hier alles, um deinen Fehler wieder geradezubiegen. Wir rotieren nahezu!«

»Ja, das glaube ich dir«, murmelte ich und fügte dann lauter hinzu: »Ist Herr Winz im Salon?«, wiederholte ich meine Frage. Maurice zögerte allen Ernstes und am liebsten hätte ich ihn durchs Telefon gezogen, um ihm damit auf den Kopf zu schlagen. »Es ist ein familiärer Notfall«, schob ich hinterher.

»Ach so? Dann schaue ich mal, ob er Zeit für ein Telefonat hat.«

Maurice war schlimmer als jeder Wachhund. In Gedanken stellte ich ihn mir als faltige Bulldogge vor, wie er hechelnd vor Herrn Winz stand und auf weitere Anweisungen wartete. Er schaltete das Telefonat auf stumm, was mir ein erneutes Augenrollen entlockte. Dann raschelte es. »Ich verbinde, einen Moment!« Das sagte er immer, obwohl er in Wahrheit nur den Hörer weiterreichte.

»Winz, hallo?«, erklang die Stimme meines Chefs zwei Sekunden später.

»Hier ist Telse.«

»Schön, dass Sie sich melden. Sie hätten aber auch vorbeikommen können. Ehrlich gesagt rechne ich schon die ganze Woche mit einem Besuch von Ihnen.«

»Ja?«, fragte ich verwundert. »Ich habe es so verstanden, dass ich dem Salon fernbleiben soll.«

»Ich dachte, Sie sind nicht der Typ, der sich fernhalten lässt.«

Verdutzt runzelte ich die Stirn. »Zurzeit bin ich bei meinen Eltern in Nordfriesland und ich wollte fragen, ob ich meinen Urlaub um voraussichtlich eine Woche verlängern könnte, weil es einen familiären Notfall gibt.«

»Das tut mir leid. Ja, natürlich. Sie haben meines Wissens genügend Urlaubstage übrig. Maurice wird Ihre Termine verschieben. Aber danach kommen Sie wieder und wir vergessen diese ganze Misere, ja?«

»Natürlich«, antwortete ich aus Reflex.

»Es gibt ja nun viele Stimmen, die sich für Sie aussprechen.«

Und was wäre gewesen, wenn es die positiven Videos nicht gäbe?, lag mir auf der Zunge. Doch noch ehe ich entscheiden konnte, ob ich es laut aussprechen sollte, fuhr Herr Winz fort. »Wir schwimmen hier ganz schön, jetzt – wo Aurelia krank ist. Na gut, wir bleiben in Kontakt, ich muss jetzt zu meinem Kunden.«

»Okay, danke«, sagte ich noch, doch da ertönte schon das Besetztzeichen. Ich blieb mit einem seltsamen Gefühl zurück. Aurelia war krank? Ich hatte mich schon gewundert, weil ich gar nichts mehr von ihr gehört hatte.

Eilig textete ich ihr per WhatsApp, fragte, was sie hatte, und wünschte ihr gute Besserung.

Der Freitag und Samstagvormittag ließ mir keine Zeit für weitere Grübeleien. Es war, als wäre ich nie weg gewesen. Es war dasselbe Gefühl, wie wenn ich von der Autobahn abfuhr und über die unbeleuchteten Straßen ohne Markierungen fuhr – wie ein Nachhausekommen.

Ich könnte auch zwanzig Jahre woanders arbeiten, meine Wurzeln waren hier. Auch wenn man einen Baum verpflanzen konnte, blieb ein Teil der Wurzeln immer an dem Ort in der Erde zurück, an dem er gewachsen war.

Elke hielt uns auf dem Laufenden und irgendwo zwischen dem Haarschnitt des vierjährigen Jovis und dem wöchentlichen Waschen und Legen von Heidemarie Engler dachte ich daran, wie schrecklich es war, seine Eltern zu verlieren. Vermutlich spielte es keine große Rolle, ob man dabei zwanzig, vierzig oder sechzig war. Verstohlen musterte ich meine Mutter. Ich war ihr einziges Kind und ich war weit weg, wenn sie alt werden würde. Ihr Vater war früh gestorben, ihre Mutter auch mit Mitte siebzig. Die Eltern von meinem Vater noch früher. Ein beklemmendes Gefühl drohte, mir die Kehle zuzuschnüren. Aber dann kamen mir Frau Bahnsens Worte in den Sinn: *Auf dem Dorf merkt jedenfalls jemand, wenn ich kalt in meiner Wohnung liege.* Ich schauderte, aber sie hatte recht. Hier kümmerten sich die Leute umeinander. Manchmal steckten sie ihre Nasen zu tief in die Angelegenheiten der anderen, aber meine Eltern säßen nicht den ganzen Tag allein in einer Einzimmerwohnung vor dem Fernseher. Außerdem lag das alles noch in weiter Ferne, sie waren beide fit und gesund, versuchte ich mir zu versichern.

»Autsch!«, fluchte ich kurz darauf, als ich mich versehentlich mit dem Glätteisen erwischte.

»Besser dein Finger als mein Ohr«, scherzte Wiebke, die bereits früher zu meinen Kundinnen gehört hatte.

KAPITEL 12

Nach der Arbeit im Salon blieben mir nur wenige Minuten, bis Jonathan mich abholte. Ich schnappte mir eine Banane und biss ein großes Stück ab.

»Mama, kann ich mir deine Gummistiefel leihen?«, rief ich mit vollem Mund durchs Haus. Zwar hatte es nach dem Sturm am Donnerstag nicht mehr geregnet und es war gut abgetrocknet, aber auf keinen Fall würde ich mit meinen Sneakers auf dem Acker aufkreuzen. Das wäre ihr Todesurteil.

»Klaro«, rief sie zurück. »Die stehen in dem Einbauschrank im Flur.«

Ich schob mir das letzte Stück der Banane in den Mund, ehe ich die Schranktür aufriss.

»Dein Ernst?«, murmelte ich. Die Gummistiefel waren pink, schreiendes Pink und hatten zu allem Überfluss auch noch einen sehr hohen Schaft, damit kam die grelle Farbe besonders zur Geltung. Kurz überlegte ich, doch meine Sneakers zu opfern. Meine anderen Schuhe waren alle in einem Karton in der Garage. Schnell ging ich im Kopf meine Schuhsammlung durch, aber kein Paar war besser geeignet. Als ich Jonathans Wagen auf der Auffahrt hörte, seufzte ich und holte die pinken Dinger raus. Nachdem ich hineingeschlüpft war, griff ich mir noch eine Jacke, Schal und Mütze. Sicher war sicher, denn die

Temperaturen waren nach dem Sturm gesunken. Und ich fand, die Luft roch nach dem ersten nahenden Frost.

Als ich vor die Tür trat, erfasste mich gleich eine kühle Böe und ich zog mir die Mütze in die Stirn.

»Hey!«, sagte ich etwas atemlos und rutschte auf den Beifahrersitz.

»Schicke Stiefel, so werde ich dich auf dem Feld bestimmt nicht verlieren.«

»Sehr witzig, die gehören meiner Mutter.«

Jonathan schaltete in den Rückwärtsgang und legte dabei den Arm um meine Kopfstütze. Unwillkürlich betrachtete ich ihn. Martes Worte tanzten dabei in meinem Kopf wie der Ohrwurm eines lästigen Songs, den man nicht mehr loswurde.

»Du musst deine Haare schon etwas stylen, sonst hilft es auch nicht beim Daten«, sagte ich, um mir zu beweisen, dass sie Unrecht hatte. Obwohl er ja schon erwähnt hatte, er hätte keine gestylten Haare nötig, um Erfolg beim Daten zu haben. Doch ich wollte zeigen, dass wir Freunde waren, die eben auch übers Daten mit anderen Personen redeten. Nachdenklich musterte ich ihn dabei. Ich meine, hätte Jonathan in mir mehr als eine Freundin gesehen, hätte ich das ja wohl irgendwann gemerkt, oder?

»Wenn du mit deinen pinken Gummistiefeln an meiner Seite bist, traut sich eh niemand an mich ran«, erwiderte er ungerührt, nachdem er am Ende der Auffahrt angelangt war. Sein Arm rutschte von meiner Kopfstütze.

Während ich versuchte, seine Antwort einzuordnen, steuerte er den Wagen zum Ortsausgang. Es dauerte nicht lang, bis lautes Röhren die klare Herbstluft vibrieren ließ. Auf einer Länge von bestimmt hundert Metern war der Seitenstreifen der Straße vor dem Acker bereits dicht geparkt und wir stellten uns ans Ende der Reihe.

»Gibt es da wenigstens etwas zu essen?«, brummte ich vor dem Aussteigen, als mir noch mal klar wurde, worauf ich mich eingelassen hatte. Jubelrufe und Gegröle mischten sich unter das Knattern der Motoren.

»Wenn einer einen Grill aufgebaut hat, könntest du Glück haben, aber Calli Schaschlik wird auf diesem nicht ganz legalen Event kaum auftauchen.«

»Warum erwähnst du ausgerechnet Calli Schaschlik?«, stöhnte ich. Da war ich Jahre nicht mehr. Der Kultimbiss in dem nahen Örtchen Leck war weit über die Grenzen des Ortes hinaus bekannt, die Leute standen teilweise über eine Stunde an, um dort zu essen. Zu Recht und nun hatte ich verdammten Appetit auf Calli Schaschlik.

Jonathan grinste nur, stieß seine Tür auf und stieg aus.

Gemeinsam liefen wir die Straße entlang zu dem abgeernteten Maisfeld, auf dem das Spektakel stattfand. Neben den röhrenden Motorgeräuschen der frisierten Auspuffe hing ein Dieseldunst in der Luft. *Willkommen auf dem Land,* dachte ich. Von wegen frische Luft!

Dutzende Leute aus den umliegenden Dörfern hatten sich zusammengefunden. Das Ganze funktionierte ähnlich wie das klassische Ringstechen zu Pferd. Nur dass hier mehr als ein PS zum Einsatz kam. Die Autos waren für dieses Spektakel getunt worden. Nicht mit schicken Heckspoilern und Alufelgen. Nein, sie waren aufgebockt und mit geländegängigen Reifen versehen worden. Teilweise sogar mit Reifen von Traktoren. Auch darüber hinaus war an ihnen herumgeschweißt worden, um sie zu Monstern zu machen, die sich durch den Acker frästen. Warum sie dabei so laut sein mussten, hatte ich noch nie verstanden. War wohl ein Männerding. Das Ringstechen war bereits im vollen Gange. Es gab pro Auto ein Zweierteam. Den Fahrer und den Beifahrer, der aus dem Seitenfenster hing und versuchte, den Ring mit einer Lanze zu treffen.

Jonathan lief zielstrebig voran und erst als ich meinen Blick von dem Galgen in der Mitte des Feldes losriss, sah ich, wieso. Da stand Herbie. Beziehungsweise das, was von ihm übrig war.

»Was hast du ihm angetan?«, stieß ich entsetzt hervor.

»Es ist nur ein Auto.«

»Wie kannst du so etwas sagen? Es ist nicht nur ein Auto. Er … er ist ein Stück Erinnerung.« Jonathan hatte von uns als Erster ein eigenes Auto besessen, und in jenem Sommer waren wir überall mit ihm hingefahren, hatten eine ganz neue Art von Freiheit genossen. Wir waren nach Hamburg zu einem Konzert gefahren, zu unzähligen Zeltfesten, nach Röm auf den Strand … Und nun stand er hier vor mir, mindestens dreißig Zentimeter aufgebockt mit Traktorreifen. Dazu hatte man sein Dach entfernt und durch ein Eisengerüst ersetzt.

»Guck nicht so schockiert.« Jonathan lachte.

Pay, Jonathans Cousin, steckte seinen Kopf hinter dem Auto hervor. »Da seid ihr ja!«

Er grinste mich an und erinnerte mich an eine jüngere Version von Jonathan. »Moin, Telse, schicke Schuhe.«

»Moin«, grüßte ich zurück, noch zu schockiert, um mehr zu sagen.

»Sie ist erschüttert, was du Herbie angetan hast.«

»Angetan? Ich habe ihm das Leben gerettet. Nachdem du den Unfall hattest, war ja nicht mehr viel von ihm übrig.«

»Du hattest einen Unfall?«, fragte ich. Wieso wusste ich nichts davon?

»Das ist ewig her, es war nur ein Blechschaden. Aber damit das Ende von Herbies und meiner Zeit und als Pay ein Auto fürs Autoringstechen gesucht hat, dachten wir, er wäre perfekt.«

»Wir sind gleich dran«, sagte Pay nach einem Blick aufs Feld. »Bist du bereit, Telse?«

»Ich?«

Pay hielt mir eine Lanze hin.

»Ich bin doch nicht verrückt«, sagte ich lachend. Doch Pay hielt mir weiter auffordernd die Lanze entgegen. »Mein Vater bringt mich um, wenn ich nicht vorher bei dem Quatsch draufgehe«, suchte ich nach Ausreden.

Pay kratzte sich am Kopf. Seine Haare waren ähnlich ungeordnet wie Jonathans. »Dein Vater? Bist du nicht genauso alt wie Jonny? Also … ähm … erwachsen?«

»Schon … aber mein Vater ist Polizist, da ist das was

anderes«, behauptete ich. Auf keinen Fall würde ich mich in dieses Auto setzen!

»Pensionierter Polizist«, korrigierte mich Jonathan und lachte, dabei klopfte er mir leicht auf die Schulter. »Er wird es nicht erfahren. Und ich verspreche dir, es wird Spaß machen.«

»Komm schon! Jonathan hat erzählt, dass du beim Fahrradringstechen in der Schule immer am meisten Ringe hattest. Von meinen Kumpels besitzt niemand genug Feingefühl. Ich verspreche dir auch, ich fahr einigermaßen gesittet.«

»Einigermaßen?« Ich stöhnte, nahm aber die Lanze entgegen. »Keine Mätzchen, solange ich raushänge.« Eindringlich sah ich Pay an.

»Versprochen!«

»Ich warte da drüben auf dich.« Jonathan deutete zu einem Camper, vor dem sich einige Leute aufgereiht hatten. »Und halte nach einer Bratwurst für dich Ausschau.«

»Mit Senf!«, rief ich. »Hast du einen Helm?«, fragte ich dann Pay. Doch der lachte nur. Männer! Warum taten die eigentlich immer so, als hätten sie mehrere Leben?

Nachdem wir auf unseren Sitzen saßen, ließ er den Motor an und es röhrte so laut, dass ich die Vibration an meinem Hintern spürte.

»Was zur Hölle?«, rief ich über den Lärm hinweg und hielt mich an dem eisernen Gerüst fest.

»Ist ein Porsche Boxster Motor, du dachtest doch

nicht, dass wir mit 34 PS antreten?«, schrie er und legte den ersten Gang ein.

Doch, ehrlich gesagt hatte ich genau das gedacht.

Pay drehte eine Runde ums Feld und alle starrten uns an. Ich rutschte tiefer in meinen Sitz und zog mir die Mütze in die Stirn. Das war so peinlich!

Pay hingegen wirkte wie ein Vierjähriger, der ein neues Matchboxauto geschenkt bekommen hatte. Als wir an der Reihe waren, sah er mich an. »Fertig? Da oben ist ein Griff zum Festhalten.«

»Hm«, murrte ich und setzte mich auf die angeschweißte Sitzplattform. Als Pay Gas gab, sackte das ganze Heck ab und die riesigen Reifen gruben sich tief in den Acker. Ich versuchte, alles auszublenden, und fixierte den Ring, der deutlich größer war als beim Radringstechen. Weswegen ich es auch nicht sonderlich schwer fand, ihn zu treffen. Die Leute grölten trotzdem, als hätte ich die Tour de France gewonnen.

»Krass, gleich den ersten!«, schrie Pay, schaltete einen Gang runter und raste hochtourig um die Ecke, sodass ich gegen die Außenseite gedrückt wurde.

»Na ja, bei den großen Ringen ist das kein Kunststück, ich glaube, deine Kumpels haben einfach zu viel Zielwasser getrunken.«

Pay bretterte am Rand des Ackers zurück, und wir wiederholten das Ganze einige Male.

»Wenn du den auch noch kriegst, haben wir gute Chancen auf den Sieg«, sagte er vor dem letzten Durchgang mit ernstem Gesichtsausdruck. »Und dann musst du dich schnell reinsetzen, denn dann ist es Zeit für Mätzchen.«

»Ich weiß noch nicht was, aber du und Jonathan, ihr schuldet mir was dafür!«

»Klar, gerne. Jonny ist übrigens echt froh, dass du wieder da bist.« Er zwinkerte mir zu, dann legte er den ersten Gang ein und donnerte los. Mir blieb keine Zeit, seine Worte zu sortieren.

Dieses Mal verfehlte ich um ein Haar den Ring, weil Herbies Heck auf dem rutschigen Acker ausbrach, schaffte es aber gerade noch, indem ich mich gefährlich weit herauslehnte. Als klar war, dass ich ihn hatte, reckte ich die Lanze hoch und Pay gab Gas, die Zuschauer klatschten.

Ich rutschte ins Auto und Pay verlor keine Zeit, ehe er anfing zu driften. Wieder wurde ich gegen die Seite gepresst und in meinem Magen kribbelte es. Ein Lachen stieg meine Kehle herauf. Das hier war peinlich, ein wenig wie ein Kräftemessen von Halbstarken und trotzdem hatte ich dabei so viel Spaß wie schon lange nicht mehr.

»Du hast definitiv was gut bei mir, Telse Carstensen!« Pay drückte auf Herbies Hupe, die genauso klang wie in dem Film. Dann war die verrückte Fahrt vorbei und ich krabbelte aus dem Auto. Die Lanze übergab ich einem von Pays Kumpeln und wendete mich zum Gehen. Meine Beine fühlten sich ein wenig wackelig an.

»Warte, Telse! Darauf müssen wir noch anstoßen!«

»Später vielleicht, ich muss erst mal was essen«, wehrte ich lachend ab.

»Dann zumindest ein Foto!«

Der Freund von Pay drückte mir wieder die Lanze in die Hand und Pay zog mich vor Herbie in den Arm, mit dem anderen hielt er einen Daumen nach oben und grinste. Seine Wangen waren mit Matsch gesprenkelt und als ich in die Kamera lächelte, fragte ich mich, ob mein Gesicht genauso aussah.

»Aber nicht ins Internet stellen«, sagte ich im Anschluss. Von unfreiwilligen Auftritten im Netz hatte ich genug.

»Wegen deinem Vater, verstehe schon«, sagte Pay. Ich ließ ihn in dem Glauben, dass mein Vater der Grund war, und lief los, um Jonathan zu suchen.

Ich fand ihn vor dem provisorischen Imbiss, wo er sich mit einem Typen und zwei Frauen unterhielt. Als er mich entdeckte, hoben sich seine Mundwinkel.

»Da ist ja unsere Königin!« König oder Königin, so nannte man die Sieger beim Ringstechen zu Pferd, mit dem Rad oder dem Traktor – es gab viele Varianten.

»Dafür schuldet Pay und du mir was«, sagte ich lachend.

Jonathan grinste mich an und trat einen Schritt auf mich zu. Er hob seine Hand. »Du hast da ein paar Sommersprossen abbekommen.« Er wischte mir über die Wange. Es gab da eine Sekunde, in der wir uns in die Augen sahen und mein Herz schneller klopfte. Martes und Pays Bemerkungen rasten durch meinen Kopf. Hektisch ging ich einen Schritt zurück, gleichzeitig ließ Jonathan seine Hand fallen.

»Na toll, ich wette, ich bin voll eingesaut«, sagte ich

und lachte nervös auf, um die Spannung zu überspielen. Ich machte mich hier mit Sicherheit ganz umsonst verrückt.

»Könnte man so sagen«, meldete sich eine der Frauen zu Wort. Ihr Blick glitt unweigerlich zu meinen Gummistiefeln. Ich spürte den Impuls, mich für mein Schuhwerk zu rechtfertigen. Doch ich unterdrückte ihn. Es war ganz allein meine Sache, was für Schuhe ich trug.

»Wie wäre es jetzt mit einer Bratwurst?«, fragte Jonathan und ich nickte.

»Das ist das Mindeste für meinen Einsatz.«

»Bin gleich wieder da«, sagte er und verschwand. Unschlüssig blieb ich zurück. Ich kannte die Leute nicht und ich wurde das Gefühl nicht los, dass die Blonde, die neben Jonathan gestanden hatte, mich musterte. Ich lächelte sie an, um das Eis zu brechen, doch sie wendete sich zu ihrer Freundin links von ihr.

»Ich werde Jonny fragen, ob er mit uns zur Schlagerparty in Almas Schüün kommt.«

»O ja, das will er bestimmt. Die Trennung von Celina ist ja auch schon ewig her.« Der Blick der Freundin wanderte zu mir. »Ihr seid doch alte Freunde, oder?« Sie betonte das Wort *alte* dabei besonders.

»Äh, ja.«

»Datet er gerade jemanden?«

Irgendwas an der Frage störte mich. »Keine Ahnung, das müsst ihr ihn selbst fragen.«

»Aber ihr zwei – also da läuft doch nichts?«

Aus mir rätselhaften Gründen wurde ich bei der

Frage rot. Sie war unverschämt – ich kannte nicht mal die Namen der beiden Frauen. Der Mann hatte sich mittlerweile abgewendet und redete mit einem langhaarigen Kerl in Lederkutte. Früher war uns auch das ein oder andere Mal eine Beziehung angedichtet worden. Dass ich nun rot wurde, lag einzig und allein an Marte. Und Pay. Ich hätte es leicht abschmettern können, aber allein der Gedanke, Jonathan könnte mit dieser unsensiblen Kuh zusammenkommen, war unerträglich. Gelassen hob ich die Achseln. »Ich glaube, das geht dich nichts an.«

Sie grinste gehässig. »Selbst wenn du es gern hättest, wie sollte das funktionieren? Schließlich gehst du bald wieder nach Düsseldorf und versaust irgendwelchen Möchtegern-Promis die Haare. Und Jonny, der gehört hierher.«

Ich hatte vergessen, wie direkt die Nordfriesen sein konnten. Dafür, dass ich nicht mal ihren Namen kannte, wusste sie über mich erstaunlich gut Bescheid. Typisch Dorf halt. Mein Puls beschleunigte sich und die nächsten Worte purzelten nahezu aus meinem Mund.

»Mein Jonny gehört zu mir«, zitierte ich die leicht geänderte Zeile aus Dirty Dancing mit tiefer Stimme und derselben Inbrunst, wie Patrick Swayze es einst in dem Film tat. Dieser Film war der Ursprung von Jonathans Spitznamen und plötzlich tauchte eine Erinnerung in meinem Kopf auf, wie mich ein echt widerlicher Typ auf einem Zeltfest anbaggerte. Ich war achtzehn oder neunzehn, der Typ bestimmt dreißig. Ich wurde ihn einfach nicht los. Bis Jonathan neben mich trat und behauptete: »Mein Baby gehört zu mir.« Marte brach damals in schallendes Gelächter aus, aber der Typ verzog sich. Doch jetzt war niemand von den beiden da, der diesen Insider verstand, und es gab kein Gelächter. Stattdessen sahen mich die beiden jungen Frauen verständnislos an und ich murmelte: »Ich gehe mal schauen, wo meine Wassermelone bleibt.« Die zwei wechselten einen Blick, der klar ausdrückte, dass ich nicht mehr alle Tassen im Schrank hatte. Und ganz unrecht hatten sie nicht. Was war nur in mich gefahren?

Ich stapfte mit meinen pinken Gummistiefeln davon und zog Jonathan ein Stück zur Seite, als er mir mit zwei Würstchen entgegenkam.

»Wir können nicht dahin zurück«, sagte ich.

»Wieso?«

»Hattest du vor, mit der Blonden zur Schlagerparty zu gehen? Du magst doch gar keinen Schlager.«

»Wovon redest du? Sind dir die Auspuffgase zu Kopf gestiegen?«

Energisch schüttelte ich den Kopf und nahm ihm eines der Würstchen ab, biss hinein und kaute erst mal. »Ich hoffe, du nimmst es mir nicht krumm, aber ich fürchte, ich habe dir ein Date vermasselt.«

»Mit wem? Mit Freja?«

»Keine Ahnung, mit der Blonden, mit der du dich unterhalten hast.«

»Ja, das ist Freja.«

Im Schnelldurchlauf erzählte ich den Gesprächsverlauf. Von Satz zu Satz hoben sich seine Mundwinkel ein Stück mehr.

»Du hast gesagt: *Mein Jonny gehört zu mir?*«

»Ja, ist mir so rausgerutscht. Keine Ahnung, vielleicht liegt es doch an den Auspuffgasen. Aber es war, als wollte sie ihr Revier markieren, und zwar so dreist, als wäre sie ein Terrier, der mir an die schönen pinken Gummistiefel pinkelt. Und dann dachte ich: Scheiße, wenn er mit der zusammenkommt, das halte ich nicht aus. Dafür habe ich ihm nicht die heiße Frisur verpasst.«

Jonathan brach in schallendes Gelächter aus und legte seinen Arm um meine Schulter, drückte mich kurz an sich. »Du bist echt süß.«

Skeptisch schaute ich ihn an.

Er beugte sich etwas vor und flüsterte: »Ich bin dir eher dankbar, die ist nämlich verdammt hartnäckig und überhaupt nicht mein Typ.« Und dann – völlig unvermittelt – drückte er mir einen Kuss auf die Wange. So wie schon einige Male in unserem Leben, zur Begrüßung oder aus Spaß – nach dem ein oder anderen Getränk. Aber dieses Mal fühlten sich seine Lippen anders an. Ich verschluckte mich an dem letzten Stück Wurst und begann zu husten. Jonathan klopfte mir auf den Rücken.

»Komm, Baby, wir gehen.«

Immer noch verwirrt von dem Kribbeln auf meiner Wange folgte ich ihm. Aber als wir den Acker hinter uns ließen, war ich mir sicher, mir diesen Moment nur eingebildet zu haben.

Kurz vor dem Auto fragte er: »Und du findest mich heiß?«

Meine Wangen wurden warm. »Deine Frisur, Jonathan, das ist ein Unterschied«, behauptete ich, während eine innere Stimme *Lügnerin* flüsterte.

Jonathan grinste mich an. »Wann fährst du eigentlich wieder? Und hast du schon eine neue Wohnung? Wenn ich mit runterkommen soll, um dir beim Umziehen zu helfen, musst du nur Bescheid sagen.«

Ich sah ihn über das Autodach hinweg an. »Das würdest du tun? Nachdem ich so eine schreckliche Freundin war?«

»Ich dachte, das haben wir abgehakt.«

Ich lächelte und stieg ein, ehe ich auf den Rest seiner Fragen antwortete. Ich erzählte von Maybrits Vater und dass ich deswegen eine Woche länger bleiben würde.

»Oh, das tut mir leid.«

Ich nickte. »Mir auch für Maybrit, ich kenne ihn nur flüchtig. Aber natürlich muss Elke nun bei ihr sein und ich helfe gern aus. Mit der Wohnungssuche habe ich mich ehrlich gesagt noch nicht intensiv beschäftigt. Seit ich hier bin, habe ich das Gefühl, ich befinde mich in einem Paralleluniversum. Der Salon Winz und Düsseldorf, das ist plötzlich alles so weit weg. Mir fällt es manchmal schwer zu glauben, dass das mein Leben ist. Manchmal fühlte es sich an, als sei ich die letzten Jahre auf einer Umlaufbahn um einen Planeten gekreist und nun wieder auf der Erde – meinem Heimatplaneten – ausgespuckt worden.«

Jonathan öffnete den Mund, um etwas zu sagen, doch ich sprach schnell weiter. »Das ist natürlich alles Quatsch. Schließlich wollte ich das so und ich lebe auch gern in Düsseldorf. Mir ist klar, dass dieses Gefühl aus den Umständen heraus entstanden ist. Es muss sich nur alles wieder einfinden«, fügte ich hinzu und wusste nicht, ob ich wirklich daran glaubte oder es nur sagte, um mich selbst davon zu überzeugen.

Zögerlich nickte Jonathan. »Dann bist du nächsten Donnerstag noch hier?«, wechselte er das Thema.

»Sieht so aus.«

»Da muss ich kochen.«

»Nachdem ich es hier heute für Pay rausgerissen habe, soll ich also auch noch deine Schnippelhilfe sein?«

Er fuhr sich mit seinen Fingern durch die Haare.

»Na ja, ich würde auch *deine* Schnippelhilfe sein. Ehrlich gesagt habe ich mir noch null Gedanken gemacht, was ich kochen könnte.«

»O Jonathan!« Ich lachte. »Dann lass uns ein Menü planen!«

KAPITEL 13

Wir fuhren zu Jonathan, wo er als Erstes ein Feuer im Ofen entzündete. Ich wusch mir das Gesicht und er steckte meine Jacke in die Waschmaschine, die noch mehr Schlammspritzer als meine Nase abbekommen hatte. Danach machten wir es uns auf dem Sofa gemütlich. Das Feuer im Ofen knisterte und tauchte das Wohnzimmer in warmes Licht.

»Schön hast du es«, sagte ich und sah mich um. Auf einem Regal entdeckte ich ein Foto von Marte, Jonathan und mir mit Herbie. Jonathan musste meinem Blick gefolgt sein, denn er fragte: »Bist du sehr entsetzt, dass ich Herbie an Pay gegeben habe?«

Ich schaute ihn an. »Nein, ich schätze, alles hat seine Zeit.«

Langsam nickte er.

»Ich bin viel entsetzter, dass ich nichts von dem Unfall mitbekommen habe.«

»Man lebt sich wohl unweigerlich auseinander, wenn man nicht mehr nah beieinander wohnt«, erwiderte er.

»Sieht so aus«, murmelte ich, als er vom Nachrichtenton seines Handys abgelenkt wurde. Kurz darauf erhellte sich sein Gesicht.

»Ich glaube, das hänge ich mir auch an die Wand.« Er hielt mir sein Handy hin. Pay hatte ihm das Foto vom

Autoringstechen geschickt. Ich stand schlammverspritzt mit der Lanze in der Hand vor Monster-Herbie. Pay neben mir grinste wie ein Honigkuchenpferd.

»O Gott!«, sagte ich und musste lachen.

»Ich schicke es dir als Erinnerung an diesen denkwürdigen Tag«, sagte Jonathan und machte dabei gar nicht erst den Versuch, sein Grinsen zu verbergen.

»Hast du dir noch gar keine Gedanken gemacht, was du kochen könntest?«, kam ich auf das anstehende Dinner zu sprechen.

»Na ja, sagen wir mal so, meine Kochkünste grenzen die Gerichte ein.«

»Ich werde nicht zulassen, dass du Spaghetti mit Tomatensoße und Schokopudding machst.«

Er schnaubte und lachte gleichzeitig. »Ein bisschen hat sich mein Repertoire seit unserem letzten gemeinsamen Kochen erweitert.«

»Beruhigend«, erwiderte ich und googelte Rezepte. »Ich fände etwas mit Grünkohl und Kürbis gut. Aber eine Vorspeise mit Kürbis hatten wir schon. Zum Nachtisch vielleicht einen Kürbiskuchen?«

»Klingt lecker und man kann ihn gut vorbereiten. Frischen Grünkohl gibt es aber aktuell nicht, oder? Erst ab dem ersten Frost.«

»Na ja, TK-Ware gibt es immer. Aber es muss ja auch nichts mit Grünkohl sein. Als ersten Gang könnten wir eine Maronensuppe kochen. Die ist nicht so üblich bei uns, schmeckt aber superlecker. Vertrau mir. Oder alternativ einen Quinoa-Rote-Bete-Salat«, sagte ich mit Blick auf die Suchergebnisse auf meinem Handydisplay.

Jonathan verzog das Gesicht. »Keine Rote Bete, Suppe klingt gut.«

»Perfekt, ich schicke dir die Rezepte. Nun noch der Hauptgang …«

»Da hatte ich an Gulasch gedacht. Ist zwar eher basic, aber …«

»Nach dem Rezept deiner Mutter ist es überhaupt nicht basic!«, fiel ich ihm ins Wort.

»Genau, und ich habe das bereits häufiger gekocht.«

»Das machen wir! Dann müssen wir nur den ersten und den dritten Gang Probekochen.«

»Probekochen? Ernsthaft? Dir ist schon klar, dass das nur ein Essen mit Freunden ist, oder?«

»Jonathan«, ich beugte mich zu ihm vor, »wenn ich dir helfen soll, dann mit dem Ziel, zu gewinnen.«

Er lachte. »Das hätte mir klar sein müssen.«

»Wieso?«

»Du wolltest immer gewinnen, egal ob im Schulsport oder beim *Mensch ärgere dich nicht*. Du bist die Ehrgeizigste von uns.«

Nachdenklich verzog ich die Stirn.

»Das meine ich nicht negativ«, schob er hinterher. »Ich habe nur schon lange nicht mehr darüber nachgedacht. Wir haben uns schließlich ewig nicht gesehen.«

»Und ich merke erst jetzt so richtig, wie du und Marte mir gefehlt habt.« Ich schlang die Hände um die angewinkelten Knie und verzog den Mund zu einem schiefen Grinsen.

»Ja«, stimmte er mir zu. »Es war schön, mal wieder was zusammen zu unternehmen.« Er lächelte und in dieser Sekunde wurde mir mehr als deutlich bewusst: Wir waren erwachsen. Jonathan war nicht mehr der große Junge mit der Hühnerbrust und dem Babyface. Seine Gesichtszüge waren markanter, die Kinnlinie definierter und die Stoppeln des Bartschattens kräftiger. Und es war deutlich ein Ansatz von trainierten Brustmuskeln unter dem Shirt zu erahnen. Auch die Sehnen an seinen Armen traten deutlich hervor. Plötzlich bildete ich mir ein, dass eine Spannung in der Luft lag, die nichts Platonisches an sich hatte. Wenn man auf diese Art über den Körper des anderen nachdachte, konnte es dann überhaupt platonisch sein? Seine graublauen Augen ruhten auf mir, und ich fragte mich, was in seinem Kopf vor sich ging. Wie sah er mich? Auch ich hatte mich verändert, hatte erste Fältchen bekommen. Die Hüften waren runder, dafür die Wangen schmaler. Doch hatte er mich überhaupt jemals auf diese Weise angesehen? Oder hatte Marte Gespenster gesehen?

»Soll ich uns noch eine Pizza in den Ofen schieben?«, fragte Jonathan in meine Gedanken hinein.

Eine leise innere Stimme flüsterte, dass ich gehen sollte. Doch wieso? Das alles waren nur Gedanken, die Marte losgetreten hatte. Ohne ihre Behauptungen hätte ich unser Beisammensein einfach als das genossen, was es war: Zeit mit meinem alten Kumpel.

»Welche Pizza hast du im Angebot?«

»Margaritha, aber wir können sie selbst belegen.«

Ich schüttelte alle Gedanken ab, stimmte zu und genoss den Abend mit Jonathan. Wir stellten fest, dass wir unsere Pizzen immer noch am liebsten so aßen wie früher, und schauten anschließend zum dreihundertsten Mal Dirty Dancing und tranken ein Bier. Zeit mit Jonathan zu verbringen war schon immer einfach gewesen. Wir konnten uns stundenlang unterhalten oder schweigen. Beides fühlte sich einfach gut an. Freundschaftlich gut. Ohne groß darüber nachzudenken, lehnte ich meinen Kopf an seine Schulter, die sich heute noch viel besser zum Anlehnen eignete als damals, und seufzte.

»Ich bin so froh, dass du mir nicht mehr böse bist.«

Seine Schultern bewegten sich leicht im Rhythmus seiner Atemzüge.

»Und dann versaue ich dir auch noch dein Date mit Freja.«

»Ich habe dir doch gesagt, dass ich darüber nicht böse bin. Ehrlich gesagt wäre ich zu gern dabei gewesen, als du gesagt hast: *Mein Jonny gehört zu mir*. Hast du auch deine Stimme verstellt?«

Ich lächelte vor mich hin. »Natürlich! Aber ich vermute, sie haben es nicht mal gecheckt. Nennen dich eigentlich alle noch Jonny?«

»Nicht alle, aber viele, hängt immer davon ab, wie lange sie mich kennen. Die Leute von früher meistens schon.« Eine Pause entstand.

»Ich weiß noch, wie genervt du warst, als Marte und ich dich nur noch so nannten.«

»Ja, schon komisch, erst verpasst du mir den Spitznamen und nun bist du eine der wenigen von früher, die mich nicht mehr so nennen.«

»Irgendwie finde ich, du bist jetzt eher ein Jonathan als ein Jonny.«

»Ist das ein Kompliment oder eine Beleidigung?« Während er das sagte, hob er seine Hand und strich mir eine Haarsträhne aus der Stirn. Noch ehe ich mich fragen konnte, was für eine Bedeutung diese Geste hatte, verschwanden seine Finger wieder, als sei ihm selbst aufgegangen, dass das nicht angemessen war.

»Ein Kompliment, denke ich.« Ich richtete mich auf. »Ich sollte langsam mal los. Ist ja schon spät«, sagte ich, obwohl Samstag war und wir beide morgen freihatten.

»Ja.« Er gähnte und streckte sich, dabei rutschte sein Shirt hoch und mein Blick glitt zu dem Stückchen nackter Haut über dem Bund seiner Hose. Ich musste mich zwingen, in sein Gesicht zu schauen. »Also ich besorge am Montag die Zutaten und dann treffen wir uns hier zum Probekochen, okay?«, fragte ich und spürte dabei ganz genau, dass sich meine Wangen leicht erwärmten. Um das zu überspielen, stand ich auf und ging zur Hintertür. Jonathan folgte mir.

»Gerne, um fünf hier?«

»Geht klar.«

Er beugte sich zum Trockner und fischte meine Jacke heraus, hielt sie mir entgegen und ich schlüpfte hinein. Als ich den Reißverschluss schloss, trafen sich unsere Blicke. Eine Sekunde verging, zwei Sekunden, drei … Wir standen uns gegenüber, unschlüssig, wie wir den Abend beenden sollten. Jonathan regte sich als Erster.

»Ich fahre dich nach Hause, du hast ja gar kein Auto da.«

»Quatsch, ich kann doch laufen.«

»In den pinken Gummistiefeln würde dich zumindest niemand übersehen. Aber ich werde dich trotzdem fahren.«

»Gut, wenn du meinst ...« Mein Bedürfnis, zwei Kilometer in Gummistiefeln zu latschen, hielt sich in Grenzen. Jonathan griff nach dem Autoschlüssel und öffnete anschließend die Tür. Die Fahrt verlief recht still. Aus dem Radio ertönte ein Song von Taylor Swift und ich genoss die Wärme der Sitzheizung.

»Dann bis Montag um fünf«, sagte ich, als ich aus dem Auto schlüpfte. »Schlaf gut, *Jonny.*« Ich grinste und er rollte lachend mit den Augen.

*

Am Sonntag wurde ich früh wach und verfluchte die Luftmatratze. Allmählich wurde sie unbequem. Für ein paar Nächte war es okay, aber mittlerweile spürte ich die Verspannungen in meinen Schultern.

Nach einem Frühstück mit meinen Eltern erhielten wir einen Anruf von Elke, sie brachte uns auf den neuesten Stand. Offenbar ging es Herrmann wider Erwarten besser und Maybrits Familie schöpfte Hoffnung. Das waren gute Nachrichten und wir versicherten Elke, sie könne noch die ganze Woche bleiben, vor dem nächsten Wochenende würde ich nicht zurück nach Düsseldorf fahren. Sie erklärte mir dann noch zwanzig Minuten lang die Eigenheiten ihrer Stammkunden, von denen sie wusste, dass sie in der nächsten Woche einen Termin hatten. Ich ertrug es mit Geduld und schlürfte nebenbei einen Kaffee, den Mama mir reichte. Kaum hatte ich aufgelegt, klingelte mein Handy. Erst dachte ich, Elke wäre noch etwas eingefallen, aber dann sah ich Fabians Namen auf dem Display und ließ das Handy vor Schreck auf den Küchentisch fallen. Meine Mutter sah auf das Display und dann zu mir.

»Willst du nicht rangehen?«

»Nein! Wieso sollte ich mit *ihm* reden wollen?«

»Manchmal ist es gut, um einen endgültigen Abschluss zu finden.«

Ich wollte aber nicht hören, was er zu sagen hatte. Das Telefon verstummte. »Siehst du, zu spät.«

Meine Mutter stand auf und strich mir über die Schulter. »Ich weiß, du machst die Dinge lieber mit dir aus, aber es kann durchaus befreiend sein, einfach mal alles rauszulassen.«

»Ich habe es doch schon am Deich rausgeschrien«, murrte ich.

»Aber ich sehe, dass es noch in dir arbeitet.«

»Wir waren vier Jahre zusammen und Sarah, sie war meine beste Freundin.« Unerwartet schossen mir Tränen in die Augen.

»Sag ihm das. Er hat dich verletzt, dein Herz gebrochen, friss das nicht in dich hinein, das ist nicht gesund.«

Das Telefon klingelte erneut, wieder Fabian. Laut sog ich einen Schwall Luft ein, ehe ich das Handy griff und in mein Zimmer ging. Erst als ich die Tür geschlossen hatte und das Klingeln anhielt, ging ich ran.

»Ja?«, sagte ich knapp.

»Telse«, antwortete er, als sei er überrascht, mich an der Strippe zu haben.

»Was willst du?«

»Ich wollte hören, wie es dir geht. Es tut mir leid, wie es gelaufen ist. Ich wollte deine Gefühle nicht verletzen, du warst … du bist mir wichtig. Und wenn ich dir bei der Wohnungssuche behilflich sein soll, mache ich das gerne. Ich habe schon ein paar infrage kommende Objekte rausgesucht.«

»Geht's noch? Glaubst du echt, damit ist dann alles wieder gut? Eine Entschuldigung und eine neue Wohnung?«

»Nein, natürlich nicht. Ich will dir nur helfen.«

»Weißt du, was mir geholfen hätte?«, fauchte ich. »Deinen Schwanz so lange in deiner Hose zu lassen, bis du den Anstand gehabt hättest, mir zu sagen, dass du dich von mir trennen willst. Dann hätte ich auch nicht von einem Tag auf den anderen auf der Straße gesessen.« Tatsächlich verspürte ich eine gewisse Erleichterung, als ich ihm das an den Kopf warf.

»Du hast recht …«

»Ja, das habe ich! Das, was ihr beide getan habt, ist das Allerletzte. Und das Einzige, was ich bereue, ist, dass ich nicht früher gemerkt habe, was für Menschen ihr seid.«

»Sarah ist total fertig, sie weint ständig und vermisst dich.«

Ich schnaubte ungehalten auf. »Es wirkte, als wüsstest du ganz gut, wie du sie trösten kannst!«

»Telse«, sagte er in einem mahnenden Tonfall.

»Was hast du von mir erwartet?«

Er seufzte nur, ehe er sagte: »Soll ich dir die Exposés zu den Wohnungen schicken? Ich verzichte auch auf meine Maklergebühr.«

»Die kannst du dir getrost in den Arsch schieben. Die Wohnungen und die Gebühr!«

»Wo bist du überhaupt?«

Ich wusste nicht, was ihn das anging, antwortete aber dennoch: »In Süderdiek.«

»Du willst doch nicht etwa da oben bleiben, oder?«, fragte er prompt.

»Ich würde sagen, das geht dich nichts mehr an.«

»Telse, wirf hier nicht alles weg, du hast so hart dafür gearbeitet. Sarah hat mir von dieser Videosache erzählt, das wird bestimmt wieder.«

»Sonst noch was?«, blaffte ich. Ich fand, er hatte jedes Recht verspielt, sich in mein Leben einzumischen. Und es war allein meine Sache, ob ich hier, in Düsseldorf oder auf Lummerland lebte.

»Nein«, entgegnete er matt.

»Gut, dann ruf mich nicht mehr an.« Damit legte ich auf. Zunächst war ich mir sicher, dass es falsch war, mit ihm zu reden. Wut pulsierte durch meinen Körper und ich war aufgebracht. Doch als die Gefühle abebbten, merkte ich, dass es tatsächlich gutgetan hatte, meinen Ärger rauszulassen. Ich hatte gesagt, was ich sagen wollte. Und mir wurde klar, dass mich der Betrug von zwei Menschen, denen ich vertraut hatte, am meisten schmerzte. Dass mein Herz vielleicht einen Riss hatte, aber nicht in Trümmern lag. Nicht seinetwegen. Und das war der einzige Punkt, in dem er recht haben mochte. Vielleicht war bei uns schon länger die Luft raus gewesen oder wir hatten nie wirklich zusammengepasst. Hatten nur gemeinsam mit anderen funktioniert, aber nicht allein als Paar. Dennoch stiegen mir Tränen hoch. Weil ich zwei Menschen verloren hatte, die mir viel bedeuteten.

Den Rest des Tages verbrachte ich damit, Fotos von meinem Handy und den Social-Media-Kanälen zu löschen. Ich entfernte alle Bilder, auf denen die beiden zu sehen waren. Dabei fiel mir auf, dass die zwei häufig viel enger beieinandersaßen als Fabian und ich. Hatte Sarah womöglich von Anfang an etwas für ihn empfunden?

Ein Lächeln aufs Gesicht zauberten mir hingegen die Markierungen in den vielen Videos von Kundinnen. Zum Schluss löschte ich die fiesen Kommentare von Lilly Cees Followerinnen.

KAPITEL 14

Am Montag blieb der Salon wie üblich geschlossen. Mittags telefonierte ich mit Marte und berichtete vom Autoringstechen und der Begegnung mit Freja und ihrer Freundin. Außerdem behauptete ich, unser Menü wäre das perfekte Gewinnermenü. Erst am Ende erzählte ich von Fabians Anruf. Sie fluchte so derbe, dass sie mich damit sogar zum Lachen brachte.

Danach fuhr ich zum Einkaufen und besorgte alles fürs Probekochen. Im Supermarkt sprachen mich drei Leute an, die mir sagten, wie schön es war, dass ich zurück sei, um Elke zu helfen. Dazu erzählte mir Frau Hinrichsen den neuesten Tratsch über Herrn Clemens, der angeblich eine Affäre mit dem Vorsitzenden des Schützenvereins hatte. Diese Begegnungen offenbarten die schönste und die schrecklichste Seite am Dorfleben. Schön war es, dass die Leute mich immer noch behandelten, als sei ich eine von ihnen. Typisch war allerdings auch, dass jedem, der nicht in ihre Norm passte, gleich etwas angedichtet wurde. *Natürlich* stand ihrer Ansicht nach der ältere Junggeselle auf Männer. Irgendeinen Grund musste es ja haben, dass er nicht dem üblichen Schema *Heirat, Haus und Kinder* folgte.

Vollbeladen traf ich schließlich um kurz nach fünf bei Jonathan ein. Sein Wagen parkte auf der Auffahrt, aber als ich klingelte, tat sich zunächst nichts im Inneren. Dann rumpelte es und ich hörte ihn fluchen, ehe er die Tür aufriss. Mit nacktem Oberkörper, nassen Haaren und nur einem Handtuch um die Hüfte geschlungen stand er vor mir.

»Sorry, komm rein. Ich bin nicht ganz so früh von der Baustelle losgekommen, wie ich wollte.«

»Kein Problem«, flötete ich und mein Blick verfolgte ungewollt einen Tropfen Wasser, der an seiner Brust hinabperlte, die definitiv noch trainierter war, als ich vermutet hatte. Ob er ins Fitnessstudio ging? Oder lag das an der jahrelangen Arbeit als Zimmermann?

»Geh ruhig schon in die Küche, ich zieh mir eben was über.«

Gute Idee, dachte ich und konzentrierte mich auf meine Schuhe, die ich auf der Fußmatte abstreifte und anschließend parallel ausrichtete, nur um mich davon abzuhalten, Jonathan nochmals anzugaffen.

In der Küche packte ich die Einkäufe aus und stellte alles auf die Arbeitsfläche, sortiert nach Gerichten. Danach durchforstete ich die Schränke. Als ich mich mit einem Topf in der Hand hinter der Kücheninsel aufrichtete, stand Jonathan im Übergang vom Wohnzimmer zur Küche und betrachtete mich mit verschränkten Armen.

»Was?«, fragte ich. »Ist es dir nicht recht, dass ich ohne dich angefangen habe? Oder dass ich an deine Schränke gegangen bin? Bewahrst du deine Tagebücher da irgendwo auf?«

Er lachte und stieß sich ab, trat näher. »Ich habe nur

gedacht, dass das Leben manchmal verrückt ist. Ich hätte es nicht für möglich gehalten, dass wir zwei mal hier zusammen kochen.«

Ich musterte ihn. Hatte er sich das gewünscht? Darüber nachgedacht? Aber vielleicht war das nur eine neutrale und spontane Feststellung.

»Also, womit fangen wir an?«, fragte er und ich besann mich auf unsere Aufgabe.

»Was hältst du von Aufgabenteilung?«

»Klingt fair. Wenn es dir egal ist, würde ich die Suppe übernehmen. Meine Backkünste sind quasi nicht vorhanden.«

»Okidoki.« Zielsicher zog ich eine Schublade auf und holte die Küchenwaage raus.

»Okidoki? Wer sagt denn heute noch okidoki?«

»Jeder. In Düsseldorf«, behauptete ich und grinste, wendete mich aber ab und checkte in meinem Handy, wie viel Mehl ich benötigte. »Ihr seid hier wohl etwas hinterher.«

»Oder der Zeit voraus. Und in Düsseldorf steckt ja auch ein *Dorf*.«

»Sagt der, der neulich noch das Word mondän verwendet hat. Und, Jonathan, die Suppe macht sich nicht von allein.«

Er beäugte die Maronen, ehe er kopfschüttelnd sagte: »Ich kann mich einfach nicht daran gewöhnen, dass du mich Jonathan nennst.«

»Wirst du schon noch.«

Die nächsten fünfzehn Minuten werkelten wir schweigend an unseren Gerichten. Mal Rücken an Rücken, mal Seite an Seite. Hin und wieder stießen wir gegeneinander. Dabei fiel mir auf, dass sein Duschgel verdammt gut roch. Dann zerriss der Mixer die Stille. Ich war als Erste fertig und holte eine Kuchenform aus meiner Tasche.

»Ich habe vermutet, dass du keine hast. Eine Leihgabe meiner Mutter, ich selbst habe auch keine.« Ich reckte meine Nase in Richtung Topf und schnupperte. »Riecht schon gut.«

»Bisher ist es total einfach. Möchtest du ein Glas Wein?«

»Gerne.« Nachdem ich den Kuchen in den Ofen geschoben hatte und die Suppe einkochte, lehnten wir Seite an Seite an der Küchenarbeitsfläche.

»Läuft doch alles reibungslos«, stellte ich fest.

»Zu reibungslos! Sollte bei einer Generalprobe nicht alles schiefgehen?«

Ich winkte ab. »Ach was, wir haben uns einfach gute Gerichte ausgesucht. Soll ich mich am Donnerstag um die Tischdeko kümmern? Ich habe am Ortseingang dieses neue Blumengeschäft gesehen, das machte einen super Eindruck und ich wollte eh mal reinschauen.«

»Klar, sag nachher einfach, was es gekostet hat.« Kurz schwiegen wir. »Wie gehts dir mittlerweile mit … allem?«

Ich drehte meinen Kopf zu ihm. »Mal so, mal so. Gestern habe ich mit Fabian telefoniert.«

Etwas in Jonathans Gesicht veränderte sich, die Partie um sein Kinn wirkte angespannt.

»Da ist mir klar geworden, dass er in einem Punkt recht hatte: Es lief schon länger nicht mehr bei uns, oder besser gesagt – wir haben womöglich nie zusammengepasst. Wir haben eigentlich kaum was zu zweit unternommen. Mein Stolz ist wohl mehr geschädigt als mein Herz. Obwohl, nein, das stimmt so auch nicht. Er war mir natürlich wichtig und ich habe meine Freundin verloren. Das schmerzt sehr. Aber ich schätze, ich bin nicht so gut in Freundschaften.«

»Ach Quatsch, du kannst doch nichts dafür, dass die zwei dich hintergangen haben.«

»Du kannst es runterstellen«, sagte ich und beugte mich an ihm vorbei, streifte seinen Arm. Die Stelle kribbelte und plötzlich war sie wieder da, diese Spannung. Ich lehnte mich zurück, ging zum Ofen und gab vor, hinein zu schauen. *Das war doch alles Blödsinn!*, redete ich mir ein. Fabian und Sarah waren für den Moment vergessen. Stattdessen tanzten Martes Worte wieder Samba in meinem Kopf. Ich starrte auf den Kuchen. Machte das echte Freundschaften nicht aus? Ehrlichkeit? »Kann ich dich was fragen?«, fragte ich, ohne den Blick vom Ofen abzuwenden.

»Klar.«

Langsam drehte ich mich zu ihm um, blieb aber auf dieser Seite der Küche stehen.

»Es ist allerdings etwas peinlich und na ja, ich wäre auch nicht allein darauf gekommen, aber seit Marte so was angedeutet hat, geht es mir nicht mehr aus dem Kopf …«

»Spuck es einfach aus«, unterbrach er mich lächelnd und nahm den letzten Schluck Wein aus seinem Glas.

Okay, ich würde das jetzt ein für alle Mal aus dem Weg räumen. Ich holte tief Luft.

»Wir sind doch Freunde, oder?«

Seine Augenbrauen zogen sich verwirrt zusammen.

»Ich denke, ja ...«

»Das waren wir auch immer, oder?«

»Na ja, die letzten Jahre ...«

»Das meine ich nicht – davor!«

Mit verwirrtem Gesichtsausdruck lachte er und schenkte sich noch etwas Wein ein. Ich hielt ihm mein Glas ebenfalls hin und er füllte es. Dabei redete er weiter. »Ja, davor waren wir Freunde. Ich begreife nicht ganz, worauf du hinauswillst.«

»Marte, die hat was völlig Abstruses behauptet.« Nun bildete ich mir ein, dass sein Gesicht eine Nuance blasser wurde, doch jetzt gab es kein Zurück mehr. »Und zwar, dass du ... äh ... mal mehr empfunden hast als Freundschaft ... für mich.«

Jonathan führte das Weinglas an seine Lippen und nahm einen großen Schluck.

»Sorry, dumme Frage. Du musst denken, ich bin total bescheuert, mir so was einzubilden! Aber nachdem Sarah und Fabian mich so belogen haben, finde ich Ehrlichkeit noch viel wichtiger als zuvor. Und ich will nicht irgend so einen Blödsinn denken, der einfach nicht stimmt. Wir kennen uns schließlich ewig, da dachte ich, es ist besser, es dir zu erzählen und dann gemeinsam über Martes blühende Fantasie zu lachen. Es ist ja nicht das erste Mal, dass jemand so was behauptet. Als wenn Mädchen und Jungen nicht einfach nur befreundet sein können.« Ich lachte. Womöglich etwas laut und aufgesetzt.

»Telse!«, unterbrach er meinen Redeschwall, stimmte aber nicht in mein Lachen mit ein. »Sie hat recht«, sagte er schlicht und brachte damit ein weiteres Stockwerk des Kartenhauses, das sich mein Leben nannte, zum Wackeln. Es war das unterste Stockwerk – das Fundament. Ich starrte ihn an und schluckte, doch mein Hals fühlte sich trocken an und ich räusperte mich.

»Aber wieso weiß *sie* das und ich nicht? Wieso hast du nie was gesagt?«, fragte ich, nachdem ich den ersten Schock überwunden hatte.

»Telse, wenn es jemand nicht merkt, braucht man nichts zu sagen.«

»Aber Marte hast du es erzählt?« Ich spürte einen Stich, der sich nach Eifersucht anfühlte – was albern war.

»Nein, das habe ich nicht.«

»Aber …«, setzte ich an, stockte dann. »*Sie* hat es bemerkt«, gab ich mir die Antwort selbst, noch bevor ich die Frage aussprechen konnte.

Er nickte. »Sie hat mich einmal ermutigt, es dir zu sagen. Aber ich habe behauptet, sie bilde sich das nur ein, obwohl es stimmte. Aber du hattest so viele Pläne, du wolltest weg. Es hätte nichts geändert und ich wollte nicht riskieren, deine Freundschaft zu verlieren, weil du dann nicht weißt, wie du mit mir umgehen sollst. Am Ende habe ich sie dann trotzdem verloren.«

Wie hatte mir das entgehen können? Ich raste in meinen Gedanken zurück in die Zeit. Ich hatte ihn, genau wie Marte, freundschaftlich geliebt. Oder? Doch jetzt – *jetzt* bemerkte ich es. *Nachdem* Marte mich draufgestoßen hatte. Ich sah ihn an, den Mann, der er geworden war. Ja, ich fand ihn attraktiv und es kribbelte, wenn wir uns zufällig berührten. Doch er war mir viel zu wichtig, um ein Trostpflaster für mein Herz zu sein, bevor ich nach Düsseldorf zurückkehrte. In einer nervösen Geste strich ich meine Haare hinter mein Ohr. Er verfolgte diese Bewegung.

»Unsere Freundschaft ist mir wichtig!«, platzte ich heraus.

»Ach, auf einmal?«, sagte er grinsend und ein wenig der in der Luft liegenden Anspannung verflüchtigte sich.

»Warum habe ich das angesprochen?«, jammerte ich.

»Weil dir Ehrlichkeit in Beziehungen und Freundschaften wichtig ist«, bot er schmunzelnd an.

»Ja, das war der Grund.« Nun musste ich auch lachen.

»Telse, das ist ewig her.«

»Ich verstehe nur nicht, wieso das offenbar anderen Leuten klar war, nur mir nicht«, murmelte ich. »Es tut mir leid, wenn ich deine Gefühle verletzt habe. Und jetzt komme ich mir noch arschiger vor, weil ich mich so selten gemeldet habe.«

»Okay, wenn wir jetzt schon diese alten Sachen auf den Tisch holen, dann kann ich dir auch sagen, dass es in gewisser Weise gut für mich war, als der Kontakt abbrach. Der Abstand hat mir geholfen, über … diese Gefühle hinwegzukommen. Deswegen habe ich es damals auch nicht angesprochen, sondern mich irgendwann ebenfalls nicht mehr gemeldet. Ich hielt es für das Beste.«

Ich hob die Augenbrauen. »Oh, okay. Es tut mir so leid, ich hatte keine Ahnung …«, wiederholte ich.

»Ich habe das so entschieden. Außerdem ist das, wie gesagt, ewig her. Können wir uns jetzt wieder einkriegen?«

Ich nickte, obwohl ich Martes Worte noch einmal im Kopf durchging. Sie hatte nur von früher gesprochen, oder? Jonathan hatte das eben ganz eindeutig. Erleichtert atmete ich auf. Ich musste ihn nur loswerden, diesen Floh, den meine älteste Freundin mir ins Ohr gesetzt hatte. Und diese merkwürdigen Reaktionen meines Körpers unter Kontrolle bekommen, die er in Jonathans Nähe zeigte.

Der Ofen piepte und erlöste mich vorerst. Jonathan schmeckte die Suppe ab und ich rührte das Topping für den Nachtisch an. Während der Kuchen abkühlte, setzten wir uns an die Kücheninsel und probierten die Suppe.

»Hm, richtig lecker, oder?«

»Finde ich auch, bin selbst ganz überrascht«, stimmte Jonathan mir zu. »Ein wenig Salz fehlt noch.«

»Aber nur ein Hauch. Wie machen wir das denn am Donnerstag? Eigentlich hat der Salon bis achtzehn Uhr geöffnet.«

»Ich werde ein paar Überstunden abbauen, komm einfach, sobald du fertig bist.«

»Ich versuche, ein oder zwei Termine zu verschieben, damit ich rechtzeitig da sein kann.«

»Das Gulasch setze ich als Erstes an, dann beginne ich mit der Suppe. Du bist dann für den Kuchen zuständig. Sollen wir gleich noch eine Einkaufsliste schreiben?«

Ich nickte und verspürte Erleichterung, dass Jonathans Geständnis nichts zwischen uns geändert hatte. Es fühlte sich genauso an wie vor dem Gespräch. Doch dann griffen wir gleichzeitig nach dem Teller des jeweils anderen und unsere Finger berührten sich. Seine Haut war warm und …

»Ich mache das schon«, sagte er und zog meinen Teller zu sich. Erst mit etwas Verzögerung ließ ich los. Unsere Blicke begegneten sich. Ich entdeckte eine dunkle Umrandung um seine sturmblaue Iris. Mein Herz schlug stärker. Aaah! Was war nur los mit mir? Woher kamen diese Gedanken, diese Gefühle? Ich sprang regelrecht vom Barhocker auf und gab vor, dringend den mittlerweile abgekühlten Kuchen mit dem Topping garnieren zu müssen. Während Jonathan den Geschirrspüler einräumte, verteilte ich je ein Stück des Kuchens auf zwei Teller.

»Ich habe noch nie einen Kürbiskuchen gegessen«, murmelte er und inspizierte ihn skeptisch.

Lachend verdrehte ich die Augen. »Wat de Buer nich kennt, dat frett he nich.«

»Ey, ich habe gerade *Maronen*suppe gekocht!«

»Na gut, dann reicht dein Horizont jetzt offiziell bis zum Ortsschild und nicht nur bis zum Gartenzaun. Zumindest dein kulinarischer.«

»Du bist ganz schön arrogant geworden in Düsseldorf.«

»War ich schon immer«, entgegnete ich frech und zwinkerte ihm zu.

Jonathan murmelte etwas Unverständliches und ging mit seinem Teller zum Sofa. Ich folgte ihm, achtete dabei aber auf einen gewissen Sicherheitsabstand, um ja nicht wieder diese Spannung zu provozieren. Der Kuchen war saftig, aber nicht klitschig, wie wir in Norddeutschland sagten. Das Topping aus Frischkäse, Zitrone und Zucker brachte eine frische Note rein.

»Hm«, kam es nun auch von der anderen Ecke des Sofas. »Der ist echt gut. Ich glaube, der Sieg wird unser.«

»Auf jeden Fall werden wir uns nicht blamieren. Vorausgesetzt, du versaust das Gulasch nicht.«

KAPITEL 15

Am Mittwoch verschob ich im Salon zwei Termine, damit ich morgen um drei Feierabend machen konnte. Ich genoss es, mit meiner Mutter zusammenzuarbeiten. In den Pausen plauderten wir bei einer Tasse Kaffee und ich hatte mittlerweile das Gefühl, wieder mehr über ihr Leben Bescheid zu wissen. Wenn man hin und wieder zu Besuch kam oder telefonierte, blieb automatisch nur Zeit für die wichtigsten Dinge, dabei machte das Leben doch oft die banalen Dinge aus. Welcher Film im Fernsehen hatte ihr zuletzt richtig gut gefallen, welches Rezept wollte sie demnächst ausprobieren. Welche Bluse hatte sie bei CJ Schmidt in Husum gesehen und ärgerte sich, sie nicht gekauft zu haben.

»Sollen wir am Samstag nach Feierabend hinfahren?«, bot ich ihr an.

»Nach Husum?«, fragte sie verblüfft.

»Genau, dann können wir uns die Bluse noch einmal anschauen. Ich war letzte Woche kurz da und fand es richtig schnuckelig in der Innenstadt.«

»Du warst in Husum?«

»Nur kurz am Abend. Ich … äh … musste was erledigen.«

»Dann ist dir ja bestimmt aufgefallen, dass es sogar einen H&M gibt«, erzählte meine Mutter stolz und ich schmunzelte, weil sie offenbar dachte, H&M sei noch immer das Größte für mich, wie damals mit zwanzig. »Am Samstag habe ich mich aber leider schon für eine Fahrradtour mit den Landfrauen angemeldet«, sagte sie mit Bedauern.

»Nicht schlimm, wir holen das ein andermal nach«, versicherte ich ihr.

In der Mittagspause schrieb Elke, dass Herrmann aus dem künstlichen Koma erwacht sei und dass es so aussah, als würde er es überstehen.

»Die Happy Ends, die man nicht kommen sieht, sind doch die schönsten!«, verkündete meine Mutter und wir beschlossen, später eine Karte mit Genesungswünschen loszuschicken.

Um kurz nach vier bimmelte die Türklingel und Marte kam herein.

»Moin!«, grüßte sie in die Runde, ehe sie näher zu mir ans Waschbecken trat. »Hast du heute schon was vor?«

»Wann? Jetzt?«, fragte ich mit Blick auf den schamponierten Kopf meiner Kundin.

Sie lachte. »Nein, um sieben. Mittwochs gehe ich neuerdings zum Spinningkurs.«

Ich öffnete den Mund, um meine Zweifel zu äußern, da schob sie hinter: »Das ist sauanstrengend, aber auch perfekt, um den Kopf mal so richtig freizubekommen. Vertrau mir, es wird dir gefallen. Außerdem haben wir uns viel zu wenig gesehen, seit du hier bist.«

»Na schön«, willigte ich ein. Schließlich hatte sie recht. Zudem war der Sport in den letzten Jahren viel zu kurz gekommen. Das hatte ich schon bei den Fahrten mit Mamas Rad gemerkt. Vielleicht sollte ich mich in Düsseldorf auch in einem Fitnessstudio anmelden. Zeit hätte ich nun ja. Das wäre auch eine Möglichkeit, neue Leute kennenzulernen. Wenn ich an die zukünftigen Abende dachte, spürte ich jedes Mal ein mulmiges Gefühl in meinem Magen. Obwohl da ja noch mehr Freunde waren als nur Sarah und Fabian. *Wohl eher Bekannte*, flüsterte eine Stimme, und Aurelia war auch bald fort. Apropos Aurelia, der musste ich nachher noch antworten. Es ging ihr allmählich besser, aber der Magen-Darm-Virus hatte sie wohl richtig fies erwischt.

»Okay?«, fragte Marte und schnippte mir mit dem Finger vorm Gesicht rum.

»Wie bitte?«, entgegnete ich verwirrt.

»Ich hole dich um halb sieben bei deinen Eltern ab. Und ich glaube, Frau Erichsen schläft gleich ein, wenn du noch weiter massierst.«

»Hätte nichts gegen ein Nickerchen einzuwenden«, brummte sie mit geschlossenen Augen.

»Ist der auch für Anfänger geeignet?«, rief ich meiner Freundin noch hinterher.

»Klaro!«, antwortete sie, ehe die Tür hinter ihr zufiel.

Um zehn vor sieben betraten wir das Fitnessstudio in Norderdiek, das ebenfalls neu war. Durch die Arbeit im Salon fühlte es sich auf der einen Seite so an, als sei ich nie weg gewesen, aber auf der anderen entdeckte ich fast jeden Tag etwas Neues. Das Studio war nicht riesig.

Aber es war alles vorhanden, was man brauchte. Eine Bar, an der man seinen Proteinshake schlürfen konnte, dahinter war der Bereich mit den Geräten. Am anderen Ende waren zwei Räume, einer mit den Spinningrädern und ein leerer, vermutlich für andere Kurse.

Ich hatte mich für eine kurze Radlerhose entschieden, die zum Glück gerade wieder in Mode waren. Deshalb trug ich sie gern mal im Sommer in meiner Freizeit. Eine richtige Sporthose besaß ich gar nicht. Dazu hatte ich ein weites Shirt angezogen und meine Haare zu einem Knoten auf dem Kopf hochgebunden. Es würde sicherlich eine schweißtreibende Angelegenheit werden. Marte trug sogar eines dieser Frotteestirnbänder und sie schlug mit ihrem Handtuch nach mir, als ich sie deswegen aufzog.

Zunächst suchten wir uns ein Rad aus und stellten die Höhe der Sättel ein. Der Raum füllte sich langsam mit weiteren Teilnehmerinnen. Neben vier Frauen kamen noch zwei Männer dazu.

»Ist echt ein schönes Fitnessstudio, seit wann gibt es das?«

»Seit vier Jahren ungefähr, es gehört dem Bruder von Steffen, bei dem wir auf der Fete waren. Seine Frau leitet auch gleich den Kurs.«

Die Trainerin – Katrin – war so durchtrainiert, dass mir Zweifel kamen. Ich warf Marte einen Blick zu.

»Schaffst du«, flüsterte sie.

»Ah, wir haben ein neues Gesicht hier«, begrüßte sie mich. »Schön, dass du da bist. Hast du schon Spinningerfahrung?«

Ich verneinte.

»Kein Problem, du machst einfach so mit, wie du kannst. Hauptsache, du powerst dich aus und hast Spaß.« Sie startete über ihr Handy die Musik, die aus den Lautsprechern in der Ecke des Raumes schallte.

Die anderen stiegen auf ihre Räder und ich tat es ihnen gleich. Uff, der Sattel war aber hart und schmal. Nicht zu vergleichen mit dem gepolsterten Gel-Teil vom Rad meiner Mutter. Außerdem hatte ich ihn ein wenig zu hoch gestellt, doch da rief die Trainerin schon: »Bereit? Es geht los in 3, 2, 1! Mittlerer Widerstand und sechziger Trittfrequenz.« Nach nicht einmal fünf Minuten verfluchte ich Marte, da war gerade mal die Warm-up-Phase überstanden und ich wünschte mir auch so ein verdammtes Frotteestirnband. Stattdessen wischte ich mir flüchtig mit dem Handtuch, das mir um die Schulter hing, übers Gesicht. Die Musik dröhnte nun mit schnellen Beats durch meinen Körper.

»Los gehts!«, rief die Trainerin. »Trittfrequenz für drei Minuten rauf auf 120! Ihr schafft das! Go, go, gooo!«

Nach fünfzehn Minuten schmerzte mein Hintern von dem steinharten Sattel und es gab ein weiteres Problem. Die Spitze des Sattels drückte unangenehm auf sehr sensible Parts meines Körpers. Flüchtig schaute ich mich um, niemand schwächelte. Und ich war nicht der Typ, der aufgab. Meine Klitoris würde sich schon wieder erholen. Fünf Minuten weiter stellte ich das kurzzeitig infrage, weil sich alles, was Kontakt mit dem Sattel hatte, taub anfühlte. Das würde Marte mir büßen! *Obwohl, momentan brauchte ich gewisse Körperregionen eh nicht*, zeterte eine zynische Stimme in meinem Ohr.

»Noch fünf Minuten, dann geht es in den Cool-down! Wahnsinn, Telse, du rockst es gleich beim ersten Mal!«, feuerte sie mich an. Nun konnte ich unmöglich schlappmachen, ich strampelte weiter, rutschte auf dem zu hoch eingestellten Sattel von links nach rechts und zurück, atmete aber erleichtert auf, als Katrin verkündete: »Widerstand halbieren in 3, 2, 1! Super, Leute! Aber noch ist es nicht vorbei!«

Ich richtete mich auf, was gewisse Körperteile begrüßten und kribbelnd zum Leben erwachten. Offenbar sorgte das Blut, das nun wieder überallhin strömte, dafür, dass die Stellen hypersensibel wurden. Ich spürte ein Pulsieren und war froh, dass mein Kopf eh schon so rot wie eine Peperoni war. Als ich mich auf Katrins Anweisung wieder nach vorn beugte, nahm der Druck und damit das Gefühl zu. Um mich abzulenken, sah ich durch die Fenster in den Raum mit den Geräten und entdeckte dort ausgerechnet Jonathan. Also kam die durchtrainierte Brust nicht ausschließlich von der Arbeit, dachte ich und schluckte, aber meine Kehle war mal wieder zu trocken und meine Wasserflasche bereits geleert. Jonathan stand vor dem großen Wandspiegel und trainierte gerade seinen Bizeps, der verlockend unter dem Ärmel seines Shirts hervorlugte und sich mit jeder Bewegung wölbte. Ich stellte mir vor, wie es sich anfühlen würde, mit der Hand darüber zu gleiten, bis zu seinen Bauchmuskeln, in den Bund seiner Hose. Meine Beine traten weiter wie in Trance, obwohl ich überhaupt nicht mehr konnte. Meine Klitoris rutschte über den Sattel, schmerz- und lustvoll zugleich. Da hob Jonathan den Kopf und unsere Blicke begegneten sich. Er lächelte. Und ... *O Gott, nein* ... konnte ich noch denken, als sich sämtliche Muskeln meiner Körpermitte pulsierend zusammenzogen und ein wohliger Schauer mich erzittern ließ. Kurz schloss ich die Augen und hoffte inständig, dass niemand bemerkt hatte, dass ich allen Ernstes gerade einen Orgasmus bekommen hatte. Auf dem Rad! Zwischen all den anderen Leuten, während ich Jonathan angaffte. Ich stöhnte innerlich, was allerdings nichts mehr mit der ungewollten Erregung zu tun hatte. Meine Vagina hingegen pulsierte erfreut in den Nachwehen vor sich hin. Selbst als das Training zu Ende war und ich vom Sattel rutschte, war sie noch sensibel, sodass ich mir einbildete, sogar die Reibung des Stoffes meines Slips zu spüren.

»Alles okay?«, fragte Marte neben mir. »Du läufst so komisch.«

»Mhm«, brummte ich und versuchte, nicht ständig zu Jonathan zu schauen, der nun rücklings auf einer Bank lag und seine Brustmuskeln trainierte. Eine Sekunde später rief Marte: »Jonny ist ja auch da!«

»Schon gesehen«, murmelte ich leise.

»Du bist ja völlig fertig«, stellte sie lachend fest. »Komm, ich gebe dir einen Shake aus. Die sind echt gut hier.«

Auf wackeligen Beinen folgte ich ihr und setzte mich absichtlich mit dem Rücken zum Trainingsraum, damit gewisse Körperstellen nicht noch mal auf blöde Ideen kamen.

»Das war scheiße anstrengend«, beschwerte ich mich.

»Aber du fühlst dich gut, oder? Der Kopf ist frei.«

»Pf«, machte ich. Vielmehr war ich verwirrter denn je. Gut, das war eine rein mechanische Reaktion meines Körpers, aber wieso kribbelte es dann immer noch, wenn ich mir Jonathan beim Bizepstraining vorstellte?

Ich nahm den Shake entgegen. »Die Sättel sind verdammt hart.«

Meine Freundin warf lachend den Kopf in den Nacken. »Stimmt, ich habe mir nach dem ersten Mal eine von diesen gepolsterten Fahrradhosen gekauft.«

»Den Hinweis hätte ich gern vorab gehabt und meiner war zudem etwas hoch eingestellt.«

»O Mist, tut dein Hintern weh?«

»Es ist so«, begann ich und schaute mich dann erst mal um. Der Mitarbeiter hinter der Theke war in ein Gespräch am anderen Ende vertieft, ansonsten saß niemand an der Bar. Trotzdem beugte ich mich weiter zu Marte vor. »Es ist nicht nur mein Hintern …«, sagte ich in der Hoffnung, sie würde sich den Rest selbst zusammenreimen.

»Was denn noch? Die Beine? Das ist logisch …«

»Nein«, unterbrach ich sie. »Weitere Bereiche waren von dem harten Sattel und der Reibung betroffen.«

Sie starrte mich einige Sekunden verständnislos an. Dann begann sie zu begreifen. »Oh!«, sagte sie und eine Sekunde später noch mal: »Oooh!«

»Erst wurde alles ganz taub und dann ist es … ähm … sehr prickelnd zum Leben erwacht«, flüsterte ich. »Bitte sag mir, dass du das auch schon mal hattest.«

Ihre Mundwinkel wanderten so hoch, dass ich fürchtete, sie berührten gleich ihre Ohren.

»Nö, klingt aber, als sollte ich neidisch sein.«

»Äh, nein, es war nicht gerade eine meiner Fantasien, in einem Raum voller verschwitzter Menschen zum Höhepunkt zu kommen«, raunte ich.

»Du hast? Einen Orga…«

»Sch!«, fuhr ich sie an.

Sie nahm einen riesigen Schluck von ihrem Shake, um ihr Lachen zu verbergen. »Das ist wie in diesem Film, da passiert es doch der Blonden mit den Locken auf dem Rennrad, die auch in Doctor's Diary mitspielt … *Mädchen, Mädchen*, so hieß er!«

Ich kramte in meinem Kopf nach Erinnerungen an den Film.

»Sei froh, dass das Spinningrad fest stand. Im Film ist sie mit ihrem gegen eine Laterne gefahren.«

Ich schlug mir die Hände vors Gesicht und wusste nicht, ob ich lachen oder weinen sollte. Mein Leben konnte momentan wirklich als Vorlage für eine Seifenoper herhalten. Zu allem Überfluss ertönte in dem Moment Jonathans Stimme hinter mir.

»Moin, ihr zwei!« War die schon immer so rau gewesen? Der Ton strich regelrecht über meine Haut und sofort erreichte mein Körper einen Erregtheitslevel, der nicht angemessen für ein Fitnessstudio war. Ich merkte, wie meine Wangen glühten, spürte noch Martes fragenden Blick, als ich mich zu ihm umdrehte.

»Hi«, sagte ich und mein Blick rutschte prompt seinen Hals hinab, zu den Brustmuskeln, die er eben noch trainiert hatte.

»War es gut?«

»Was?«, fragte ich schockiert. Hinter mir prustete Marte los.

»Na, der Spinningkurs, ob der gut war?«

»Ach so, ja … verdammt anstrengend.«

»Sieht man, du bist total rot.«

Ich stieß einen komischen Lach-Laut aus.

»Sie ist noch nicht wieder ganz bei sich. Der Kurs war eine besondere Erfahrung für sie. Hast du damals eigentlich den Film *Mädchen, Mädchen* mit uns geschaut?«

»Kann sein. Fuhr die eine nicht auch einen VW Käfer? Wieso?«

»Wir haben gerade nur in Erinnerungen geschwelgt«, sagte ich schnell, ehe Marte noch etwas erwidern konnte. »Übrigens kann ich morgen früher von der Arbeit los. Ich komme dann so um halb vier zu dir«, wechselte ich schnell das Thema.

»Klingt super. Ich freue mich.«

In dem Augenblick kamen Freja und ihre Freundin aus der Umkleide. Die stalkte Jonathan doch!

Ihre himmelblauen Augen blieben sofort an ihm hängen, dann entdeckte sie mich und ihr Mund verzog sich zu einem schmalen Strich.

»Hey, Jonny, bist du schon fertig mit dem Training? Könntest du mir dann die Beinpresse erklären?«

Wie schon beim Autoringstechen konnte ich die Worte nicht aufhalten, die mir die Kehle hinaufstiegen. »Da er sie mir eben schon erklärt hat, wollte ich ihm als Dankeschön einen Shake ausgeben«, säuselte ich und legte meine Hand auf Jonathans Unterarm. Sein Blick glitt dahin, dann hoch zu meinem Gesicht, ehe er sich an Freja wandte. »Stimmt, sorry, ein andermal vielleicht.«

Nachdem sie erfolglos versuchte, mich mit ihren Blicken zu erdolchen, sagte sie lächelnd zu Jonathan: »Dann bis nächste Woche.« Und zog mit ihrer Freundin ab.

»Was war das denn?«, fragte Marte. Ich winkte rasch mit meiner anderen Hand ab. »Die hängt an Jonathan wie eine Klette und er hat gar keinen Bock auf sie. Stimmt's, Jonathan?«

Jonathan nickte und grinste. Erst da fiel mir auf, dass meine rechte Hand noch immer auf seinem Unterarm ruhte, und ich musste mich zwingen, sie wegzuziehen. Martes Blick schoss zwischen uns hin und her. Ich lachte. »Marte, das war nur ein Freundschaftsdienst. So haben wir das damals doch häufig gemacht, hast du das vergessen?«

»Ich glaube, sie hat nichts vergessen«, sagte Jonathan mit erhobener Augenbraue zu ihr. Marte runzelte verwirrt die Stirn. Ich hingegen wusste, worauf er anspielte.

»Du hast gesagt, ich kann ihm davon erzählen«, warf ich mit einem entschuldigenden Achselzucken ein.

»Aaah! Ich verstehe. Ihr habt über eure … Gefühle

füreinander geredet?« Martes Augen blitzten sensationslüstern auf, bei dem Wort *Gefühle* wackelte sie merkwürdig mit ihren Fingern in der Luft.

»Wir haben darüber gesprochen, damit unserer Freundschaft nichts im Wege steht. Stimmt's?«

Jonathan nickte.

»Eurer *Freundschaft?*«, fragte Marte in einem abschätzigen Tonfall, die eben noch tanzenden Finger sackten hinunter auf ihren Schoß.

»Genau!«, erwiderte ich mit einer anständigen Portion Überzeugung in der Stimme.

»Nur eine Info für die Zukunft: Ich kann meine Angelegenheiten selbst klären.« Jonathans Blick war warnend.

Marte blieb völlig ungerührt. »Pf! Darauf warte ich, seit dir der erste Pickel gewachsen ist.« Sie rutschte von ihrem Hocker. »Ich gehe jetzt duschen.«

Ich zuckte mit den Schultern und folgte ihr. Auf keinen Fall würde ich ihr jemals erzählen, was den Orgasmus schlussendlich ausgelöst hatte. Und von all den anderen verwirrenden Gedanken, die meinen Kopf bevölkerten.

KAPITEL 16

Am Abend lag ich erschöpft auf meiner knatschenden Luftmatratze und schaute Reels in der Instagram-App. Auf dem kleinen Fernseher, der an der Wand hing, lief irgendeine Fußballübertragung. Ich ließ mich von dem vermeintlich perfekten Leben der anderen auf Instagram ablenken. Ein Leben voller Marmeladenglas-Momente, mit dem Van an die Küste Portugals, mit dem Segelboot über den Atlantik. Wenn ich in mich hineinhorchte, spürte ich dieses Fernweh jedoch nicht, sondern nur Heimweh. Obwohl ich jetzt hier war, doch irgendwie schien es von Tag zu Tag zuzunehmen. Ich versuchte, mir vorzustellen, wie mein Leben in Düsseldorf weitergehen könnte. Doch ich sah es momentan einfach nicht. Da, wo sonst glasklar meine Zukunftsversion stand, prangte nun eine weiße Fläche. Selbst die Vorstellung, den Salon zu leiten, stimmte mich nur mäßig euphorisch. Vermutlich, weil ich fürchtete, diese Chance vertan zu haben. Konnte ich mir überhaupt vorstellen, unter Maurice zu arbeiten?

Ich könnte Herrn Winz fragen, ob er eine Stelle auf Mallorca für mich freihätte. Dann könnte ich weiter mit Aurelia zusammenarbeiten. Zum ersten Mal seit jenem rabenschwarzen Tag wurde mir klar, dass ich völlig frei war. So frei wie nach der Ausbildung oder nach der Meisterschule. Ich hatte keine Verpflichtungen, nicht einmal mehr eine Wohnung, für die ich Miete zahlen musste. Natürlich noch die Anstellung bei Winz ... Über diesen Gedanken schlief ich mit dem Handy auf der Brust ein.

Ich träumte davon, wie ich mit einem Van umherfuhr und den Leuten meine Dienste als Friseurin anbot. Von meinem Bett hatte ich eine herrliche Aussicht über den Ozean. Der Wind wehte mir ins Gesicht. Ich spürte Einsamkeit, doch dann strich mir jemand die Haare aus der Stirn und ich blickte auf, in die sturmgrauen Augen von Jonathan. Die Einsamkeit wich der Erregung. Seine Lippen senkten sich auf meine, seine Hand glitt zwischen meine Beine, ich bog meinen Rücken durch und stöhnte auf. Er öffnete den Mund, gab ebenfalls einen Laut von sich. Es klang wie das Rufen eines Affen. Affen? Ich schreckte auf, blinzelte, es dauerte einige Sekunden, bis ich die Situation erfasste. Ich war mit eingeschaltetem Fernseher eingeschlafen, auf dem Bildschirm tummelte sich eine Horde Affen, die sich von Baum zu Baum schwangen und dabei laut schrien, offenbar eine Tierdoku.

»O Mann!«, murmelte ich verschlafen und angelte nach der Fernbedienung. Das Licht des Fernsehers erlosch und ich drehte mich auf die Seite. Sofort dachte ich wieder an Jonathan und seine Lippen. Das Gefühl im Traum war genauso intensiv gewesen wie auf dem Rad. Frustriert stieß ich einen Schwall Luft aus und schloss die Augen. Ich war so was von am Arsch!

Den Rest der Nacht wälzte ich mich hin und her, fand

erst kurz vor dem Morgengrauen in den Schlaf. Weitere Träume blieben mir zum Glück erspart.

Als ich mir am nächsten Tag im Salon zwischen zwei Kundinnen den dritten Kaffee genehmigte, rief Elke an.

»Herrmann ist endgültig über den Berg. Die Ärzte sagen, er kann sogar in ein paar Tagen in die Reha.«

»Das freut mich!«

»Maybrit bleibt noch eine Weile, aber ich komme am Sonntag nach Hause. Dann musst du nicht länger für mich einspringen. Ich bin dir so dankbar. Nach drei Wochen kannst du es bestimmt gar nicht erwarten, wieder nach Hause zu fahren. Hat sich denn mittlerweile alles geklärt?«

»Keine Ahnung«, sagte ich nachdenklich, während mir die Worte »Nach Hause« im Kopf widerhallten. »Es klang auf jeden Fall so, als ich mit Herrn Winz telefoniert habe. Er hat die vielen positiven Videos erwähnt. Danke übrigens dafür. Ohne dich wäre das nicht zustande gekommen.«

»Ich lass doch nicht zu, dass so ein C-Promi einen derartigen Mist über dich verbreitet.«

Ich lächelte. »Danke, Elke, für alles. Es … es war schön, mal wieder hier im Salon zu arbeiten. Ich werde das vermissen. Euch vermissen.«

»Na, wenn die Sehnsucht zu groß wird, du weißt ja, wo wir sind. Aber die Schickeria wird bestimmt froh sein, wenn du wieder da bist. Weißt du eigentlich, wie stolz wir auf dich sind? Sehen wir uns noch am Sonntag?«

Plötzlich drückten Tränen in meine Augen, die ich blinzelnd zurückdrängte.

»Klaro, ich muss jetzt Schluss machen. Grüß Maybrit und Herrmann.«

Als ich den Salon am Nachmittag verließ, duschte ich rasch und zog mir ein enges Paillettenkleid mit tiefem Rückenausschnitt an und kramte schwarze High Heels aus einem der Kartons, die mein Vater für meine Sachen besorgt hatte. Dazu packte ich die Schürze meiner Mutter und ein paar dicke Wollsocken ein, damit ich die Schuhe beim Kochen ausziehen konnte. Außerdem suchte ich mein goldenes Besteck aus einer der Kisten.

Auf dem Weg zu Jonathan hielt ich beim Blumenladen, wo ich bereits gestern ein Gesteck für den Tisch bestellt hatte. Schlicht, mit Eukalyptusblättern und cremefarbenen dicken Kerzen. Ich freute mich auf den Abend, schließlich war es wahrscheinlich der letzte gemeinsame mit Marte und Jonathan, ehe ich wieder nach Düsseldorf fuhr. Den wollte ich genießen und ich wollte den Sieg.

Um kurz nach vier – etwas später als geplant – klingelte ich bei Jonathan.

Er kam zur Tür und öffnete. »Du brauchst nicht zu klingeln, komm einfach …«, begann er, dann glitt sein Blick zu meinem Kleid, das zugegebenermaßen recht kurz war – es reichte kaum bis zur Mitte meiner Oberschenkel. Er selbst trug eine Jeans und ein schlichtes schwarzes T-Shirt, seine Füße waren barfuß.

»Ich bin overdressed«, sagte ich.

Sein Blick wanderte zu meinem Gesicht, und ich konnte den Ausdruck in seinen Augen nicht lesen, dennoch erweckte er in mir das Verlangen, ihn zu erforschen.

»Nein, du … du siehst umwerfend aus.«

»Zeit zum Umziehen wäre jetzt eh nicht mehr.« Ich schob mich an ihm vorbei in den Flur und drückte ihm meine Tasche in die Hand – langsam wurden die Sachen schwer.

»Kommst du?«, rief ich, als er sich nicht von der Tür wegrührte.

Im Wohnzimmer hatte er bereits den Tisch und die Stühle so hingerückt, dass alle bequem Platz fanden. Ich stellte das Gesteck auf den Tisch und schlug das Papier zur Seite. »Wie findest du es?«

»Perfekt«, sagte er und sah dabei mich an.

Nervös lachte ich auf und holte als Nächstes die Schürze meiner Mutter aus der Tasche. Sie war einst so pink wie die Gummistiefel und auf der Brust stand der Spruch *Bei Mutti schmeckts am besten.* Die hatte ich ihr geschenkt, als ich zehn war. Das Pink war bereits verwaschen und bei dem Spruch wölbten sich die Ränder der Buchstaben, weil der Kleber sich gelöst hatte.

Jonathan war immer noch auffallend still.

»Bist du nervös?«, fragte ich ihn und holte mein goldenes Besteck hervor.

Er rollte mit den Augen. »Es ist ja nicht so, dass gleich ein Fernsehteam anrückt und Millionen Deutsche meine Performance in der Küche bewerten werden. Wir kochen nur für Freunde.«

»Trotzdem wollen wir ein *perfektes* Dinner …«

»… und den Sieg«, vollendete er meinen Satz und schmunzelte.

»Du brauchst nicht so zu tun, als wärest du nicht ehrgeizig. Du kannst es nur besser verbergen als ich. Aber in dem Punkt waren wir uns schon immer ähnlich.«

»Na schön, holen wir uns heute den Sieg. Dann setze ich jetzt als Erstes das Gulasch an.«

»Mach das, ich decke den Tisch zu Ende. Wenn der Kuchen im Ofen ist, stehe ich dir danach ganz zur Verfügung.« Unsere Blicke verhakten sich kurz ineinander, wie häufiger in den letzten Tagen, und ich bereute meine Wortwahl. »In der Küche«, schob ich hinterher.

»Wo auch sonst?«, fragte er, aber ich sah, dass einer seiner Mundwinkel zuckte.

»Los, los!«, scheuchte ich ihn mit wedelnden Händen in die Küche und kümmerte mich weiter um die Dekoration des Tisches. Der Schrank mit den Gläsern war bestens ausgestattet und ich polierte Wasser- und Weingläser mit einem Geschirrhandtuch, ehe ich sie auf dem Tisch platzierte.

»Das riecht schon gut«, sagte ich, als ich neben Jonathan an den Herd trat. Er drückte Tomatenmark aus der Tube in den Topf hinein und es zischte, ehe er das Gulasch mit Rotwein und Brühe ablöschte. Ich schenkte uns beiden etwas von der offenen Flasche Rotwein ein und hielt ihm eines der Gläser hin, lehnte mich mit meinem neben dem Herd an die Arbeitsplatte. Es gefiel mir, ihm beim Kochen zuzusehen. Meine Eltern kochten häufig zusammen. Sie tauschten sich über ihren Tag aus und bewegten sich dabei in der Küche wie ein gut eingespieltes Tanzpaar. Fabian war nur gut darin gewesen, einen Tisch in einem teuren Restaurant zu reservieren. Das hatte mir anfänglich gefallen, war ich doch nach der Arbeit auch meistens zu erschöpft, um noch lange in der Küche zu stehen. Da war es auch okay, wenn fast immer Kunden oder Freunde von ihm dabei waren. Meistens hatte ich tagsüber im Salon genügend Gespräche geführt und es war angenehm, einfach dazusitzen und zu lauschen. Doch in diesem Moment wurde mir klar, dass ich mir so etwas wie das hier für die Zukunft wünschte: Mit meinem Mann zu kochen, mich mit ihm über seinen Tag auszutauschen. Nur wir zwei. Ich nahm einen Schluck Wein.

»Wie war dein Tag im Salon?«, fragte Jonathan prompt und ich verschluckte mich an dem eben genommenen Schluck und hustete. Ich wendete mich von ihm ab. »Sorry«, keuchte ich. Im selben Moment spürte ich seine Handfläche auf meinem Rücken. Sanft klopfte er, bis ich aufhörte zu husten.

»Gehts?«

»Ja«, krächzte ich und räusperte mich. Der Hustenreiz verflog, doch die Stelle, an der noch immer seine Hand auf meinem Rücken ruhte, hatte offenbar Feuer gefangen. Der Rückenausschnitt meines Kleides war tief, daher trennte kein Stück Stoff meine Haut von seiner Hand. Ich drehte mich mit einem Ausfallschritt wieder zu ihm herum, sodass seine Hand runterrutschte. Er selbst war offenbar mit dem Topfinhalt beschäftigt und hatte nicht einmal bemerkt, dass seine Hand noch auf meinem Rücken lag. Innerlich schüttelte ich über mich selbst den Kopf.

»Also, wie war dein Tag? Und wie geht es Elkes Schwiegervater?«

»Gut, und Herrmann geht es deutlich besser. Ehrlich gesagt habe ich die Tage im Salon genossen. Es ist ruhiger, heimeliger, ich fühle mich hier weniger gestresst. Und ich bin jetzt wieder auf dem neuesten Stand, was den Dorftratsch angeht. Wusstest du zum Beispiel, dass Frau Jessen ein neues Knie bekommen hat? Schon das zweite! Und dass der Sohn von Bauer Ewaldsen die Tochter vom Deichvogt geschwängert hat? Und das, obwohl die Familien sich spinnefeind sind.«

Jonathan lachte und stellte den Herd etwas runter, damit das Gulasch einköcheln konnte. Er griff ebenfalls zu seinem Glas.

»Das muss ich meiner Mutter erzählen. Weißt du noch, wie sie es geliebt hat, wenn du bei uns zum Essen warst und erzählt hast, welche Gerüchte gerade besonders hochkochen? Ich habe immer Ärger bekommen, weil ich mein über dich erlangtes Wissen nicht sofort mit ihr geteilt habe.«

Ich schmunzelte. »Wie gehts ihr?«

»Mittlerweile wieder ganz gut. Die erste Zeit nach Papas Tod war hart, aber sie hat sich aufgerafft und ist jetzt viel aktiver. Sie hat eine Fahrradtruppe, mit der sie regelmäßig Ausflüge unternimmt. Sie geht zum Kartenspielen und zum Rentneryoga ins Norderdieker Fitnessstudio.«

»Oh, das klingt viel besser als dieser Spinningkurs«, stöhnte ich.

»Dein Kopf war so unfassbar rot.«

Prompt spürte ich erneut eine Hitze in meinen Wangen, als gewisse Körperregionen pulsierend nach einer weiteren Spinningeinheit verlangten. O Gott, was war denn bloß los mit mir? Ja, der letzte Sex mit Fabian war eine Weile her. Zum Glück! Nicht auszudenken, dass er mit mir *und* Sarah … Ich unterdrückte den Würgereiz. Aber warum mein Körper ausgerechnet jetzt entschied, mich daran zu erinnern, dass er auch in diesem Bereich Bedürfnisse hatte – keine Ahnung. Vielleicht eine Überkompensation der ganzen Ereignisse.

»Wie war denn dein Tag?«, fragte ich Jonathan, um nicht länger darüber nachzudenken.

»Stressig. Wir bauen gerade fünf neue Gebäude für die Ferienhaussiedlung in Dagebüll und vor dem Winter muss alles dicht sein. Die Baugenehmigung hat länger gedauert als erwartet, weshalb wir mit einem zeitlichen Rückstand gestartet sind.«

»Gefällt es dir noch in der Firma?«

Er nickte. »Der alte Brinkmann hat mich gefragt, ob ich den Laden übernehme, wenn er aufhört. Sein Sohn hat sich nach ein paar Jahren in der Firma entschieden, dass er es nicht machen möchte.«

»Und, willst du das?«

»Kommt ein bisschen darauf an, wie sich die Branche entwickelt. Durch die gestiegenen Zinsen und immer noch hohen Baustoffpreise gibt es einen spürbaren Knick in der Baubranche. Außerdem müsste ich dann viel mehr im Büro sitzen und ich bin gern draußen auf der Baustelle. Dazu wäre es verdammt stressig. Aber zehn Jahre habe ich sicherlich noch Zeit, es mir zu überlegen, ehe Brinkmann in Rente geht.« Er deutete zum Ofen. »Willst du nicht mal mit dem Kuchen anfangen?«

»Oh, ja, klar«, stammelte ich und er schmunzelte.

Eine Zeit lang werkelten wir gemeinsam an der Suppe und am Kuchen. So eingespielt wie meine Eltern waren wir allerdings nicht. Mehrmals stießen wir zwischen Küchenzeile und Insel zusammen. Und jedes Mal fiel mir etwas anderes an ihm auf. Beim ersten Mal nahm ich wie schon beim Probekochen den Duft seines Duschgels so deutlich wahr, dass ich versucht war, meine Nase an seinen Hals zu schmiegen. Beim zweiten Zusammenstoß fiel mir auf, wie warm und fest sein Körper war. Es wäre definitiv eine Verschwendung, wenn er im Büro sitzen würde. Obwohl er ja weiterhin ins Fitnessstudio gehen könnte.

Als der Kuchen auf dem Rost abkühlte, das Topping im Kühlschrank stand, hielt Jonathan mir einen Löffel mit Suppe hin, damit ich kosten konnte. Dabei glaubte ich, mir einzubilden, dass Jonathan auf meine Lippen starrte, als ich sie um den Löffel schloss.

»Perfekt«, sagte ich.

»Gut, dann lass ich den Herd auf zwei, damit sie warm

bleibt.« Er schaute auf die Uhr. »Ich zieh mich mal um, damit unsere Outfits besser zusammenpassen.«

Als er ins Badezimmer verschwand, atmete ich erst mal durch. Um mich abzulenken, stellte ich alle Utensilien und Zutaten für den Begrüßungscocktail bereit. Wenige Minuten später kehrte Jonathan in einem schwarzen Hemd zurück, die beiden oberen zwei Knöpfe hatte er offen gelassen, die Ärmel einige Male hochgeschlagen.

»Sehr schick«, kommentierte ich, während ich in meine High Heels schlüpfte, nun war ich fast so groß wie er. »Nur deine Haare – was hast du mit denen gemacht?«

»Genau das, was du mir gezeigt hast.«

»Ts, im Leben nicht«, sagte ich. »Warte, ich mache das eben.«

Ich trat auf ihn zu und glitt mit den Fingern durch sein Haar. Richtete es erst auf, um es danach in die gewünschte Form zu bringen. Erst als ich fertig war, trat ich einen Schritt zurück, um es zu betrachten. Dabei trafen sich unsere Blicke. Die Luft knisterte ebenso unerwartet wie stark. *Wie oft hatte ich ihm schon die Haare gestylt, wieso passiert das jetzt plötzlich?*, dachte ich, als sich sein Blick sehr eindeutig auf meinen Mund senkte. Dieses Mal war ich mir sicher, es mir nicht einzubilden. Ich spürte, wie mein Brustkorb sich hob und senkte, forschte in seinem Blick nach einer Antwort. Vor mir stand Jonathan, den ich gefühlt mein ganzes Leben lang kannte, mein Kumpel, an den ich nie einen Gedanken, der über eine platonische Freundschaft hinausging, verschwendet hatte. Bis jetzt. Aber das hier war nicht mehr der Jonny von früher, vor mir stand die erwachsene männliche Version von ihm. Eine äußerst attraktive Version und dieser Mix aus alter Vertrautheit und neuen Reizen schien eine extrem anziehende Wirkung auf mich zu haben. Ich könnte weiterhin Marte die Schuld geben, aber das wäre albern. Den Schritt, den ich eben zurückgetreten war, schloss er, indem er vortrat. In seinen Augen tobte ein Sturm. Er war genauso verwirrt wie ich, aber ich sah auch Begehren, das mein eigenes anfachte. Ich schluckte und hob meine Hand, strich sanft eine Haarsträhne aus seiner Stirn. Danach nahm ich meine Hand aber nicht weg, sondern ließ meine Finger zu seiner markanten Kinnlinie gleiten, bis sie seine Lippen streiften. Seine Hand hob sich ebenfalls, umschloss zunächst sanft meinen Nacken. In seinem Blick flackerten immer noch Fragen auf, aber auch Entschlossenheit. Meine Finger wanderten über seine Schulter bis zu seinem Bizeps. Gleichzeitig beugten wir uns vor, ich spürte seinen Atem auf meinen Lippen. Ich lächelte leicht und wollte nur noch eines: von seinen Lippen kosten. Nur ein Mal … Meine Lider senkten sich … Die Klingel ertönte und wir fuhren auseinander. Die Spannung in der Luft rieselte zu Boden wie verschütteter Zucker.

»Sorry«, murmelte ich und wusste nicht einmal, wieso ich das sagte. Ich wandte mich ab, wich seinem Blick aus. Was hatten wir da getan? *Fast* – es war nur ein fast. Dank der Klingel.

»Hey«, sagte Jonathan und seine Finger legten sich

unter mein Kinn, hoben es an, sodass ich ihn ansehen musste. Er setzte an, etwas zu sagen. Doch dann legte er stattdessen beide Hände an meinen Nacken und beugte sich vor. Seine Lippen berührten die Haut auf meiner Stirn, als er dort einen Kuss platzierte. Die Klingel ertönte erneut und er seufzte. »Ich vermute, ich muss denen jetzt öffnen.«

»Ja, musst du«, antwortete ich und lachte. »Sie werden nicht verschwinden.«

KAPITEL 17

Marte, Tade und die anderen vier schneiten mit reichlich kühler Herbstluft herein und vertrieben damit die aufgeladene Stimmung.

»Wow! Was für ein Kleid, woher hast du das?«, fragte mich Sofia, als sie mich zur Begrüßung umarmte. Björn nahm ihr die Jacke ab und übergab sie Jonathan. Sofias Babybauch war seit der letzten Woche erneut gewachsen. Hinter ihr standen die anderen. Lars hatte den Arm um Ella gelegt und sie wechselten ein paar Worte mit Tade und Marte. Und ganz plötzlich fühlte es sich doch wie ein Pärchending an.

»Das habe ich aus einer kleinen Boutique in Düsseldorf. Ich schicke dir nachher den Link zu deren Instagramprofil«, antwortete ich ihr, als ich mich aus der Umarmung löste.

»O ja, und wenn mein kleiner Mitbewohner ausgezogen ist, komme ich mit ihm nach Düsseldorf und wir gehen hin. Du musst dich dann ums Baby kümmern, während ich mich neu einkleide.«

Ich lachte. »Kein Problem.« Sicherlich sagte sie es nur so dahin, dennoch rührte es mich, dass sie überhaupt in Erwägung zog, mich in Düsseldorf zu besuchen.

Wir begleiteten die Truppe zum Tisch. Während ich noch über den kleinen Blumenladen am Dorfrand schwärmte, ging Jonathan in die Küche. Als alle saßen und ich ihnen Wasser eingeschenkt hatte, gesellte ich mich zu ihm.

»Hey«, flüsterte ich und fühlte mich plötzlich befangen.

»Hey«, echote er und schaute mich an. Er lächelte und gab mir damit das Gefühl, dass immer noch alles in Ordnung zwischen uns war. Dass sich im Grunde nichts geändert hatte. Dass es nur ein wirrer Moment gewesen war. Er wusste schließlich nichts von meinen überhaupt nicht platonischen Gedanken, von dem Zwischenfall im Fitnessstudio oder dass ich immer noch daran dachte, wie gerne ich ihn küssen würde.

»Holst du das Eis aus dem Gefrierschrank?«, fragte er.

Froh, etwas zu tun zu haben, riss ich die Tür zum Gefrierabteil des Kühlschrankes auf und genoss die kalte Brise, die für ein wenig Abkühlung sorgte.

»Jetzt reiß dich mal zusammen«, murmelte ich leise, als ich die gefrorenen Erbsen beiseiteschob, um an die Eiswürfel zu kommen.

Danach konzentrierte ich mich auf unsere Mission für heute Abend: den Gästen ein perfektes Dinner zu bereiten.

Zwischen Hauptspeise und Nachttisch trafen wir uns erneut in der Küche. Während ich den Kuchen auf den Tellern portionierte, lehnte er am Kühlschrank mit dem Rücken zum Wohnbereich, sodass wir vor den Blicken der anderen abgeschirmt waren. »Alles okay?«

»Klar, lief gut, oder? Alle Teller waren leer und Björn hat sich zweimal einen Nachschlag vom Gulasch genehmigt. Erinnere mich daran, deiner Mutter einen Dank für dieses Rezept zukommen zu lassen.«

»Das meine ich nicht.«

»Hm?« Ich war völlig in das Anrichten des Kürbiskuchens vertieft und garnierte das Frischkäsetopping gerade mit gehackten Pistazien und einigen Karottenraspeln. Als er nichts mehr sagte, schaute ich auf und blöderweise zogen seine Lippen meinen Blick nahezu magnetisch an. Ich nickte und zwang mich, ihm in die Augen zu sehen. Ich konnte mich nicht daran erinnern, jemals einen solchen Drang verspürt zu haben, jemanden zu küssen. Was so absolut absurd war! Schließlich hatte ich viele Jahre ohne den Hauch dieses Drangs gelebt. Und das Schlimmste war, ich las dasselbe in seinen Augen. Ich tat das einzig Richtige in dieser Situation: Ich drückte ihm zwei Teller mit Kuchen in die Hand. »Bringst du die an den Tisch?«

Danach griff ich mir selbst zwei und folgte ihm.

»Hast du eigentlich Muskelkater vom Spinning?«, fragte Marte, als ich mich wieder gesetzt hatte.

»Ein wenig.«

»Und ansonsten hat sich alles … erholt?«

Ich warf ihr einen warnenden Blick zu, der deutlich »Wehe« sagte.

»Tut dein Hintern weh?«, fragte Ella. »Übrigens ist dieser Kuchen ganz köstlich. Tade, können wir nicht Gitte aus der Kanzlei dazu bewegen, uns jede Woche so einen zu backen? Die erzählt doch immer, wie gern sie backt.«

»Wenn Telse und Jonny das Rezept in die WhatsApp-Gruppe stellen. Und es war nicht Telses Hintern, der …«, Marte schlug ihrem Freund auf den Arm, um ihn zu stoppen.

»Du hast es ihm erzählt?«, platzte es fassungslos aus mir heraus.

»Er ist mein Freund, wir erzählen uns alles. Oder, Tade?«

»Mhm«, brummte er.

»Was?«, meldete sich Lars. »So *alles* alles?«

Tade zuckte mit den Schultern.

»Dann überlege ich mir zukünftig, was ich noch mit dir teile.«

»Ach komm, tue jetzt nicht so, als würdest du Ella nicht alles brühwarm erzählen«, konterte Tade und Lars grinste ertappt, schaute dann Ella an und ich war überrascht, wie viel Liebe in seinem Blick lag, obwohl ich Lars eher als flirty Frauenheld in Erinnerung hatte.

»Was war denn jetzt beim Spinning?«, hakte Jonathan nach und sofort schoss mir die Hitze in die Wangen. »Außer, dass dein Kopf genauso rot war wie jetzt?«

Marte kicherte.

»Nichts!«, sagte ich entschieden.

»Übrigens hat Telse Freja ihren Jonny streitig gemacht«, versuchte Marte, vom Thema abzulenken.

»Na zum Glück! Eins sage ich dir, Jonny, wenn du mit der zusammenkommst …«, stöhnte Lars.

»Warum denkt ihr so was?«, fuhr Jonathan dazwischen und schien verärgert.

»Nun ja, sie ist hübsch und sie weiß, was sie will.«

»Und du glaubst, das reicht?«

»Ich bin da mittlerweile völlig unbesorgt«, sagte Marte mit einem wölfischen Grinsen und ich war erleichtert, dass sich der Abend allmählich dem Ende zuneigte. Obwohl das bedeutete, dass ich gleich mit Jonathan allein sein würde. Ob ich mich einfach zusammen mit den anderen verdrücken konnte? Mein Herz klopfte plötzlich viel zu schnell …

»Ich finde es übrigens total schade, dass du beim letzten Abend nächste Woche nicht mehr dabei bist, Telse«, sagte Ella. Das fand ich auch. Wir redeten noch eine Weile über Düsseldorf und meine Zeit hier, ehe eine allgemeine Aufbruchsstimmung entstand. Ich versprach, bei meinem nächsten Heimatbesuch einen Kürbiskuchen mitzunehmen. Die Punkte wurden vergeben und sorgsam in einem Umschlag verstaut.

Wenig später schloss Jonathan die Tür hinter Marte und Tade, die als Letzte gingen. Und dann waren da nur noch wir beide.

»Ich denke, wir haben es gerockt«, sagte ich und hielt meine Hand zum High Five hoch. Jonathan schlug ein, aber anstatt seine Hand danach fortzunehmen, verschränkte er seine Finger mit meinen und zog mich zu sich heran.

»Ich weiß nicht genau, was sich geändert hat, und ich bin mir auch nicht sicher, ob das eine gute Idee ist, aber ich bin mehr als entschlossen, das rauszufinden«, raunte er und seine Worte erzeugten einen wohligen Schauer, den ich nicht verbergen konnte. »Sag mir, dass du es auch rausfinden möchtest«, murmelte er. Seine sturmgrauen Augen senkten sich auf meine Lippen und dieses Mal begrüßte ich das Pulsieren in meiner Körpermitte. Statt ihm eine Antwort zu geben, glitt meine freie Hand an seine Wange, auf der sich leichte Bartstoppeln abzeichneten. Dann schloss ich die Distanz zwischen uns. Mein Herzschlag verdoppelte sich, als seine Lippen auf meine trafen. Es fühlte sich an, als würde mein Herz jeden Moment aus meiner Brust springen. Jonathans Finger lösten sich aus meinen und vergruben sich keine Sekunde später in meinen Haaren, während seine Lippen meine eroberten. Unsere Zungen stießen gegeneinander und mir entwich ein wohliger Laut. Gierig glitten meine Hände über seinen Oberkörper und ich zog das Hemd aus seiner Hose. Ich musste einfach seine Haut spüren. Als meine Finger über seine Bauchmuskeln kratzten, stöhnte er in meinen Mund und plötzlich ertrug ich all den Stoff zwischen uns nicht mehr. Fahrig begann ich, das Hemd aufzuknöpfen. Seine Hände schoben sich derweil über den tiefen Rückenausschnitt in mein Kleid.

»Warte!« Schwer atmend löste er sich von mir, lehnte seine Stirn gegen meine. Seine Hände hielten meinen Kopf am Nacken in Position. »Bist du dir sicher?« Seine Stimme klang rau und voller Verlangen.

»Sehr sicher.« Zumindest für den Moment. Ich knöpfte weiter das Hemd auf, als er seine Hände unter meinen Po schob und mich hochhob. Willentlich schlang ich meine Beine um seine Hüfte und vergrub meine Finger in seinen weichen Haaren.

Vielleicht mussten wir nur einmal diese Energie abbauen. Diese Spannung, die sich in den letzten Tagen aufgebaut hatte. Und dann konnten wir in Zukunft darüber lachen und einfach wieder Freunde sein, redete ich mir ein. Er setzte mich auf die Küchenarbeitsplatte, fuhr mit seinen Fingern an meiner Schenkelinnenseite entlang, bis sie ihr Ziel erreichten, und jegliche Gedanken an ein *danach* löste sich auf. Ich hob ihm meine Hüfte entgegen und verfolgte mit halb geschlossenen Lidern, wie er meinen Slip runterzog.

KAPITEL 18

Die Welle des letzten Orgasmus war verebbt, doch mein Atem ging noch stoßweise. Nach dem hitzigen ersten Mal auf der Kücheninsel hatten wir es irgendwie ins Bett geschafft, wo Jonathan sich viel Zeit ließ. Das Problem: Jedes seiner Körperteile fühlte sich noch besser an als in meiner Vorstellung. Jeder Kuss hatte köstlicher geschmeckt als der davor. Allein der Gedanke an seine Finger auf meinem Körper sorgte dafür, dass sich etwas in meinem Bauch erwartungsvoll zusammenzog. Von wegen, dieses eine Mal würde die Spannung vertreiben.

»Was ist?«, fragte er und beschrieb kleine Kreise mit seinem Finger auf meiner Haut. »Du hast geseufzt.«

Ich hob meinen Kopf und stützte mich auf den Ellenbogen ab, um ihn anzusehen.

»Wir sind seit Ewigkeiten Freunde und wir sind völlig aufrichtig zueinander, oder?«

»Ich bin mir nicht sicher, ob ich hören will, was jetzt kommt«, erwiderte er lachend.

»Warum hatten wir Sex?«, fragte ich geradeheraus.

»Was ist das für eine Frage, Telse?«

»Na ja, *ich* dachte, es würde die sexuelle Spannung zwischen uns auflösen.«

Seine Augenbrauen hoben sich ungläubig.

»*Das* war dein Grund? Der ist sehr … pragmatisch.«

Ich grinste und schlug mit einem Kissen nach ihm. Er wehrte es ab und war plötzlich über mir. Sofort verlor ich mich in seinen Augen, die in dem schummrigen Licht mitternachtsblau wirkten. Sie waren wie ein Barometer seiner Gefühle. »Und?«, raunte er. »Hat es funktioniert?«

Meine Hände glitten seinen Rücken hinauf. »Das ist es ja«, ich zog seinen Kopf zu mir herunter und biss ihm sanft in die Unterlippe, ehe ich »Leider nicht« flüsterte. Ich war bereit, es auf einen weiteren Versuch ankommen zu lassen.

»Apropos Aufrichtigkeit, was war im Fitnessstudio?«

Ich hielt inne und ließ meinen Kopf zurücksinken. »*Das* ist in dieser Situation eine merkwürdige Frage.«

»Sagt die, die eben zugegeben hat, nur mit mir geschlafen zu haben, damit diese *lästige* Anziehung verschwindet.«

»So habe ich das nicht gesagt!«, protestierte ich.

»Als einer deiner besten Freunde solltest du es mir erzählen, sonst fühle ich mich Marte gegenüber benachteiligt.« Er zog eine Straße aus Küssen meinen Hals hinab.

»Du fühlst dich ihr gegenüber benachteiligt? Du hast dafür das hier.« Über mein Schlüsselbein erreichte er meine Brüste und fuhr mit seiner Zunge über eine der Brustwarzen. Meine Lider schlossen sich flatternd und meine Finger gruben sich in sein Haar. Ich liebte sein Haar. Es gab einfach Unterschiede, wie sich Haare anfühlten. Seine waren weich und geschmeidig. Er hörte auf, mich zu küssen, und sah hoch. »Sag es mir, oder ich gehe jetzt runter und esse den Rest Kuchen.«

»Das ist Erpressung.« Frustriert lachte ich auf, schlang meine Beine um seinen Körper, um ihn am Aufstehen zu hindern. Doch er machte keine Anstalten, mit seiner Liebkosung fortzufahren. »Na schön.« Ich ließ meine Beine zurück auf die Matratze fallen, schob ihn von mir runter und legte mir ein Kissen auf die Brust. »Der Sattel war sehr hart, dazu zu hoch eingestellt, deswegen hat er eine Reibung an gewissen Körperstellen verursacht, die am Ende zu einem ... äh, Höhepunkt geführt haben«, ratterte ich die Ereignisse in einem möglichst sachlichen Tonfall herunter.

Sein Grinsen war so breit, dass ich es sofort bereute, ihm die Wahrheit gesagt zu haben. »Ich wünschte, ich hätte mich an diesem Tag für den Spinningkurs entschieden. Hast du da auch diese süßen kleinen Laute von dir gegeben?«

Ich knuffte ihn gegen die Schulter. »Natürlich nicht!« Hoffte ich zumindest.

»Moment, warte, war das bevor oder nachdem wir uns angesehen haben?«

Warum erinnerte er sich so gut daran?

Die Oberflächentemperatur meiner Haut im Gesicht näherte sich dem Siedepunkt.

»Währenddessen?«, murmelte ich.

»O Telse, ich werde nie wieder in dieses Studio gehen können, ohne daran zu denken.« Er lachte und ich schlug ihm das Kissen ins Gesicht, ehe ich es vor meines drückte. Der Stoff roch herrlich nach Jonathan.

»Es war nur eine Reaktion auf die Reibung. Rein mechanisch, quasi.«

Sanft zog er mir das Kissen vom Gesicht. »Es hat meistens was mit Reibung zu tun – und mit dem Kopf.« Er küsste mich auf die Stirn. »Also – Kuchen oder arbeiten wir erst noch ein wenig am Abbau dieser fürchterlichen – rein physikalischen – Spannung zwischen uns?«

Die Sache mit der Spannung war – sie lud sich jedes Mal wieder auf. Als speiste sie sich aus einer eigenen Energiequelle, die niemals versiegte. Wir redeten nicht darüber, dass ich Sonntag nach Düsseldorf fahren würde oder was das hier mit unserer Freundschaft machen würde. Obwohl ich es hätte besser wissen müssen, schließlich hatte ich genügend romantische Komödien gesehen, in denen Freunde beschlossen, Sex miteinander zu haben. Natürlich völlig unkompliziert und ohne Gefühle, doch am Ende klappte es nie. Aber das waren Filme. Die brauchten Wendungen, Drama und ein Happy End. Wir nicht, wir blieben einfach bei unserer Freundschaft. *Oder Freunde mit gelegentlichem Sex*, verlangte eine innere Stimme.

Am Freitag nach der Arbeit trafen wir uns wieder bei ihm – zum Resteessen. Und genau so einen Vorwand fanden wir auch für Samstag. Schließlich konnte ich nicht wieder fahren, ohne seine Mutter einmal besucht zu haben. Die freute sich riesig, mich zu sehen, und lieferte uns mit ihrer Friesentorte genügend Energie für all das, was ihr Sohn nach dem Besuch mit mir anstellte. Am Sonntag wachte ich vollkommen zufrieden mit einem Grinsen im Gesicht auf. Bis mir dämmerte, dass ich gleich gehen musste und nicht wiederkommen würde. Doch dann wurde die Enttäuschung von Panik fortgespült. Ich musste noch Herrn Winz schreiben und mir überlegen, wo ich unterkam, bis ich eine neue Wohnung hatte!

»Was ist?«, murmelte Jonathan neben mir.

»Ich muss los. Elke kommt gleich und es gibt noch einiges zu klären, bevor ich nachher fahre.« Sein Arm legte sich fester um meine Taille und etwas in meinem Inneren zog sich schmerzhaft zusammen. Ich blinzelte die aufsteigenden Tränen weg. Ich hatte mich lange genug hier verkrochen – im Schutze meines Heimatdorfes. Jetzt wurde es Zeit, in die Realität zurückzukehren. Ich strich Jonathan durch die Haare. »Ich werde das hier vermissen.«

»Ich werde *dich* vermissen.«

»Wir werden drüber hinwegkommen, wir sind doch Freunde, das hier war … du bist mein bester Freund, neben Marte und … und ich will, dass wir das hinbekommen. Besser, als es in diesen bescheuerten romantischen Komödien ausgeht.«

Jonathan ließ sich auf den Rücken fallen. »Werden wir, Telse, mache dir keine Sorgen«, sagte er, doch in seinen Augen las ich etwas anderes.

Ab diesem Zeitpunkt lag eine andere Spannung in der Luft, eine beklemmende. Später, als ich mich an der Tür von ihm verabschiedete, war ich völlig überfordert und verspürte den enormen Drang, ihn zu umarmen, zu küssen. Wie verabschiedete man sich von einem Freund, mit dem man geschlafen hatte? Jonathan nahm mir die Entscheidung ab, indem er mein Gesicht mit seinen Händen umschloss, die warm und ein wenig rau von der Arbeit waren. Er sah mir für zwei Sekunden in die Augen, dann küsste er mich auf die Stirn. Wie ich diese Stirnküsse liebte! Ich schluckte und versuchte mich an einem Lächeln, das ziemlich wackelig geriet.

»Schreiben wir?«

»Klar, melde dich, wenn du in Düsseldorf angekommen bist.«

Ich nickte und trat zurück. Kein Wort darüber, wann wir uns wiedersehen würden und wie wir dann miteinander umgehen wollten. Und obwohl ich hätte erleichtert sein sollen, fühlte es sich falsch an. Die Luft war voller ungesagter Dinge, dennoch drehte ich mich um und ging. Ich setzte mich ins Auto und als ich aufblickte, war Jonathan bereits wieder im Haus verschwunden. Mein Handy explodierte vor Nachrichten. Die meisten von Marte. Mein schlechtes Gewissen nagte an mir, weil ich sie seit Donnerstag vernachlässigt hatte. Doch ich konnte jetzt nicht mit ihr sprechen, sie würde mich sofort durchschauen und dann wieder mit ihren verqueren Theorien über Jonathan und mich um die Ecke kommen. Ich vertröstete sie mit einer Sprachnachricht und hoffte, sie würde es mir verzeihen. In ein paar Tagen würde ich ihr die Wahrheit erzählen. Von Düsseldorf aus.

Zu Hause erwarteten mich schon Elke, Mama und Papa.

»Da ist ja meine Nichte, wo warst du denn? Bei einem heißen Typen?«, fragte Elke. Ich spürte genau, wie ich rot anlief.

»Nee, nur bei Jonathan.«

»So, so«, sagte Elke und hob vielsagend die Augenbrauen. Meine Eltern waren zwar auch etwas überrascht gewesen, als ich ihnen nach dem Dinnerabend erzählt hatte, dass ich bei Jonathan übernachtete, sagten aber nichts weiter. Elke nahm natürlich kein Blatt vor den Mund.

»Hat er ein Gästezimmer?«, bohrte sie weiter nach.

»Was? Ähm …«

»Elke«, rügte meine Mutter ihre Schwester. »Hör auf, Telse auszuhorchen, und erzähle uns lieber, wie es Herrmann geht.«

Elke berichtete ausführlich von Herrmanns Gesundheitszustand. Sie und Maybrit hatten viel geredet und festgestellt, dass man nicht ewig Zeit für seine Träume hatte. Beim Essen beschlossen sie und Mama, die Suche nach einer neuen Angestellten über die sozialen Medien voranzutreiben. Mitten in dem Gespräch klingelte mein Handy. Sofort hoffte ich, dass es Jonathan wäre, aber es handelte sich um eine Düsseldorfer Nummer. Zögerlich ging ich ran.

»Egon Winz hier, gut, dass ich Sie erreiche. Wie geht es der Familie? Können wir nächste Woche mit Ihnen rechnen?«

Ich erhob mich und ging ins Wohnzimmer. »Besser. Ich könnte Dienstag wieder in den Salon kommen.«

»Wunderbar! Sie fehlen hier. Haben Sie gesehen, dass Lilly Cee ein offizielles Entschuldigungsvideo gepostet hat? Aurelia hat mich darüber informiert. Maurice scheint das übersehen zu haben.«

Übersehen – na klar. Bestimmt mit voller Absicht, dachte ich, antwortete aber lediglich: »Nein, ich habe mich von den sozialen Medien ferngehalten.«

»Die Sache ist damit jedenfalls endgültig vom Tisch. Ich würde trotzdem gerne noch ein persönliches Gespräch mit Ihnen führen, bevor Sie am Dienstag wieder anfangen. Passt es Ihnen morgen Nachmittag?«

Die Frage, was gewesen wäre, wenn Marie nicht diese Welle mit den positiven Kundenstimmen gestartet hätte oder Lilly Cee dieses zweite Video nicht gepostet hätte, lag mir erneut auf der Zunge, doch ich schluckte sie hinunter. Wir verabredeten uns für morgen Nachmittag im Salon und verabschiedeten uns. Zurück in der Küche berichtete ich von dem Telefonat.

»Das ist doch super!«, freute Mama sich und Papa drückte aufmunternd meine Schulter. »Wenn ihr Marie das nächste Mal seht, sagt ihr noch mal meinen herzlichsten Dank.«

»Machen wir. Du wirst uns fehlen«, sagte Elke und kräuselte ihre Nase. »Ach Mensch, diese ganze Sache mit Herrmann hat mich rührselig gemacht. Oder es sind die Wechseljahre.«

»Beides, Elke, aber Letzteres geht wieder vorbei.

Hoffe ich.« Die Schwestern sahen sich an und lachten, während Papa »Das hoffe ich auch« murmelte.

Ich lächelte und prägte mir dieses Bild ein. Egal, wo ich war und was dort passierte, das hier, diese Menschen, waren meine Familie. Ein Hafen, den ich jederzeit ansteuern konnte. Das hatten mir die letzten Wochen gezeigt.

Elke verabschiedete sich schließlich und ich buchte mir nach kurzer Suche ein Zimmer über Airbnb in Düsseldorf. Danach sortierte ich gemeinsam mit Mama meine Sachen. Das meiste würde vorerst hierbleiben, bis ich eine Wohnung gefunden hatte. Papa brachte alles zum Auto, was ich mitnehmen wollte.

Und dann, gerade als wir uns draußen verabschiedeten, fuhr ein schwarzer SUV vor. Jonathan. Er parkte hinter meinem Beetle. Mein Herz beschloss sofort, seinen Rhythmus zu erhöhen. Unsere Blicke trafen sich und ich drehte mich zu meinen Eltern. »Lasst ihr uns kurz allein?«

»Klar. Telli, du meldest dich, sobald du angekommen bist, okay?«, fragte mein Vater.

»Mache ich, hab euch lieb!« Ich drückte beide noch mal und schaute ihnen lächelnd nach, als sie ins Haus gingen. Mein Vater grüßte Jonathan noch, indem er die Hand hob. Geräuschvoll stieß ich die Luft aus, ehe ich mich wieder umdrehte.

»Hey«, sagte ich betont fröhlich. »Ich wollte gerade los.«

Jonathan schritt auf mich zu. »Ich war nicht ganz ehrlich.

Du hast gefragt, warum …« Sein Blick glitt über meine Schulter zum Haus. Er trat näher, bis er einen Meter vor mir stand. Ich konnte den Sturm in seinen Augen sehen. »…warum wir miteinander geschlafen haben, und ich schulde dir noch meine Antwort.«

»Bitte tue das nicht«, flüsterte ich und presste meine Lippen aufeinander.

»Ich war einmal zu feige, dir meine Gefühle zu gestehen, und das passiert mir kein zweites Mal.«

Mein Herz blieb stehen, nur um dann in rasantem Tempo loszulaufen. Mir war nicht klar, ob es davongaloppieren wollte oder auf Jonathan zu.

»Ich bin in dich verliebt, seit … seit ich denken kann. Aber unsere Freundschaft war mir auch wichtig und irgendwie habe ich gespürt, dass es sie kaputt machen würde, weil du in mir nichts weiter gesehen hast als deinen Kumpel Jonny. Und ja, es hat mich verletzt, als du wegen dieses Idioten den Kontakt zu mir abgebrochen hast. Aber eigentlich war das auch gut, weil es mir geholfen hat, mich zu entlieben.« Er spielte mit dem Schlüssel, den er in der Hand hielt, ehe er fortfuhr. »Das Problem ist nur, dass es ungefähr 27 Minuten gedauert hat, bis ich mich wieder in dich verliebt habe, als du vor drei Wochen aufgetaucht bist.«

Sekunden verstrichen. Ich spürte den kalten nordfriesischen Wind auf meinen aufgeheizten Wangen. Mein Herz schrie mich an, ihn zu küssen, meine Finger in seinem seidigen Haar zu vergraben. Ich sah alles ganz klar vor meinem inneren Auge. Ich konnte nur noch flach atmen und dementsprechend hauchte ich: »Ich … ich kann nicht.«

Keiner seiner Gesichtsmuskeln verriet eine Regung, aber als er einen Schritt zurücktrat, war es, als würde ich ihn für immer verlieren. Meinen Kumpel Jonny. Es war wie in einem dieser Filme – nur ohne Happy End. Er schluckte und ich beobachtete, wie sich sein Adamsapfel dabei hob und senkte.

»Ist okay, Telse, fühle dich nicht schlecht. Ich … ich wollte nur, dass du das weißt. Ich wollte dich nicht ein zweites Mal gehen lassen, ohne es dir gesagt zu haben.«

Ich nickte und die erste Träne schwappte über den Rand meiner Augen. Ich legte meine Finger um den Türgriff meines Wagens, zögerte noch einen Moment.

»Fahr vorsichtig«, sagte er, drehte sich um und ging zurück zu seinem Auto.

Ich flüchtete ins Innere meines Beetles und traute mich erst in den Rückspiegel zu schauen, als ich hörte, wie er davonfuhr. Mit zittrigen Fingern steckte ich den Schlüssel ins Schloss, startete den Wagen und fuhr los.

Ich weinte die ersten zweieinhalb Stunden bis zum Elbtunnel. Dann riss ich mich zusammen.

KAPITEL 19

Das Airbnb war okay, doch ich schlief schlecht. Nicht nur, weil ich pausenlos an Jonathan dachte, sondern auch, weil die Katze der Eigentümerin, die sich unbemerkt ins Zimmer gemogelt hatte, der Ansicht war, es handele sich um ihr Kopfkissen. Dementsprechend gerädert wachte ich am nächsten Morgen mit Katzenhaaren im Mund auf. Die Zeit bis zu dem Termin mit Herrn Winz verbrachte ich mit der Wohnungssuche und vereinbarte gleich zwei Besichtigungstermine für den frühen Abend. Wenn ich erst meine eigenen vier Wände hätte, würde alles besser werden, redete ich mir ein, als ich ein Marmeladenbrot aß, auf dem ich ebenfalls ein Katzenhaar fand. Natürlich dachte ich auch darüber nach, ob Jonathan und ich mehr sein könnten als Freunde. Doch ich war hier, er oben in Nordfriesland. Dazu arbeitete ich fast jeden Samstag. Es bliebe nur ein gemeinsamer freier Tag. Ich wusste, ich würde vor Heimweh zergehen. Womöglich würde er sogar zu mir ziehen, aber da gab ich Freja recht – er gehörte nach Süderdiek. Die Gefühle würden verblassen, redete ich mir beharrlich ein.

Erleichtert verließ ich die Wohnung, als es Zeit wurde, in den Salon zu fahren.

Herr Winz empfing mich gut gelaunt und sonnengebräunt. Das offene Hemd, das er über seinem T-Shirt trug, wehte im Luftzug, der durch die offene Tür entstand.

»Telse, wie schön, dass Sie wieder da sind. Wir haben Sie vermisst.« Ich ließ mich von ihm mit drei angedeuteten Küsschen auf die Wange begrüßen. »Was für eine turbulente Zeit! Aber am Ende wendet sich immer alles zum Guten. Haben Sie inzwischen das Video von Lilly Cee angesehen?«

»Nein, ehrlich gesagt nicht.«

»Nun gut, Hauptsache, unsere anderen Kunden haben es gesehen.« Er lachte. »Setzen Sie sich doch!« Wir ließen uns auf den Ledersesseln nieder, auf denen sonst die Kunden warteten. »Ich will gleich zur Sache kommen. Die letzten Wochen haben gezeigt, was für ein wichtiger Stützpfeiler Sie für diesen Standort sind und dass Maurice ohne Sie ein wenig ins Schwimmen geraten ist. Vor allem, als Aurelia krank wurde. Es wird sicherlich nicht leicht für ihn werden, aber ich habe mich entschieden, Ihnen, liebe Telse, die Salonleitung zu übertragen.« Er lächelte mich an, als habe er mir gerade die Lottozahlen für nächste Woche verraten. Diese Stelle war ja auch der Jackpot, den ich gewollt hatte. Doch in meinem Bauch regte sich kein Fünkchen Freude. Stattdessen purzelte eine Frage aus meinem Mund.

»Was wäre denn gewesen, wenn Lilly Cee sich nicht entschuldigt hätte oder wenn das Mädchen aus meinem Heimatdorf nicht diese positive Kampagne mit den Videos in Gang gesetzt hätte?«

»Was?« Mit irritierter Miene lachte er auf. So hatte

sicherlich noch keiner auf ein Jobangebot von ihm reagiert. »Das sind müßige Fragen, Telse. Sie wissen, wie sehr wir auf die positive Zugewandtheit der Stars und Sternchen angewiesen sind.«

»Aber wir sind alle nur Menschen und Menschen machen Fehler. Da, wo ich herkomme, steht man so was gemeinsam durch.« Ich konnte nichts gegen das Gefühl der Enttäuschung tun, das sich seit dem Vorfall in meinem Herzen eingenistet hatte und das ich beharrlich beiseitegeschoben hatte, doch es war nicht verschwunden. Schließlich hatte ich jahrelang alles für diesen Salon gegeben. War es da zu viel verlangt, auch hinter mir zu stehen?

Seine Stirn legte sich in Falten. »Was erwarten Sie von mir? Ich bin nicht so erfolgreich geworden, weil ich mich in Sentimentalitäten verliere.«

Ich konnte nichts dagegen tun, dass alles, was sich in mir angestaut hatte, nun herauswollte. Daher sagte ich den nächsten Satz schneller, als ich drüber nachdenken konnte. »Und dass Maurice nicht für den Posten geeignet ist, ist Ihnen das erst in den letzten Wochen bewusst geworden? Das hätte ich Ihnen nämlich schon vorher sagen können. Außerdem glaube ich, dass er es bewusst auf diese Verwechslung angelegt hat.«

»Also das ...«

»Das ist jetzt auch nicht mehr wichtig«, unterbrach ich ihn. »Ich bedanke mich für das Jobangebot, die Salonleitung war lange Zeit mein Traum.«

»Und jetzt nicht mehr?«

Ich atmete tief ein, fühlte in mich hinein. »Nein, ich fürchte nicht.«

»Was wollen Sie denn stattdessen?«

»Das ... das weiß ich selbst noch nicht. Mir ist das eben erst klar geworden.«

»Ich bedauere das zutiefst. Verstehe ich Sie richtig, dass Sie *gar nicht* mehr für mich arbeiten wollen?«

Ich zögerte. »Genau das heißt es, aber natürlich werde ich meine Kündigungsfrist einhalten.«

»Nun, mit diesem Ausgang des Gespräches habe ich nicht gerechnet. Wenn Sie aufgrund der Ereignisse lieber in einer anderen Filiale arbeiten möchten, finden wir sicherlich eine Lösung.«

»Danke, das weiß ich zu schätzen. Es könnte sein, dass ich darauf zurückkomme.« Nach einigen befangenen Momenten verabschiedete ich mich von Herrn Winz und ging zum Rheinufer, um auf einem langen Spaziergang zur Ruhe zu kommen und über meine Zukunft nachzudenken.

Später saß ich wieder auf der mit Katzenhaaren übersäten Decke meines Bettes und rief die Anrufliste meines Telefons auf.

»Telse, Süße, bist du gut angekommen?«, begrüßte mich meine Tante.

Mein Verstand redete mir energisch ein, dass ich mich weiter durchschlagen sollte. Dass ich mich für diesen Weg entschieden hatte und ich diesen Traum bei Winz nicht aufgeben sollte. Die Traurigkeit und das Gefühl des Verlorenseins würden vergehen, wenn ich wieder eine

Wohnung hätte, ich würde neue soziale Kontakte finden. Doch mein Herz wollte etwas anderes. Es wollte nach Hause. Und letztlich wusste nur unser Herz, was uns glücklich machte. Zu einem erfüllten Leben gehörte mehr als eine steile Karriere und die letzten Wochen hatten mir gezeigt, wie sehr mir meine Familie, der Salon Wunder-Haar und meine Freunde fehlten. Die letzten Jahre wollte ich nicht missen, ich hatte so viel gelernt, mich weiterentwickelt, doch jetzt war es Zeit, nach Hause zurückzukehren. Das spürte ich ganz deutlich. Plötzlich sah ich meine Zukunft wieder vor mir. Ich dachte an Jonathan und mein Herz zog sich schmerzhaft zusammen. War er noch mein Freund? Oder mehr als das? Würde er mir verzeihen, dass ich ihn erneut verletzt hatte?

»Telse? Bist du noch da?«

Ich schob diese Gedanken vorerst beiseite.

»Hast du eigentlich jemals ernsthaft gedacht, dass ich den Salon mal übernehme?«, fragte ich meine Tante.

»Was? Wieso fragst du das?«

»Na ja, früher – noch vor meiner Ausbildung – habe ich das jedem auf die Nase gebunden und ich habe lange daran geglaubt. Mama und Papa offenbar auch. Wir haben nie darüber geredet, wie es für sie, für euch war, als ich entschieden habe, mich bei Winz zu bewerben.«

»Süße, wir sind stolz auf dich!«

»Das weiß ich, aber bei all eurem Anfeuern habe ich vergessen, mich zu fragen, wie es euch damit geht.«

»Du kannst dein Leben nicht nach unseren Wünschen gestalten.«

»Elke, sag es einfach!«, drängte ich sie.

»Schön, es war ein Schock. Karla und ich hätten dich natürlich gern hierbehalten. Aber wir wollten keinesfalls, dass du aus einem falschen Pflichtgefühl heraus deine Träume aufgibst. Und schau dich an, was du alles erreicht hast!«

»Dafür bin ich euch sehr dankbar.« Nach einer Pause fügte ich hinzu: »Herr Winz hat mir die Salonleitung angeboten.«

»Wow, das ist grandios!«

»Ich habe abgelehnt.«

»Was?«

»Ich habe abgelehnt und gekündigt. Mir ist klar geworden, dass ich die letzten Jahre im Dauerlauf einen Berg hochgesprintet bin, den Gipfel fest im Blick. Aber jetzt, wo ich da oben stehe, gefällt mir die Aussicht nicht. Es war so schön, wieder mit Mama und dir zusammenzuarbeiten, zu Hause zu sein.« Ich schniefte.

»Ach Süße, es ist gerade keine leichte Zeit für dich.«

»Elke, hast du einen Job für mich?«

Stille. Bestimmt zehn Sekunden lang.

»Du kannst auch Nein sagen, aber ihr sucht ja jemanden und …«

»Natürlich habe ich einen Job für dich! Jederzeit mit Kusshand.«

»Schön.« Ich lachte unter Tränen. »Ich habe aber noch zwei Wochen Kündigungsfrist.«

Meine Tante lachte nervös. »Du meinst es ernst.«

»Sehr ernst. Und ich könnte mir gut vorstellen, das

WunderHaar irgendwann zu übernehmen, wenn Mama und du keine Lust mehr habt. Es wäre doch schade, wenn ihr den Schlüssel einfach wegschmeißen würdet.«

Ich hörte, wie nun Elke am anderen Ende der Leitung schniefte. »Deine Mutter wird denken, ich hätte dich dazu überredet. Und weißt du was? Das ist mir scheißegal.« Sie lachte und ich spürte, dass es die richtige Entscheidung für mich war.

KAPITEL 20

Nicht einmal zwei Wochen später kehrte ich zurück. Dieses Mal für immer – und es fühlte sich gut an. Vor ein paar Tagen hatte ich Marte endlich gestanden, was zwischen Jonathan und mir geschehen war.

»Habe ich es doch gewusst! Deswegen ist der so grummelig. Der macht ja Björn Konkurrenz.«

»Bitte versprich mir, ihm nicht zu erzählen, dass ich zurück nach Süderdiek ziehe. Ich möchte es ihm selbst sagen und ich … ich muss mir noch überlegen, was ich ihm überhaupt sagen soll.«

»Sag ihm einfach, was du für ihn fühlst, Telse!«

»Das ist nicht so leicht.«

»Doch, eigentlich schon.«

»Ich habe ihn einfach stehen lassen, bevor ich gefahren bin, obwohl er mir gestanden hat, dass er in mich verliebt ist!«

»Erkläre ihm auch das. Ach ja, und du glaubst doch nicht ernsthaft, dass der Dorffunk es nicht schon in sein Ohr geflüstert hat, oder? Schließlich fängst du wieder im Salon deiner Tante an und hast eine Wohnung von Sabbel-Klaus gemietet. Ich meine, der trägt seinen Spitznamen nicht zu Unrecht.«

Ich lachte. »Ist das fürchterlich.«

»Ach was, du liebst das doch.«

Wir verabredeten uns für Freitagabend in meiner neuen Wohnung, um anzustoßen. Es war eine gemütliche Zwei-Zimmer-Erdgeschosswohnung mit eigener Terrasse. Nachdem ich den Mietvertrag online unterschrieben hatte – ich war ganz erstaunt über die Fortschrittlichkeit des Vermieters –, fuhr ich ins Möbelhaus und kaufte ein neues Sofa und ein Bett. Dazu schrieb ich Fabian eine Liste mit Dingen, die er mir nach Nordfriesland senden sollte.

Nach zwei Wochen in der Katzenhaar-Wohnung war ich mir nicht sicher, ob ich die Haare jemals wieder loswerden würde. Aber auch das konnte meine Freude nicht trüben. Und ein wenig tröstlich hatte ich den schnurrenden Fellball schon gefunden, wenn er sich nachts an meinen Kopf geschmiegt hatte.

Eigentlich wollte ich zuerst meine Sachen, die ich bei meinen Eltern deponiert hatte, in die Wohnung fahren. Aber als ich über den Nord-Ostsee-Kanal fuhr, wusste ich, ich musste zuallererst etwas anderes klären. Und davor hatte ich Angst. Wie würde er reagieren? Würde mein Herz innerhalb kürzester Zeit zum zweiten Mal gebrochen werden? Ich wusste, dieses Mal würde es mich härter treffen. Sehr viel härter. Nervös drehte ich die Lautstärke der Musik auf, sang laut mit, um mich zu beruhigen.

Laut Marte arbeitete Jonathan noch immer auf der Baustelle in der Nähe des Deichs. Sicherlich wäre es besser gewesen, bis zu seinem Feierabend zu warten. Aber ich hatte genug gewartet. Zwölf lange Tage, an jedem einzelnen hatte ich ihm schreiben wollen und hatte es nicht getan, weil ich es ihm persönlich sagen wollte. Und auch er hatte sich nicht gemeldet. Nicht mal, als in der WhatsApp-Gruppe die Punkte gepostet wurden. Marte und Tade hatten gewonnen und wir anderen drei Teams hatten alle dieselbe Punktzahl und teilten uns Platz zwei. Damit konnte ich gut leben und hatte Konfetti-Emojis gepostet. Jonathan hatte nur einen emotionslosen Daumen nach oben geschickt.

Mit wummerndem Herzen parkte ich mein Auto am Rande der Baustelle und spähte zum Dach hinauf.

»Ey!«, rief mir ein Mann zu. »Du kannst hier nicht einfach über die Baustelle laufen!«

»Ich suche Jonathan, es ist dringend.«

»Jonny?«

Ich nickte.

»Jonny, hier ist jemand für dich!«, brüllte er zum Dach hinauf.

Jonathan steckte seinen Kopf über den First, und mein Herz machte einen aufgeregten Doppelschlag. Erst jetzt fiel mir auf, dass fast alle ihre Arbeiten eingestellt hatten und abwechselnd von Jonathan zu mir sahen. Wahrscheinlich war es nicht meine beste Idee gewesen, bei seiner Arbeit aufzutauchen. Doch ich lächelte tapfer – nun gab es kein Zurück mehr.

»Telse? Ist was passiert?«, rief er.

»Nein, aber ich muss dringend mit dir sprechen«, rief ich zurück und spürte, wie meine Wangen heiß wurden.

Er legte die Nagelschusspistole beiseite und stieg auf

den Sparren das Dach hinunter, bis er das Gerüst erreichte.

»Habt ihr nichts zu arbeiten?«, brüllte einer der anderen Männer und ich lächelte ihm dankbar zu, als daraufhin die meisten zumindest so taten, als seien sie mit der Arbeit beschäftigt.

Während Jonathan zu mir kam, sog ich seinen Anblick in mich auf. Seine Haut war noch eine Spur gebräunter, obwohl der Winter sich schon mit einem ersten frühen Frost angekündigt hatte. In seinen Haaren hingen Sägespäne und er war definitiv nicht beim Friseur gewesen. Ich lächelte, doch es verging mir, als ich in seine blaugrauen Augen schaute, in denen eine wahre Sturmflut an Emotionen tobte. Ich hatte ihn verletzt. Er würde mich nicht anhören. Panisch wirbelten alle Gedanken meinen Kopf durcheinander.

»Was ist los, Telse, ist alles in Ordnung? Was machst du hier?«, fragte er und das kleine ungläubige Lächeln auf seinen Lippen ließ mich hoffen, dass er mich nicht allzu sehr hasste. Auf der Fahrt hierher hatte ich mir jedes Wort zurechtgelegt, aber nun waren alle fort und mein Kopf wie leer gefegt. Solche Ansprachen waren einfach nicht meine Stärke.

»Ähm, also, ich bin zurück, aber das hast du bestimmt schon gehört.«

Seine Mundwinkel zuckten erneut für einen Wimpernschlag nach oben. »Ich habe was munkeln hören.«

»Als ich zurück in Düsseldorf war, hat mir mein Chef die Salonleitung angeboten und ich wusste plötzlich, dass es nicht mehr das ist, was ich will. Aber ich glaube, ich musste es erst haben, um das zu verstehen.«

»Elke und deine Mutter freuen sich bestimmt«, sagte er unverbindlich. O Mann, das lief nicht so, wie ich es mir vorgestellt hatte. Denn *er* schien sich nicht zu freuen.

»Aber mir ist noch mehr klar geworden …«, begann ich trotzdem.

Er schaute kurz zum Horizont hinter dem Deich, fuhr sich mit den Fingern durch die Haare, ehe er sagte: »Weißt du, Telse, ich will nicht nur gut genug sein, wenn es zu deinen restlichen Plänen passt.«

»So ist es nicht!«

»Wie ist es dann?« Ernst schaute er mich an.

Ich holte tief Luft. »Als du zu meinen Eltern gekommen bist, da wusste ich, dass ich nicht fahren würde, wenn wir dieses Gespräch führen. Wenn … wenn ich zugebe, dass ich auch in dich verliebt bin. Und da dachte ich noch, dass ich aber fahren muss. Weil ich doch so lange auf die Leitung hingearbeitet habe. Und wir beide in einer Fernbeziehung … ich habe gespürt, dass ich es dann nicht in Düsseldorf aushalten würde. Und das zwischen uns, das ist so unerwartet und schnell passiert. Ich … ich konnte mir meine Gefühle einfach nicht eingestehen. Aber in Düsseldorf ist mir dann klar geworden, dass es keine Rolle mehr spielt, weil ich diesen Job gar nicht mehr will. Weil ich hier sein will.«

»Warum hast du dich nicht früher gemeldet?«

Endlich tauchte wieder einer der Sätze in meinem Hirn auf, den ich mir die ganze Fahrt über zurechtgelegt hatte.

»Damit du mich gleich küssen kannst, nachdem ich dir gestanden habe, wie sehr ich in dich verliebt bin.« Ich lächelte ihn an. In seinen Augen blitzte es auf, als er mich musterte.

»Ich würde dich sonst auch küssen, wenn Jonny nicht will!«, rief einer seiner Kollegen, der an uns vorbeilief.

»Ich denke, du solltest lieber deine Frau küssen«, konterte Jonathan, ohne seinen Blick von mir abzuwenden.

»Ich weiß, ich habe dich verletzt, aber ich hatte auch Angst. Und glaube mir, es ist mir so schwergefallen, zu fahren. Hättest du mich gebeten zu bleiben, ich hätte es getan. Nur deswegen habe ich das so vehement abgeblockt. Und ja, vielleicht habe ich erst einen Schubs von Marte und einen Spinningkurs gebraucht, um zu checken, was ich für dich empfinde …«

»Ich glaube, das reicht mir an Erklärungen.« Jonathan trat auf mich zu. »Von mir aus können wir jetzt zu dem Part mit dem Küssen kommen.« Er legte seine Hände um meinen Nacken und beugte sich zu mir herunter. Als seine Lippen meine berührten, wusste ich, dass ich genau da war, wo ich sein wollte.

KAPITEL 21

In einem duseligen Glücksrausch fuhr ich zu meiner Wohnung. Meine Eltern wollten mich dort treffen und mir beim Ausräumen helfen. Doch als ich den Schlüssel ins Schloss steckte, hörte ich noch weitere Stimmen, die abrupt verstummten. Langsam öffnete ich die Tür und spähte hinein.

»Überraschung!«, rief ein Stimmenchor in der nächsten Sekunde und eine Konfettikanone explodierte.

»Was ist …?« Mit dem Türgriff in der Hand blieb ich stehen. In meiner kleinen Wohnküche tummelten sich neben meinen Eltern, Elke, Maybrit, Marte, Tade auch Ella, Sofia, Björn und Lars. Sofort schossen mir die Tränen in die Augen. Meine Mutter trat als Erstes vor.

»Willkommen zu Hause, mein Schatz.«

Ich wischte mir über die feuchten Augen und umarmte einen nach dem anderen.

»Wie lief es?«, raunte Marte mir ins Ohr, als sie an der Reihe war.

»Super.« Ich grinste sie an.

»Dann lass uns darauf anstoßen, dass es zu Hause doch am schönsten ist und dass man ruhig mal eine Runde seine Flügel ausstrecken kann und dann doch ins Nest zurückkehrt.«

»Aber manchmal findet man auch woanders ein schönes Nest«, fügte Sofia hinzu.

»Zu Hause ist eben kein Ort, sondern ein Gefühl«, sagte Ella diplomatisch.

»Und kein Konfetti ist offenbar auch keine Lösung!«, sagte ich lachend und betrachtete die Papierschnipsel auf dem Boden.

»Ein bisschen Konfetti gehört zum Leben dazu. Und im Herzen ganz besonders.« Elke köpfte den Sekt und schenkte die Gläser voll. Wir tranken und aßen die von meiner Mutter gebackenen Pizzabrötchen. Nebenbei baute mein Vater mit Björn und Tade mein Bett auf. Lars wurde zu einem Pferd mit Kolik gerufen. Mama und Elke mussten zurück in den Salon und Maybrit fuhr mit ihnen. Aber die Mädels blieben und halfen mir, die Küche einzuräumen. Und dann stand er plötzlich im Raum. Jonathan.

In meinem Bauch kribbelte es und meine Mundwinkel hoben sich ganz automatisch. Während ich noch überlegte, wie ich ihn begrüßen sollte – vor den Augen der anderen –, nahm er mir die Entscheidung ab und trat auf mich zu. Er legte mir den Arm um die Schulter und zog mich an seine Seite. Ich drehte den Kopf zu ihm, legte ihn leicht in den Nacken und lächelte. Da beugte er sich grinsend vor und küsste mich. Einfach so, auf die Lippen – und es fühlte sich an, als sollte es genau so sein.

Dennoch spürte ich, wie meine Wangen sich röteten. Mein Vater guckte in der Tat etwas verdutzt. Björn und Tade reagierten gelassen und begrüßten Jonathan, bevor sie ihn zum Helfen verpflichteten.

Die Mädels lächelten, nur Marte raunte seufzend: »Hat ja auch lange genug gedauert.«

Ich knuffte sie in die Seite und wickelte das nächste Glas aus dem Zeitungspapier, um es in den Schrank zu stellen.

DANKSAGUNG

Liebe Leserin, lieber Leser,
ich hoffe, dir hat dieser kleine Ausflug in das fiktive Dorf Süderdiek in Nordfriesland gefallen. Für mich war es schön, nach einigen Romanen wieder für ein Buch an die Nordseeküste – zu meinen Wurzeln – zurückzukehren.

Ich möchte dir von Herzen danken, dass du meine Romane kaufst oder leihst, sie liest, rezensierst und bei Gefallen weiterempfiehlst – das bedeutet mir sehr viel!

Weiterhin möchte ich allen danken, die an der Entstehung des Romans beteiligt waren.

Und natürlich möchte ich auch dieses Mal meiner Familie danken, die mich bei allem unterstützen – ihr seid mein Ein und Alles!

Wenn du gespannt bist, wo mein nächster Roman spielen wird und wann er erscheint, melde dich am besten für meinem Newsletter an (svenja.lassen.de/newsletter) oder folge mir auf Instagram oder Facebook.

Wir lesen uns bald wieder,
Deine Svenja

Printed in Poland
by Amazon Fulfillment
Poland Sp. z o.o., Wrocław

55216374R00150